論文寫作

完全求生手冊

「精準表達，以理服人」的技藝

彭明輝——著

目次

序　以理服人的技藝，跨領域對話的起點　9

本書最佳使用指南　15

1 去蕪存菁，精準表達，以理服人：論文寫作的技藝　19

小蝦米說服大鯨魚：以理服人的觀念革命　22

基本工資與失業率：顛覆數十年的迷思　27

結語　32

2 不識廬山真面目：「好」的論文像什麼，不像什麼　35

為何而戰：博士論文與「好論文」的基本要件　36

原創性與貢獻：學術界的「芝麻開門」　39

玉不琢，不成器：論文的雕鑿與琢磨　44

結語　48

3 精心擘畫，層次井然：論文的架構與主要內容 49
摘要的角色與功能 50
導論、簡介與文獻回顧的角色與功能 52
理論依據、研究方法與步驟，以及結果的分析與討論 56
結語 62

4 攻守兼備，成竹在胸（上）：論文的構思與寫作次序 63
勝兵先勝而後求戰：盤點研究成果，擬定論文主題與涵蓋範圍 64
經營擘畫，深謀遠慮：研擬論述策略，草擬論文主要架構 69
知彼知己，百戰不殆：批判性思考與文獻回顧 72
論文的寫作（生產）流程 77

5 攻守兼備，成竹在胸（下）：文獻回顧與批判性思考的要領 79
文獻回顧與批判性思考能力的提升：以基本工資問題為例 79
方法的相對優缺點與應用場合的選擇：文獻回顧的另一個重大功能 88
結語 94

6
江山留勝跡，我輩復登臨：導論與文獻回顧的寫作要領 97
江山代有才人出：問題的背景、沿革與研究的目標 98
六經皆我注腳：文獻回顧的功能 104
旁徵博引，深入淺出：學位論文的導論、簡介與文獻回顧 107
結語 111

7
源頭活水：理論依據與方法論的考量 113
以簡馭繁，亂中有序：背景理論的角色與功能 114
深入淺出，綱張目舉：背景理論的寫作要領 118
青出於藍而勝於藍：方法與理論的創新 122
結語 126

8
提綱挈領，闡幽發微：研究的方法與步驟 129
科學文獻與可重複性 130
研究方法與步驟的特色、優點、必要性與合理性 136
結語 142

9 結果與討論（上）：條分縷析，鞭辟入裡 143
量化研究的結果與討論 145
質性研究的結果與討論 149
結果與案例的選擇和排序 154

10 結果與討論（下）：比較的基準與數據的視覺化 159
慎選比較的基準，周延地衡量相關因素的可能影響 161
寄出與送達：措詞的精準與達意 167
資料的視覺化 170
延伸閱讀 175

11 千呼萬喚始出來：摘要、結論及論文的全貌 177
摘要的撰寫要領 177
結論的撰寫要領 181
目次與參考文獻的格式 184
致謝辭與共同作者的學術規範 185
論文的全貌與裝訂次序 187

結語 188

12
綱張目舉，進退有據：口試與簡報的要領 191
擬定簡報的重點與預期的目標 192
簡報與投影片的架構 193
問答與額外的投影片 198
結語 199

13
終生受用的技藝：溝通、遊說，創新與抉擇 201
以理服人的營業代表 202
簡報與遊說的藝術 204
以一小時的時間，突破數十年經驗累積下來的成見 207
攝護腺肥大的治療與尋找醫師 209
高等教育的核心：批判性閱讀、批判性思考、批判性表達與寫作 212

14 站在巨人的肩膀上：網路時代的智慧與批判性思考 215
形式邏輯與非形式邏輯 217
專業領域的批判性思考 219
高階的批判性思考與文獻回顧 224
網路時代的批判與創新：一條最省力的捷徑 228

附錄1 質性研究的經典，小蝦米挑戰大鯨魚的傳奇 231
附錄2 文化人類學的兩難 247

序

以理服人的技藝，跨領域對話的起點

這本書是《研究生完全求生手冊：方法、秘訣、潛規則》的姊妹作，它針對質性與量化的實證研究，依序講解學位論文的選題、構思、論述策略、章節結構與寫作次序等問題，針對研究生「不知從何下筆」的困境，引導他們在龐雜的研究結果與思緒裡進行取捨的原則，研擬論文主題、焦點與主要訴求的要領，論文的論述策略與主要架構的方法，以及各章節的主要內容與次序。

《研究生完全求生手冊》討論「如何進行研究，以最省力的方式獲得最有價值（學術貢獻）的研究成果」；這本書討論如何在實證研究的各種領域內「選擇最有利的論文主題與主要訴求，以條理井然的精準表達讓讀者了解其內容，並以嚴謹的論證讓讀者信服其結論與學術價值。」

這兩本書都企圖引導研究生習得終身受用的能力：《研究生完全求生手冊》的目標是研究與創新的能力，本書的目標是批判性思考與「去蕪存菁、精準表達，以理服人」的能力。此外，本書刻意精選具有跨領域參考價值且主題能讓不同領域讀者都感興趣的論文（參見第二節），希望能藉此培養讀者跨領域閱讀的經驗與興趣，作為跨領域對話的起點。

大處著眼，偏重整體性思考與論述的策略

論文寫作的過程可以培養出「去蕪存菁、精準表達，以理服人」的能力，同時也是提升批判性思考能力的最佳法門。這些能力又是社會各界決策者與高階幹部所必備的能力，因而一旦習得這些技藝，即使離開學術界，照樣可以終生受用。

之所以如此，不只是因為學位論文的篇幅動輒數萬字，更因為其中包含著長期研究累積下來的複雜資料、數據與思緒，以及層次繁複的分析與論證過程。在寫作的過程中，它首先考驗著作者去蕪存菁的能力，繼而挑戰作者構思、論證與組織結構的能力。最後還要將這些複雜的概念、事實與思想表達得條理分明、層次井然，並且讀者與審查委員信服它的證據、析理、結論與學術價值，更是需要有批判性思考與「精準表達，以理服人」的能力。

可惜的是，坊間「論文寫作」的書籍往往是小處著眼，太偏重措詞、邏輯分析與段落、語法結構等技巧，和文獻引注的格式，而鮮少從大處著眼討論論文的選題、總體架構、論證策略與論文的評價標準。因此往往無助於研究生走出「千頭萬緒，不知從何下筆」的困境，反而有可能讓他們墮入「見樹不見林」的陷阱。

有鑑於此，本書第1章先用李政道與楊振寧的論文和學術界有關基本工資的論戰為例，先引導讀者了解學術論文與「去蕪存菁、精準表達，以理服人」的技藝有何關聯。第2章用精選案例闡述學術界評價論文好壞時常用的十二項評量指標，作為讀者取捨研究成果與心得時的參考。第3章剖析論文常見的整體架構、各個章節的角色（職司的功能）與次序，以及前後呼應的策略與邏輯關係。第4章討論研擬論文主題與主要訴求的策略，讓讀者信服其主要訴求（結論）所需要的論述策略，以及如何從這個過程產出論文的架構。第5章剖析如何從文獻回顧中培養出對於背景理論、研究方法、證據的可靠性、概念分析與結果論證所需要的批判性思考能力，以及論證的技巧。以這些整體性思考與規劃能力為基礎，第6章至第10章按照一般的論文寫作次序逐一講解導論（問題背景、研究主題與文獻回顧）、理論依據、研究方法與步驟、結果的分析與討論的撰寫要領，並且剖析精選案例以促進讀者的細部了解。第11章討論摘要與結論的撰寫要領，以及致謝辭、論文掛名與共同作者的責任等其餘細節。最後，為了說明論文寫作過程所習得的技藝如何讓人終生受用，第12章以個人經驗為例，講述前述技藝在人生各種重要場合裡的運用，第13章則進一步剖析「為什麼論文寫作是培養批判性思考能力的最佳途徑」。

精選案例，深入淺出，娓娓道來

為了從大處著眼，本書成功克服兩大撰寫的難題：其一，論文的大架構與論述策略通常較抽象，甚至「只能默會而難以言詮」，不易闡述。其二，不同學術領域的差異往往會造成讀者閱讀上的障礙。一旦弄巧成拙，很容易因為敘述的原則太抽象而讓研究生覺得「玄之又玄，不知所云」。反之，當這些原則被闡述得夠仔細時，又有可能淪為以偏概全，或者只適用於特定學術領域分支，而沒有跨領域的參考價值。

為了突破上述難題，本書以五篇精選論文作為貫串各章的核心參考案例，在各章中闡述其導論、理論基礎、研究方法與步驟、以及結果的分析與討論的撰寫要領後，緊接著剖析這五篇論文的相關章節，期能讓讀者具體掌握各章揭櫫的原則與要領。

這五篇論文的研究主題分別是：膽固醇濃度與死亡率的關係、人臉防偽偵測技術、調升基本工資對失業率的影響、離婚後會不會比較快樂，以及線上約會的自我揭露與隱瞞。其中前四者屬於量化的研究，第五者屬於質性的研究；它們的主題跨越社會科學與自然科學，共同特色是強調實證研究。

選擇這五篇論文的主要原因，是它們都是出色的論文，其中優點對不同學術領域的研究生都有參考價值。而且它們的研究主題都是其他領域的人很容易理解，其結論跟每一個人息息相關，因而值得每一個人花點心力去了解。

此外，我竭力發揮科普寫作的功力，在剖析這些案例時避開一切閱讀上可能的障礙，力求深入且淺出，以便不同領域的研究生讀起來都覺得流暢而有可讀性。同時我也力求用這些案例將高層次的批判性思考與論述策略具體化，成為研究生容易理解的原則與要領。

一個期待：跨領域閱讀、思考與對話的起點

本書刻意遴選不同領域、不同屬性的論文為例，剖析每個案例時都力求深入淺出，目的是期待讀者能不偏食地充分吸收這五個案例所蘊藏的思考養分，同時藉此培養跨領域閱讀的技巧與習慣。

畢竟，這本書的最終企圖是引導讀者培養出「精準表達，以理服人」的溝通能力，而不管是學者、工程師或企業幹部與決策者，都時而必須以數據進行跨領域的溝通，時而必須以無法量化的事實進行跨部門的協調，因此都有必要學會質性與量化的精準表達與溝通。

況且，儘管表面上質性與量化的論文風格很不相同，其實背後的精神、原則和要領大同小異，放在同一本書裡討論，反而有助於從不同角度更多元地掌握這些精神、原則和要領，以及未來的靈活運用。

尤其是面對人工智慧與全球化日益嚴峻的挑戰，當代企業唯有提升跨領域對話、溝通與整合的能力才有機會勝出。然而，唯有培養出跨領域閱讀與思考意願的人，才能突破膚淺的表層溝通，而達成比其他人更深度的整合與協調。

根據我過去指導研究生的數十年經驗，只要能充分掌握本書要點，並且在開始動筆時另找三、五篇主題最相近的期刊論文當參考，應該就足以因應博、碩士論文（乃至於期刊論文）的寫作需要，並且在畢業後受用無窮。

不過，文末我還是添加兩篇附錄，〈附錄1〉剖析一篇社會學界被引述次數最多的期刊論文，主題是從社會學的角度剖析市場機制，最後對新制度經濟學造成啟發性的影響；〈附錄2〉討論文化人類學家紀爾茲（Clifford Geertz）的兩篇代表作，以及他所謂的「厚描」（thick description）。會有這個安排，首先是因為這三篇論文不只對社會科學界具有廣泛而深刻的啟發和影響，對於想了解社會深層面向的理工學生而言，同樣是趣味橫生且富有深刻的啟發性，不讀可惜。然而對只想寫好學位論文的理工研究生而言，這兩個附錄雖然也力求深入而淺出，卻跟論文寫作的關係較遠，所以作為附錄或許較適宜。

最後必須一提的是，儘管本書聚焦在實證研究的論文寫作，然而若要將其中原則與要領推廣到偏重人文性的領域（譬如文化研究）時，必須十分審慎，因為這些領域裡有些重要的研究成果是不該用實證科學的狹義標準去衡量的。關於這一點，請參考〈附錄2〉。

本書最佳使用指南

這本書刻意寫成具有DIY的風格：前三章旨在釐清「好」的論文應有的特質與樣貌，以便讀者對於論文寫作的最終目標有一個清晰的基本概念；從第4章開始，每一章的內容對應著論文撰寫的一個步驟，且其順序恰恰對應著論文寫作的次序，希望讀者每讀完一章就據以完成論文寫作的一個相應步驟。

譬如，讀完第4章以後，讀者可以據以完成論文的寫作綱要與架構。讀完第5章之後，可以用來彙整既有文獻中出適用的批判法則，同時作為論文第1章（導論）的寫作材料。

完成以上準備工作後，可以依據第6章、第7章、第8章的要領分別撰寫論文的第1章、第2章（背景理論）和第3章（研究的方法與步驟），然後依此類推完成整本論文。

本書有三種可能的用途：其一是碩士生用以培養學位論文的寫作能力，其二是博士生用以培養撰寫國際期刊論文的能力，其三是指導教授引導學生學習論文寫作的輔助工具。

對於碩士生而言，最好是在畢業前一年的暑假裡先把這本書整本讀完，懂多少算多少，以便釐清對研究工作的最終目標（一篇好論文）有較清晰的想像。當指導教授說「你可以開始寫論文了」時，再重讀本書，並參考各章的要領逐一完成論文的寫作綱要與架構，以及整本學位論文的撰寫。交出論文後可以再按照第12章的要領進行口試的準備。

博士生最好是一買到就先仔細讀一次，並且跟過去撰寫碩士論文時的經驗對話，促進理解。當你有了初步的研究成果後，可以參考本書的要領撰寫一篇學術會議論文去投稿。最後，當你有足夠的研究成果和勇氣，想要投稿國外期刊時，可以依據本書的提示去找到跟你的研究成果最相近的國外期刊論文，運用本書的要領去分析那些論文的得失（研究成果與寫作要領），參考它們來擬定寫作綱要（含章節次序與主要內容），並且擷取其中的句型、關鍵詞、論述架構與論述策略當參考。

本書所使用的案例都是期刊論文，因為期刊論文的寫作難度高於學位論文，但是內容較精練，比碩、博士論文更容易看清（分析）其架構，讀起來也較省時。本書所使用的案例都是英文期刊論文，因為中文的佳作不容易找。

這本書是《研究生完全求生手冊》的姊妹作，先讀過《研究生完全求生手冊》再讀本書，效果會更好。不過，假如研究工作已經完成，關鍵性文獻又可以從師長那邊詢問而得知，則只讀本書亦無妨。

撰寫此書的過程中，我一再浮現退休前在系館裡常見的一幕。一個同事在教師休息室裡抱著一杯咖啡踱步，邊看著窗外的成功湖邊嘆氣。我問：「很想跳下去，是不是？」他回答：「是啊！這些學生的論文真的不知道要怎麼改！」希望這些教授們在研究室裡置放本書供學生隨時翻閱，在學生開始寫論文之前給他們預留一週的時間，請博士班的學長姊引導學弟妹閱讀此書，並且運用其中要領撰寫論文，以便減輕教授們「論文季」裡的抑鬱與痛苦。

academic

1 去蕪存菁，精準表達，以理服人：
論文寫作的技藝

假如論文寫作僅僅只是在「鍛鍊文筆」，或者一離開學術圈就毫無用處，絕大多數人根本就不需要用心去學，這本書也不需要存在。

想寫這一本書，是因為論文寫作的過程可以磨練出四項終生受用的能力（去蕪存菁、精準表達、以理服人和批判性思考），而且它們有很多現實上的應用價值（參見第13章）。只不過很少人警覺到論文寫作和這四項能力的關係，或者不了解這四項能力的實用價值，因而寫論文時敷衍了事，結果始終未能培養出這些能力。

在許多重要的人生場合裡，我們都會需要用口頭或書面的表達去說服別人。譬如，申請工作或研究所時，我們必須要用書面文件和口頭報告去讓別人看見自己的「內在美」，讓他們相信你比其他競爭者更適合這個位置。其次，不管是企業內部的提案與討論，跨部門的工作或協調會議，甚至跨企業的溝通、協調、遊說與結盟時，批判性思考都有助於覺察自己的成見和不足，而「精準表達、以理服人」則是化解歧見，促成彼此利益一致的關鍵能力。

在這些場合裡，決策者往往時間與耐性都有限，你的報告必須精準扼要且條理分明而易於理解，以便先引起他的關切，繼而化解對方的疑慮，又讓他隨時保持著興味與信任。因此，在構思簡報資料或書面報告時，你必須先揣測、拿捏對方的心理，據以研判他想知道的重點，他可能會不耐煩的枝節，他可能的疑慮和質疑。然後，再據此取捨內容，安排簡報與書面報告的秩序。也就是說，「以理服人」絕非自說自話，而是像下圍棋或西洋棋那樣，先充分揣摩過對方可能的心理反應與需要，據以擬定自己的表達（遊說）策略和表述的先後次序，最後才能做到「去蕪存菁、精準表達」。

此外，這種表達與溝通的模式是以事實和證據為本，透過精準的措詞和條理分明、先後有序的析理、論證，讓對方接受你的觀點、提案或主張。因此，它也是集思廣益、理性決策的基礎，而其應用更是無所不在，從校園，到企業、法庭與各種公共論辯的場合。

很多人為了鍛鍊這些能力而去學演講，旁聽哲學系的課程。然而其成效都遠遠不如認認真真地寫一本跟實證研究有關的學位論文。

因為，在開始寫論文之前你必須先盤點數年來的讀書心得與研究成果（包括相關的理論與學術文獻、研究的過程與產出、結果的分析與討論等），據以決定材料的取捨與論文的焦點；接著要將千絲萬縷的龐雜材料爬梳出層次與條理，分辨出主從、輕重與先後，以便形成論文的架構與章節次序，並且有條不紊而思路清晰地敘述、剖析與論證，不只是避免讓口試委員覺得難以卒讀，更要讓口試委員覺得整本論文觀點周延、證據確鑿、論證嚴謹、足以服人。緊接著，你還要把數十頁或百餘頁的論文濃縮成一頁以內的摘要，讓行家一讀就知道整本論文的精髓。最後，再整理出一份口試的簡報，將數年的心得在三〇分鐘內講完。

這個複雜的訓練過程，絕對不是辯論比賽的技藝或者幾門邏輯相關的課程所能比擬（參見第14章）。

其實學術論文原本就是一份說帖，向讀者陳述新穎的觀念、事實或方法，企圖讓讀者和審查委員相信：這些觀念、事實或方法有其獨特的優越性，且在學術或現實上有可觀的應用價值，因而值得被傳播與閱讀。最富於原創性的論文，甚至是要帶動觀念革命，在廣大的範圍內顛覆既有、取代既有。這樣的技藝，當然會在社會上有許多潛在的應用價值。譬如，把一個極端複雜的投資計畫寫得條理井然且證據確鑿、析理透徹，讓人疑慮全消而信服，還進一步把上百頁（數百頁）的計畫濃縮成令人心動的募資簡報，從而讓出席的人願意去仔細閱讀與評估上百頁的投資計畫書。

底下就以學術界兩個「小蝦米說服大鯨魚」的真實故事，進一步闡述論文寫作與「去蕪存菁、精準表達、以理服人、批判性思考」的關係。

小蝦米說服大鯨魚：以理服人的觀念革命

學術界的觀念革命是「以理服人」的經典，它有時候是以一兩個人的力量顛覆整個學術界千百年來的堅定信念；其中所蘊含的說服力，非比尋常。當這份說帖是出自名不見經傳的年輕人時，更有如小蝦米搏倒大鯨魚般，充滿戲劇性——譬如底下這個故事。

這故事裡的主角是兩隻來自中國的小蝦米，讓我先賣個關子，稍後再說他們是誰。我要先介紹那隻扮演反派的大鯨魚，當你知道他有多麼無敵後，才能體會到要說服他有多難。

這隻大鯨魚是沃爾夫岡．包立（**Wolfgang Pauli**），一九四五年的諾貝爾物理獎得主。他是個數理天才，高中時因為無法忍受數理課的無聊，就在課堂上偷偷研究相對論，並且在高中畢業後兩個月就發表了關於相對論的第一篇論文，然後在大學畢業前又發表了兩篇關於相對論的論文。二十一歲那年，他用一篇關於量子力學的論文獲得慕尼黑大學的博士學位。兩個月後，他又為一套百科全書寫了一本二七三頁的專書《相對論的理論》（*Theory of Relativity*），彙整了當時關於相對論的所有主要學術研究成果，將它們寫成一套系統井然、條理分明的理論。愛因斯坦（**Albert Einstein**）讀了以後嘆為觀止地說：「任何人仔細研讀這一部成熟而宏偉的作品時，恐怕都無法相信它是二十一歲的人寫的。他會猶豫著究竟最該讚嘆的是什麼，精到地解讀觀念發展背後的心智歷程，數學推導過程的篤定與嫻熟，深刻的物理洞見，清晰而系統化的表達能力，對於學術文獻的廣博認知，對這個主題涵蓋的完整度，或者批判性地評價既有成果時的篤定與精擅。」二十五歲那年他發表了著名的「包立不相容原理」（Pauli Exclusion Principle），並且因而在二十年後獲得諾貝爾物理獎。

包立二十八歲那年就成為蘇黎世理工學院的理論物理學教授，往來的師友都是諾貝爾物理獎得主或者同等級的大師。他對自己和他人的物理學著作都極端挑剔，容不得絲毫的瑕疵或含糊。因此，他常不顧情面地當眾質疑他人，而且事後幾乎都證明他是對的。物理學界還因而流傳一個開玩笑的「包立效應」：再怎麼精密的儀器，只要包立走到它附近，就會突然失靈，直到他遠去為止。

面對這樣一個大師，假如你是在學術荒漠般的亞洲國家拿到學士與碩士學位，六年前剛拿到芝加哥大學的博士學位，你敢不敢針對包立所堅信不移的一個物理學主張說：「儘管所有已知的物理事實都證實你是對的，但是在微觀的世界裡你的主張是錯的！」而且，兩年前他才在一場你的演講裡當眾咆哮，只因為你不知道自己討論的粒子質量是多少（而且該粒子的質量確實是不容忽視的關鍵因素）。此外，就算你敢對他說：「在微觀的世界裡你是錯的。」你又如何說服他，讓他相信這一次真的是他錯了，而不是你又錯了？

出示一套實驗數據，證實他的主張錯了？但是，當實驗數據跟他的主張相左時，也有可能是實驗設計錯誤（忽略了某一種效應的影響），或者實驗儀器的量測不準（校正過程不正確，或者量測誤差太大）。其次，就算你的實驗設計和儀器校正過程都很周密，也有能力證明量測誤差小到可以忽略，那也頂多證明了實驗數據是對的，卻不能因而推論他的主張是錯的。因為，理論與實驗數據之間的差異可以有很多種解釋（譬如，存在有一個前所未知的影響因素），你憑什麼否定其他可能的解釋，而堅持是他的主張錯了？更何況，他的主張在一切已知的物理現象裡都成立，憑什麼說他的主張唯獨在你所討論的微觀世界裡不成立？

也就是說，在你說服包立之前，必須先徹底檢視過自己的實驗過程、理論依據，證明自己沒有犯任何錯。接著必須考慮所有「包立錯了」之外的其他替代性解釋，並且提供證據和有效論證來證實這些替代性的解釋不成立。等你把這一切工作都完成之後，才有機會讓包立相信他是錯的（同時也讓全世界的頂尖物理學家都相信你是對的）。

這意味著：作為「以理服人」的先決要件，批判性思考不只是批判別人，更要先用來批判自己，以便從最周延的觀點找到最佳的答案或解決方案。這個不成文的規矩不只是適用於物理學界，也適用於所有學術界，以及一切強調「理性溝通」、「理性決策」的社群（或企業內）。

要在前述的規矩下成功地挑戰包立，幾乎是不可能的任務，如果成功的話絕對是一場革命。然而確實有人做到了！他們就是李政道、楊振寧和吳健雄，他們的發現就是被《紐約時報》（*The New York Times*）稱為「中國人的革命」的「宇稱不守恆定理」（**parity nonconservation**，在比電子還小的微觀世界裡，自旋方向相反的兩顆粒子可能會有不同的衰變反應），而被包立當眾咆哮的人就是楊振寧。

完全一樣的粒子，只因為自旋方向相反，就導致截然不同的衰變反應，這不只是在直觀上非常難以相信，而且違背宏觀世界裡一切我們所知道的物理法則。因此，剛聽到李政道與楊振寧的理論時，包立曾向友人表示：「我不相信上帝是個輕微的左撇子。我準備拿一大筆錢打賭，實驗的結果一定會證實對稱律。」後來吳健雄的實驗證實宇稱不守恆原理後，包立說他「感到極端震驚」，有一段時間「坐立不安，無法理性地思考、舉措」，然而最後他還是接受了這一項「中國人的革命」。

在這個故事裡，「以理服人」的力量之強大，足以摧毀物理學界一個被無數事實支持的信念，可以讓所向披靡的物理「聖人」向亞洲落後國家的年輕晚輩低頭，也因而可以讓科學和人類社會持續不斷地自我修正與良性發展。

然而以上敘述只不過是故事的上半部，還沒說完的故事是李政道和楊振寧發表的論文一共只有五頁，而吳健雄所發表的實驗結果還不到三頁。假如是你，要如何用這八頁不到的篇幅，去有系統地表述所有的證據與論證過程？

首先，盡量引述學術界已發表過的事實，避免沒必要的贅述。譬如，李政道和楊振寧在導論的第一段中只用了六十二個字和四個注解（共引述八篇論文和一本學術會議論文集），就把當時學術界已知的所有關鍵事實和疑點都交代完畢。其次，這兩篇論文都必須吻合所有科學文件的基本要求：任何該領域的專家在閱讀該文件時，他們的理解必須完全一致，沒有任何歧異（這樣的文件才有可能被客觀地討論與評價）。至於吳健雄的論文，還必須提供足夠的資訊（儀器設備的特性，實驗材料的規格，以及實驗的條件設定等），以便該領域的許多物理學家都能夠據以複製出同樣的實驗結果。

為了在最簡短的篇幅內達成上述目標，必須盡量採用該領域大家所熟知、慣用的術語和符號，避免自己發明新詞。若情非得已而創造新的術語或符號，其命名原則必須容易理解且容易記憶，而且在第一次出現時就加以精準定義。事實上，學術著作如果語焉不詳，或者思路不流暢而有礙閱讀與理解，要被怪罪的是作者而非讀者，學位論文與學術期刊的審查委員甚至有責任要求作者逐一改善後重審，或者直接予以退稿。最後，然而並非最不重要的，你必須要有能力評估研究成果的價值，把最主要的篇幅留給最重要的發現，並且在必要時割捨次要的發現（去蕪存菁）；同時你還必須想出最精簡、扼要且系統化的敘述與論證次序，以便在有限的篇幅內周延地呈現所有必要的證據與論證（精準表達）。

唯有同時具備以上所有要件，才有機會讓讀者一眼就看到論文中的主要創意與價值，並且在仔細閱讀之後確信它的結論（主張）堅不可摧。

相較於李政道、楊振寧和吳健雄的八頁論文，博士論文往往可以有三、四百頁，幾乎不受篇幅的限制。然而它們同樣必須以確實可靠的證據當後盾，以及層次井然的析理與滴水不漏的論證，才能「以理服人」，而不是僅憑「舌燦蓮花」的辯才就足以有功。此外，一篇全球頂尖名校的博士論文往往只能篩選其中精要而發表成兩、三篇期刊論文，每篇十頁上下，其背後「去蕪存菁，精準表達，以理服人」的功力也絕非泛泛。

像物理學革命這麼精彩的案例，鮮少出現在其他學術領域裡。不過二十一世紀的經濟學界卻演出了一場基本工資的觀念革命，影響之劇烈堪稱經濟學革命。促成這一場革命的關鍵是兩篇論文和一本書，其中第一篇論文的作者大衛．卡德（David Card）還因而獲得二〇二一年的諾貝爾經濟學獎，因為他對基本工資等勞動經濟學（labor economics）的研究「徹底改變了經濟科學領域的實證研究」（更多細節參見第5章）。下一節就讓我們先簡要地看看這個經濟學的觀念革命是如何達成的。

基本工資與失業率：顛覆數十年的迷思

大衛．卡德的代表作之一，是一九九四年關於紐澤西州基本工資政策的研究，他的結論挑戰長年以來經濟學界普遍相信的法則：「調漲基本工資會讓弱勢勞工的失業率上升。」我們必須先了解這個法則（觀念）有多麼牢不可破，才能體會到要顛覆它有多麼艱難。

經濟學跟其他社會科學一樣，很難建立起像理工學界那般嚴謹而客觀的知識體系，主要原因是人類的群體行為無法被放進實驗室裡進行「實驗組」與「對照組」的實證研究，也因為人類的群體行為本來就遠比物質世界的行為模式更複雜、多變而難以鉅細靡遺地掌握所有影響因素和最終的效應。因此，經濟學界的許多法則只是吻合直觀的想像和有限而粗率的經驗觀察，不必然能讓所有專家都信服。於是經濟學界時常會有大師級的爭論，甚至諾貝爾經濟學獎的得主們還往往壁壘分明地各持己見。然而對於基本工資的看法，在一九八一年左右形成了強烈的共識，之後就變得牢不可破，很難挑戰。

基本工資的訂立始於十九世紀末，當時是為了節制那時極其猖獗的血汗工廠。然而反對者也引述經濟學界普遍接受的「需求定律」（law of demand），主張價格（工資）上升會導致需求（勞動力）下降，而勞動力需求下降則會導致失業，而且是那些最弱勢（工資最低）的勞工會最先被解雇。他們因此警告：基本工資法想要保護的是弱勢勞工，然而他們卻反而會因為基本工資法而首先受害，誠所謂「愛之，適足以害之」。結果，在接下來的將近一百年裡，基本工資法的支持者與反對者各自找到有利於自己的理論和實證研究的證據，然而所有研究都有其弱點與疑點，不足以徹底說服另一個陣營。

由於事關人數龐大的勞工權益，美國國會在一九七七年成立「基本工資研究委員會」去調查。將近四年後，該委員會提交一份結案報告，集結了六大冊美國與加拿大的相關論文，並且據此提出三個結論：(1)如果基本工資調漲一〇%，十六歲至十九歲的勞工失業率將會增加〇%至一．五%，(2)對二十至二十四歲的勞工影響較前者輕微，(3)至於年齡更高的勞工，其就業率所受影響在理論上與實證研究上都不明顯。

這一份報告被反對基本工資案的人視為確鑿不移的結論，此後「調漲基本工資會提升弱勢勞工的失業率」幾乎成為經濟學界的共識。緣此，英國在一九九三年廢除了工資評議會，並凍結基本工資制度，其他政府的態度也漸趨保守。

然而，影響失業率的因素非常複雜，除非能控制住基本工資以外的影響因素，使他們保持不變，否則有再多的案例都很難確認失業率的變化主要是源自基本工資的單獨影響。基於這個體認，大衛．卡德和艾倫．克魯格（Alan Krueger）在一九九四年共同發表一篇論文，以更具說服力的證據與論述，嚴厲地挑戰基本工資研究委員會的結論。[1]

他們模仿醫學界的實驗方法，把基本工資的調漲看成操縱變因，把弱勢勞工的失業率看成應變變因，並且比較兩個地理上相鄰的州（藉此控制基本工資以外的其他影響因素），其中一個州大幅度調漲基本工資（實驗組），另一個州的基本工資保持不變（對照組），藉此觀察基本工資對失業率的真正影響。他們稱這種研究方法為「自然實驗」（natural experiments），因為它是在現實世界裡尋找既存的適用案例，而非在實驗室裡人為操縱的「控制實驗」。恰好紐澤西州在一九九二年大幅調漲基本工資，而相臨的賓州沒有調漲基本工資，因此大衛．卡德和他的同僚就把這兩州的速食連鎖業當作實驗組與對照組，去研究他們的就業率變化。

結果，紐澤西州速食業在基本工資調漲了一八．八％後，勞動力的變化卻與預期相反略為增加了，而沒有調漲基本工資的賓州速食業反而發生勞動力明顯減少的現象。最後，他們的結論是：⑴調漲基本工資確實使青少年的工資因而提高，⑵沒有證據顯示調漲基本工資會降低青少年的就業率。這一份研究的證據遠比以前所發表的所有研究更嚴謹可靠，因此迅即在經濟學界引起相當巨大的震撼，並且激起更多類似的研究。

1 D. Card and A. B. Krueger, 1994, "Minimum wages and employment: A case study of the fast-food industry in New Jersey and Pennsylvania," *The American Economic Review*, 84 (4): 772-793.

可惜的是，這一份研究的原始數據來自電話的抽樣訪談，其中有可能隱藏著足以影響研究結論的誤差。其次，工資對失業率的影響也有可能需要時間慢慢發酵，甚至在大衛．卡德的電話訪談結束後才充分發揮。最後，紐澤西州速食業的案例有可能是獨特的個案，其中隱藏著學術界尚未發現的特殊因素，不見得可以代表美國各州普遍的情況。

有鑑於以上的質疑，柏克萊分校的麥可．萊奇教授（**Michael Reich**）和他的同僚進一步將大衛．卡德的研究方法加以改善，而在二〇一〇年發表一篇論文〈基本工資的跨洲界效應〉[2]（以下簡稱〈基本工資〉）。首先，紐澤西州與賓州的比較研究只是單一個案，其研究結果有可能只是反映個案的特殊性。為了消弭這個質疑，他們把研究範圍擴大為三一八組相鄰的郡（**counties**），構成三一八對實驗組和對照組。一方面用地理上的相鄰性降低基本工資之外其他因素的可能影響，另一方面用遍及全美各州的三一八組研究對象來反映全國性趨勢，從而避免單一個案可能涉及的「以偏概全」。此外，他們的工資數據來自勞動部的季報表，行業別包括速食業之外其他弱勢勞工較密集的產業，且時間前後跨越十六年，不但精確可靠，而且足以充分掌握工資對失業率的長期影響效應。結果結論依舊是：⑴調漲基本工資對失業率沒有明顯影響，且⑵調漲基本工資確實使低薪工人的工資因而提高。此外，他們還以具體的證據指出來，過去的爭論是因為雙方陣營在研究設計上各有所失，因而各自隱藏著會影響結論的重大錯誤，所以皆不足以採信。

這一篇論文終於徹底釐清過去有關「基本工資與失業率」的爭議，以充分的證據說明論戰雙方在研究設計上所犯的錯誤如何導致研究結果的偏差。因此，在他們的論文發表後不久，國際勞工組織、經濟合作暨發展組織、國際貨幣基金會和世界銀行在二〇一二年聯合發表一份共同聲明，表示適度地提高基本工資可以改善弱勢勞工的收入，而且不會引起弱勢勞工的失業，其淨效益是正面的。

在這案例裡，上述兩篇學術論文就像是兩隻小蝦米，而經濟學界長期以來的主流信仰和美國國會專案小組從六大冊論文歸納出來的報告就像是一隻大鯨魚。這個案例再度讓我們看到：以理服人的關鍵在於針對核心的主張與可能會被質疑的論點，提出確鑿的證據和嚴謹的論證；而無關乎論文的厚度、參考文獻的數量、文筆的優雅或華麗。

這個案例也告訴我們：影響人類經濟行為的可能因素複雜萬端，完整而嚴謹的證據卻蒐羅不易，以致學者經常各執有利於己的證據而爭論不休。然而只要能從紛雜萬象中爬梳出關鍵的線索與證據，再加上嚴謹而條理井然的論證，最終還是能夠以寡服眾，以理服人。

2 A. Dube, T. W. Lester, and M. Reich, 2010, "Minimum wage effects across state borders: Estimates using contiguous counties," *The Review of Economics and Statistics*, 92 (4): 945–964.

結語

不管是哪一個科系，學術界的本色就是「以理服人」，她的核心能力就是從紛雜萬象中爬梳出關鍵證據，再透過嚴謹的分析與論證，去核驗與闡述（行銷）特定觀念、事實、主張或方法的可靠性與價值。

自然科學的證據取得與反覆驗證都較容易，只要有適當的析理與論證，就相對容易說服人；社會科學的完整證據不容易取得，往往只能從紛雜萬象中精選具有代表性的個案或線索，透過巧妙的析理與論證來說服人。這當然不是一件容易的事，尤其是在跨學術領域，且參戰雙方都被惹惱時，更加不容易。然而一群年輕的社會學家卻在二十世紀末成功地挑戰經濟學界的巨人（後來的諾貝爾經濟學獎得主），並且創立了經濟社會學與制度社會學，影響遍及商管、政治與法學等社會科學領域。而且，他們沒有圖表與高深的數學工具，完全仰賴質性研究彙整的證據，以及對於這些證據的剖析、闡述與論證（參見〈附錄1〉）。

這些案例告訴我們，如果把學術寫作看成是一種說服的藝術，那麼自然科學與社會科學所仰仗的技藝其實相去不遠：表面上看起來，前者充滿數學公式與圖表，而社會科學的質性研究則鮮少看到任何數學符號，兩者似乎大異其趣；然而骨子裡它們都是以證據為本，以理服人，中間輔以去蕪存菁、精準表達與批判性思考等技藝。

博、碩士論文的創見通常只是既有學理的改良或具有創意的延伸，而且篇幅的限制遠比期刊論文寬鬆，因而是學習上述「說服的藝術」的絕佳起點。至於這些技藝的具體內涵，以及如何在學位論文的寫作過程中進行「做中學」的鍛鍊，則會在後續各章中逐一詳解。

更值得一提的是，這些技藝不只是在學術界有用，而是在許多公、私場合都有大用，一旦學成就可以終生受用無窮。關於這一點，我們會在最後兩章討論。

假定這一章的內容足以讓讀者發願學習論文寫作的技藝，接下來這一章就讓我們來釐清「學術界如何評量論文的好壞」，以及「怎樣是一篇實證研究的好論文」。先看清楚論文寫作的努力方向與評量依據之後，再回來談如何朝這個方向邁進。

quality

2 不識廬山真面目：「好」的論文像什麼，不像什麼

我在劍橋念博士時，一位哲學所的朋友說：「博士論文很簡單，找一個話題，把你想說的寫清楚，就這樣而已。」這當然只是一句玩笑話，否則在國外的頂尖名校裡就不會有那麼多人論文口試沒通過，還有人因而輕生。

然而許多研究生卻真心地誤以為論文寫作只是「我手寫我口」，想到什麼就寫什麼。完稿後才被指導教授橫眉豎目地批評：「論文不是讀書筆記，不是心得報告或實驗報告，更不是大雜燴，你根本就沒搞清楚學位論文到底是什麼！」

其實，在開始寫作論文之前，首先要想清楚的問題是：怎樣是一篇出色的學位論文，或者合格的學位論文？假如連這個問題都沒先搞清楚，再好的研究成果也有可能會被寫得蕪雜不堪、良莠雜陳而難以卒讀，甚至連整個研究過程都有可能浪費在糟粕堆裡。

可惜的是，鮮少有指導教授曾向學生詳述這問題的答案，因而許多人在拿到博、碩士學位後

還是不確知其解，更多的人在論文寫作過程中因為「不知為何而戰」而飽受折磨。

社會學家霍華德．貝克爾（Howard S. Becker）在一九六〇年代創立「標籤理論」（labeling theory），因而成為社會科學界的名人。他在任教近三十年並指導過無數博士班的精英後，認真地寫過一篇論文，分析社會學界的論文寫作為何那麼令人焦慮，而寫出來的論文又出奇地拗口、艱澀、辭不達意。他指出其中兩個關鍵因素：很多博士生和剛拿到教職的學術新人都不確知一篇好論文該具備哪些要件，也不知道一篇好的論文是怎樣生產出來的。

不過那是一九八〇年代末期，近年來有許多學者戮力於釐清博士論文審查委員的評價標準，因而過去那些「默而不宣」的評量尺規逐漸地被化為清晰的文字與論述。

這一章就先來釐清什麼是「好」的論文。

為何而戰：博士論文與「好論文」的基本要件

在所有強調實證研究的學術領域裡，不管是博士論文或任何學術著作，寫作的目標都是要針對一個有學術價值的問題，提出新穎且可靠的答案（或者更好的研究方法或技術），並且從確鑿不移的證據出發，條理清晰而層次井然地分析、闡述與論辯，讓讀者相信它們是正確、可靠（或者更優越），因而有在學術界加以傳播、發表的價值。

因此，論文中所陳述的事實與證據都是為了要用來直接或間接地支持最終的結論，以及彰顯這些新知識、觀點、方法的有效性與優越性。至於跟這個目的無關的讀書筆記、研究過程的辛酸曲折，或個人的心得與好惡等，都沒必要（甚至不應該）寫進去；否則不但會妨礙讀者的閱讀與理解，還暴露你對學術基本規範的無知。

更仔細說，不管是哪一個學術領域，只要是有關實證研究的論文或報告，都必須立基於周延的觀點和視野，從可靠的證據出發，透過嚴謹的析理與論證，說服讀者三件事：(1)這篇論文含有原創性的新知識、觀點、方法或者既有學理的新應用，以條理清晰而層次井然的方式呈現，並且有可靠的證據和嚴謹的論證加以支持；(2)這些知識、觀點與方法並非零星、孤立而不相連屬的發現，它們是前後一致的、有系統的知識與論述，並且在某個範圍內具有普遍的適用性；(3)這些論述跟既有學術保持著緊密的對話，對後者進行延伸、詮釋或批判，並且對既有學術知識的擴張、改善或革新具有不可忽視或重大的價值。

仔細考察英國頂尖大學的博士學位授予標準，基本上跟上述三項要件大同小異。此外，有些學者會用不同的措詞來陳述博士論文應具備的特質，不過基本上都對應著上述這三個要件。譬如，澳洲的學者在彙整過去的相關研究結果後，將博士論文的評量指標歸納為七大項：(1)對於與研究主題相關的既有學術知識有完整、詳盡而精確的了解；(2)論文中具有原創性的發現，而且絕大部分是作者個人獨立完成的；(3)研究成果具有足夠的深度、細膩度與完整度；(4)研究成果彼此緊密關聯，不是勉強拼湊而成；所有論述前後一致，沒有任何矛盾或衝突；(5)對於研究方法與證據的選擇能夠給予合理的解釋，對於論文的發現與主張可以進行有效的論證與辯護；

⑹對於既有文獻和自己的見解具有成熟的批判能力，不會輕率地接受既有知識、證據或自己的推理與論述；⑺論文的架構與論述層次井然、條理分明且措詞明確，可以清楚地表述其思想與觀念，並且能正確地引述既有文獻，沒有剽竊他人研究成果的嫌疑。[1]而牛津大學的研究結果也歸納出類似的結論：雖然論文的原創性是英國頂尖大學授予博士學位的首要考量，但是論文的原創性必須搭配著學術上的嚴謹性、可靠的證據與分析的深刻度、適切而經得起批判性檢視的方法與步驟、對於相關知識的熟稔與精準掌握，並且有能力批判性地分析與審視自己的作品。[2]

如果仔細比對，將可以發現這七項的內涵跟前一段的三項大同小異，只不過因為從不同的角度下筆且措詞不同，因而可以相互啟發。

另一方面，近年來英美等國有越來越高比例的博士生是在為公、私立機構培養實務上所需要的人才，連研究題目與方向也是配合企業界與公、私機構的需要，而不再囿限於促進學術的發展。有鑑於這個多元化的發展趨勢，英國更新其舉國通用的「博士學位參考標準」，建議擁有博士學位者應具備四項核心能力：⑴透過原創性的研究或高階的學術活動，創造並詮釋新穎的知識，這些知識必須要能滿足專業同儕的審視與評鑑，拓展該學科領域的知識疆界，並且具有發表的價值；⑵對於一個學術分支或專業領域最前緣的一整個區塊的知識，能夠進行有系統的搜尋、取得並理解；⑶在一個夠寬廣的領域內，面對該領域最前緣知識的生產、應用或理解，有能力將被交付的任務適切地概念化為一個研究專案，並且設計、執行該專案計畫；⑷有能力鉅細靡遺地了解高階學術研究所需使用的技術、方法和理論。[3]在這個已經盡可能寬鬆的參考標準裡，第⑴項依舊是強調原創性的發現與論述的嚴謹性、第⑵項對應著文獻回顧的能力、第⑶項對應著獨立研究的能力。

由此可見，不管是哪一種類型的博士，學位論文的原創性乃是必備的要件，而且是影響論文品質（評價）的首要因素。有鑑於此，接下來讓我們先仔細釐清「原創性」的意涵，之後再繼續闡述其他的論文必備要件。

原創性與貢獻：學術界的「芝麻開門」

在學術界，「原創性」與「貢獻」是兩個密切相關的詞，有時候被看成同義詞，有時候被合併成「原創性貢獻」。有些論文審查委員跟考生略為寒暄之後，第一個正式的問題就是：「你覺得你的論文有哪些貢獻？」這個問題既是在問你的論文對學術界（或實務界）有何貢獻，也是在問你的論文有何原創性，因為，一篇不具原創性的論文，只不過是在重複學術界既有的發現

1 D. Hodgson, 2020, "Helping doctoral students understand PhD thesis examination expectations: A framework and a tool for supervision," *Active Learning in Higher Education*, 21(1): 51–63.

2 G. Clarke and I. Lunt, 2014, "The concept of 'originality' in the Ph.D.: how is it interpreted by examiners?," *Assessment & Evaluation in Higher Education*, 39(7): 803-820.

3 QAA, 2014, *The Frameworks for Higher Education Qualifications of UK Degree-Awarding Bodies*, p. 30.

與已知的知識，根本就不需要存在。

同樣的，如果一篇論文被投稿到某個學術期刊，而審查委員在意見表上勾選了「缺乏原創性」或「沒有重大貢獻」，就意味著這篇論文必須被退回，連「修改後重審」的機會都沒有。相反的，如果審查委員在意見表上勾選「富有原創性與重大貢獻」，則即便論文有些瑕疵，也通常可以「修改後重審」。

問題是：「原創性」到底是什麼？對學術界的「貢獻」又該如何衡量？

簡單地說，論文的「原創性」是指論文中所包含的新穎觀點、主張、方法或發現，足以顛覆學術界既有的認知（譬如相對論與量子力學顛覆了古典物理），或者開闢學術界的新視野（鐳元素的發現與研究導致放射線科學的建立與發展，石墨烯的發現導致科學界對奈、微米世界全新的認識與研究發展），或者提出更好的研究方法（大衛・卡德的「自然實驗」讓經濟學與其他社會科學可以更精準地進行實證研究），或者讓我們從全新的角度去思索舊的問題（彭慕蘭（**Kenneth Pomeranz**）的《大分流》（*The Great Divergence*）提出前所未有的主張：明清兩朝的中國有進行工業革命所需要的技術、資金與市場，然而她沒有發生工業革命，不是因為「封建、保守、落伍」，而是因為她有跟西歐不一樣的人文、歷史與地理背景，有不一樣的發展道路，有更急迫的其他課題要解決），或者改善我們對問題的認識（過去我們把高密度脂蛋白稱為「好的膽固醇」，並且以為它的濃度越高越好；近年的研究卻顯示，當高密度脂蛋白的濃度比最佳值多出五〇％以上時，男性的死亡風險有可能會增加一〇六％，而女性則有可能會高出六八％）。

也就是說，「原創性」與「潛在貢獻」是相對於學術界既有的認知而言，它必須是突破學術界現況的新觀點、新發現或新方法，有足夠的衝擊力道，可以將學術界的知識邊界往前推進——進步的幅度越大，影響的範圍越廣、越深遠，突破的難度越高，貢獻越大。

譬如，大衛．卡德的「自然實驗」可以惠及所有的社會科學（影響範圍遼闊），讓它們從「無法進行實驗室內的控制實驗，因而眾說紛紜，莫衷一是」的窘境，變成有了解決紛爭的利器（革命性的躍進），因而獲得諾貝爾獎。而萊奇教授等人的〈基本工資〉將「自然實驗」明顯改進，從而徹底改變經濟學界對資本工資問題的看法（為過去的紛爭蓋棺論定），然而其影響範圍局限於經濟學界的一個特定分支，受惠者遠比大衛．卡德的「自然實驗」更少，原創性與突破的難度更低，因而不足以跟大衛．卡德分享諾貝爾獎的殊榮。

突破的困難度是衡量原創性貢獻的一個重要指標。以二〇一五年獲得諾貝爾醫學獎的治瘧疾藥物青蒿素為例，它在醫學上的重大斬獲跟許多人的貢獻有關。屠呦呦所帶領的團隊首先萃取出青蒿的有效成分，證實它對瘧原蟲的抑制成效高於九五%，並且在一九七二年分離出青蒿素的結晶。此後其他研究者才能以臨床實驗證實青蒿素的療效，並完成青蒿素的化學結構鑑定，這些基礎研究又導致更多青蒿素衍生物的發現與合成，以及更有效的複方療法。然而諾貝爾獎只授予屠呦呦，意味著評審團認為屠呦呦（及其研究團隊）的貢獻是整個研究過程中最難突破、影響最深遠的一環。

我們可以從兩個方向去理解這個決定。其一，當時全中國參與中草藥研發的機構不只一個，篩選範圍涵蓋所有醫典上記載的中藥方與民間秘方，光是屠呦呦的團隊就研究過包括青蒿在內的六四〇種中草藥方，初步結果都顯示青蒿療效不佳或不穩定，因而原本並不看好青蒿。關鍵的轉折是屠呦呦讀到葛洪的著作，發現他並沒有採取中藥慣用的煎煮湯劑，而是在常溫下絞汁吞服，因而懷疑煎煮的高溫會破壞青蒿的有效成分。她改採乙醇萃取，對瘧原蟲的抑制成效較佳，但仍舊不理想；再改用沸點更低的乙醚萃取，成效依舊不夠理想且不穩定；接著再去除萃取物中毒性較強的酸性部分，又反覆實驗找出青蒿的最佳部位與產季，最後才獲得高純度的青蒿素有效成分，進而證實它對鼠瘧原蟲的抑制率高於九五％，最後並提煉出青蒿素的單晶。這整個研發過程極為曲折，必須累積許多正確的學理判斷才能有功；而其他研究團隊的功敗垂成，也足以佐證萃取方法的突破絕非易事。其次，雖然臨床研究、結構鑑定與複方的研發都功不可沒，但是若沒有先萃取出青蒿素的單晶並確認其抑制瘧原蟲的顯著成效，後續的研究將會持續在盲目中摸索，很難在正確的方向上累積進展。此外，一旦獲得單晶且確認其顯著效果，後續的臨床研究和結構鑑定有很多國際級的機構有能力完成，任何特定機構的貢獻都不是無可或缺的。

以上案例都是諾貝爾獎級的研究，然而學位論文對原創性的要求並不嚴苛。博士論文頂多只需要「有在專業期刊上發表的價值」，碩士論文也只需要有「任何原創性的表現」而不必然要有發表的價值。[4]事實上，只要充分掌握拙作《研究生完全求生手冊》中研究與創新的要領，應該就可以滿足博士論文的基本要求。[5]

此外，不管是多麼革命性的論文，所有研究都是「繼承既有的研究成果，只在關鍵性的重點上追求局部的創新」。譬如李政道與楊振寧的論文，雖然他們挑戰微觀世界裡的宇稱守恆，然而他們的論證過程卻使用了大量無關乎宇稱守恆的物理定理來捍衛自己的觀點。也就是說，他們只在「宇稱守恆」的問題上表現出原創的觀點，其他方面則繼承了所有相關的物理定律。因此，你能否善用學術界已知的事實來捍衛自己的原創觀點，也同樣攸關一篇論文的品質與評價。

事實上，對於原創性之外的其他論文評量指標，有些審查委員會更加嚴格把關。曾有研究指出，在影響學位論文評價的十二個因素中，影響最大的前四項依序是：能對研究結果進行有效的分析、有重大貢獻、適當的文獻回顧、研究方法的有效應用。[6] 這個結果並非意味著原創性貢獻不重要，而是說就算是有不錯的原創性發現，如果分析或論述不當，都會讓人懷疑起研究結果的可信度，甚至會因為語焉不詳而讓讀者低估其原創性內容的價值。此外，博、碩士論文的創意往往跟老師的指導有關，比其他因素更難以反映學生真實的能力。

緣此，學位論文不合格的首要原因，往往不是原創性不足。譬如，中國國務院每年都會派人隨機抽檢各學科所有博士論文的一〇%，二〇一五年的抽檢將一〇八篇社會科學類的博士論

4 英國常見的具體要求見前一節所引述 G. Clarke and I. Lunt 的 2014 年論文。
5 彭明輝，2017，《研究生完全求生手冊：方法、秘訣、潛規則》。台北：聯經出版公司。
6 S. Bourke and A. P. Holbrook, 2011, "Examining PhD and research masters theses," *Assessment & Evaluation in Higher Education*, 38(4): 407-416.

文評為不合格。進一步分析不合格的理由，發現最常見的是「對學科現狀的了解不足」、「研究方法不適切」、「分析論證不夠有力、合乎邏輯」（三者的出現頻率都占不合格論文的六〇％以上），其次才是跟原創性有關的「研究不夠深入」和「創新性不足」。[7]

由此可見，只有原創性發現還不夠，如果在論文寫作過程沒能充分照顧到既有文獻的已知事實、研究方法的選擇與理由、數據與結果分析，以及嚴謹的論證等因素，照樣可以使一篇論文黯然失色，甚至讓璞玉毀於拙匠之手。接下來，就讓我們進一步說明這個事實。

玉不琢，不成器：論文的雕鑿與琢磨

很多理工學院的研究生誤以為論文的價值取決於研究的成果，與論文的寫作無關，甚至誤以為寫作技巧是文學院的事，跟理工學院無關。事實呢？大謬不然！

前一節提到的澳洲研究曾歸納出十二個影響學位論文評價的因素，分別是：文獻回顧的完整度、文獻引述的正確性、所引文獻是否能有效應用、研究方法的選擇是否適切、研究方法的應用是否正確、研究結果的分析是否正確、研究結果的分析是否夠深入、論文的貢獻是否具有原創性、論文的貢獻是否能促成學術界的知識發展、論文的貢獻是否有重大的價值、論文陳述是否能正確地表達作者的概念與思想、論文的陳述是否夠清晰、有條理而易懂。

最前三項是關於文獻回顧的適切性，因為它以三種方式影響研究與論文的品質。其一，如果沒有針對論文的主題進行足夠的文獻回顧，很容易在研究過程中變成閉門造車，以至於選擇了早已有成熟的結論課題，而研究結果卻遠比既有知識更不足取，根本是浪費心力。其二，因為沒有充分吸收該主題的相關知識，因而在方法的應用或結果的分析時犯下學術界早已熟知的錯誤。其三，因為不了解學術界的既有成果，沒有適當的比較對象，因而高估自己研究結果的品質或價值，變成夜郎自大或敝帚自珍。即便有指導教授的協助而避免了第一項錯誤，還是有機會在論文寫作過程中犯下後面兩項錯誤。

我自己在念碩士時，就親自見證過一個慘痛的教訓，今天想起來都還餘悸猶存。同班中有一位從大四就開始跟教授做研究的同學，且深受嘉許，因而一向自許甚高。沒想到碩士時換了一個學校，而指導教授又太名士派，沒要求他去做文獻回顧。結果，口試時一位委員指出兩年前早已有人發表一篇論文，用跟他一樣的方法研究相同的題目，而研究成果遠比他的完整、深入、傑出，以至於他的論文頂多只能算是拙劣的模仿或抄襲。偏偏這兩位師生又沒有能力舉證消除抄襲的嫌疑。緣此，這位委員堅持不肯在口試成績單上簽字。最後，是在指導教授一再懇求下，這位委員才答應讓我同學改變研究方向，在半年後提出新的研究成果，重新審查。因為有過這一次的震撼教育，後來我對文獻回顧絲毫都不敢含糊。

7 秦琳，2018，〈社會科學博士論文的質量底線——基於抽檢不合格論文評閱意見的分析〉，《北京大學教育評論》，16(1): 39-54。

接在文獻回顧後面的是關於研究方法的選擇與應用（含改良與創新），一共兩項。不管是理工的研究、社會科學的量化研究或質性研究，在擬定的研究主題與目標下，可以選擇的研究方法通常不會只有一種。如果選錯方法，最糟的結果是緣木求魚，得不到任何有價值的發現。如果方法應用不當，有可能會把錯誤或可疑的結果當作重大的新穎發現，直到口試時才被指正，以至於論文必須大幅改寫，甚至連研究都必須局部或全部重做。

更重要的是，當你的研究涉及既有方法的改良或創新時，它有可能變成你論文的主要貢獻之一。因此，你不只必須清楚說明變革的理由（既有方法的缺點和造成這些缺點的癥結）與目的（預期的優點、好處以及有效範圍），而且必須嚴謹地分析（論證）這樣的改變為什麼可以（或必然）導致預期的優點（好處）。此外，你還必須以模擬的數據、實證的觀測結果，以及案例分析來跟方法的分析相互印證，用數據與實證的觀測結果具體顯示改善的幅度（略為改善或顯著改善，對於不重要的應用場合有所改善或者對於重要的場合有重大的改善），同時用有關方法的特性分析與論證讓讀者信服前述具體的改善證據並非零星、孤立的個案，而是有其方法（理論）上的依據，因而在一個特定應用範圍（或者廣大的應用範圍）內都會顯示出類似於前述個案的優越表現。

可惜的是，我常發現學生在論述完理論與方法後，對於個案的選擇（實驗條件、模擬範例的條件，或者質性研究的個案）有欠深思，因而其理論或方法上的創意似乎有大幅改善既有知識的潛力，在具體個案的實證觀測或電腦模擬裡卻看不出改善的幅度有多顯著。有時候甚至因為個案設計不良，以至於所獲得的結果充滿瑕疵，讓人懷疑他的理論或方法可能隱藏著未被覺察的重大缺點。

緊接著上述兩項跟研究方法有關的評價因素之後，是兩項有關結果分析的評價因素。我們已經在前面兩段陳述研究結果中的個案該如何選擇，以及對於結果的分析要如何呼應有關方法的分析，才能充分引導讀者去看到整篇論文的價值（優點）。可惜的是，很多學生在做完實驗或數據模擬之後，不知道該如何將紛雜的數據化為容易理解的圖表，生硬地將一大堆數據毫無條理地堆砌起來，也不去分析這些數據內涵的意義（訊息），讓人讀起來一頭霧水，甚至越讀越不耐煩，而徹底懷疑作者到底是不是在分析與論證的能力上嚴重不足。

至於論文的陳述（presentation）是否得當（清晰、精確且有效），不但包括案例的選擇是否恰當，也包含「數據的圖表化」（data visualization）是否恰當，乃至於章節的設計與論文的總體結構是否得宜等。毋庸贅言，論文的陳述如果不當，必然會影響閱讀與理解，而損及論文的價值，甚至讓論文的原創性與潛在貢獻變得晦暗不明。

綜合以上的分析，在影響論文評價的十二個因素中，除了三個跟原創性貢獻有關之外，其他九項因素都是在體現「去蕪存菁，精準表達，以理服人」的技藝。從這個角度看，研究結果有重大發現只不過是「好的起點」，如果在論文寫作過程中無法充分照顧到其他因素，將會折損論文的價值，有如一塊價值連城的璞玉毀於一個拙劣的工匠之手。

值得注意的是，這九項因素反映的是概念分析、邏輯、論證與批判性思考的能力，而非文學性的修辭或說故事的技巧。此外，只要是以實證研究為基礎的學術論文，除了極少數例外，基本上都必須充分照顧到這九個因素，而不獨理工學院或社會科學院如此。

即便是徘徊在「實證科學」與「文學與人文領域」之間的文化人類學著作，只要有企圖說服讀者的意圖，就無法將前述九個因素全然置之不顧。關於這一點，〈附錄2〉將以文化人類學家紀爾茲的兩篇代表作為例，進行更細部的討論與分際的拿捏。

結語

這一章從不同的角度勾勒「好論文」所需具備的要件，以便讀者對於論文寫作有一個清楚的目標，知道該努力的方向與重點，以及該避免的主要缺失。

以此為基礎，接下來的三章我們將會探討如何研擬論文的主題、焦點、主要架構、證據的取捨與論述的策略、章節的次序與內容，以及論文的寫作流程，以便讀者對於論文寫作的要領有宏觀而整體性的掌握。

此外，從第6章開始，我們將按照論文寫作的次序，舉實例闡述論文中每一個主要構成部分需注意的要領與細節，以期讀者能更具體、細膩地掌握「去蕪存菁，精準表達，以理服人」的技藝。

3

精心擘畫，層次井然：

論文的架構與主要內容

不管是哪個學術領域（理工或社會科學）或研究屬性（量化研究或質性研究），也不管是學位論文或期刊論文，以實證研究為基礎的論文通常會包含六個主要部分：摘要，導論或簡介（含問題背景與相關文獻的介紹），主要的理論、研究方法與研究架構，研究的結果、分析與討論，結論與對於未來研究方向的建議，最後是參考文獻的清單。

這六個部分大致上是依前述次序出現，內容或許有些重疊，但是各有明確的功能與角色扮演，且彼此相銜、前後呼應地嚴密整合在一起。

尤其是前面四個部分，如果能充分掌握它們的主要功能與角色，以及彼此的呼應關係與內在的邏輯，就可以提綱挈領地決定整篇論文的架構，以及各章節的次序與主要內容，如果只是依樣畫葫蘆抄襲主題相近的論文架構，很容易「畫虎不成反類犬」。

所以，這一章我們先從宏觀的角度勾勒這四個部分各自的主要功能與獨特的角色，以及彼此的呼應關係，以期讀者能先掌握論文的整體架構，避免「見樹不見林」之弊。至於這四個部分的具體內容與寫作要領，會從第6章起進一步討論，以收「見樹又見林」之效。

摘要的角色與功能

一本學位論文的最前面是致謝辭，接著就是不到一頁的摘要，而英文期刊的論文摘要更往往只有一兩百字。它的角色與功能很像廣告文宣，以最少的字數陳述論文的主要內容（研究主題、方法與發現）和特色（優點、原創性與主要貢獻），藉以引起讀者的閱讀興趣，並且對論文的內容有正確的期待。

如果摘要的內容太平淡無奇，看不出論文有何特色或成果，讀者（審查委員）會懷疑這篇論文乏善可陳，沒有閱讀的價值。另一方面，摘要又像是一張必須立即兌現的支票，它所標榜的特色和貢獻必須確實存在於論文中，且經得起專家的嚴格審視。如果摘要過度誇大研究成果，作者就有不誠實的嫌疑，或者嚴重欠缺客觀評價研究成果的能力，這兩者都會讓評審委員在讀完論文後感到很不愉快。

所以，當你要撰寫摘要時，先問自己一個問題：「我這篇論文的主要特徵（研究主題與研究方法）和成果是什麼？」然後試圖把前面這個問題當作簡答題，誠實而精要地寫下來。

以〈離婚的夫妻會因為分手而變得比較快樂嗎？〉[1]這一篇論文為例（以下簡稱〈離婚會

比較快樂嗎？〉），它的英文摘要只有九十個字，全文如下：「離婚是躍進黑暗裡。本文研究分手的人是否真的變得比較快樂。我們採取英國家戶長期追蹤資料庫（British Household Panel Survey），從個人層級觀察離婚前後數年心理上的幸福感。我們的結果顯示，離婚的夫妻因為婚姻關係的終止而在心理上有所獲益。男人與女人的獲益程度相近。本文同時也研究喪失親友、有未成年子女，以及再婚的影響。我們採用一般健康的問卷形式和生活滿意度的評分來衡量幸福的程度。」

第一句話裡的「黑暗」是個雙關語，比喻離婚後的人生變得陰鬱，也比喻學術界對離婚的世界了解太少。第二句載明本研究的主題。第三句載明本研究所採用的資料庫與研究方法，一般讀者對這一句話可能沒什麼感覺，該領域專家卻會一眼就看到這個資料庫和研究方法的優越處，並且預期它們有機會突破過去相關研究的主要瓶頸，得出較可靠的結論（詳見下一節）。第三、四句話點出本研究的兩個主要結論，第五句話點出本研究的次要考量。最後一句話交代的細節是學界的標準作法，因而最不重要。

九十個字沒有任何贅詞，句句精要，而且輕重有序而層次井然。

再以萊奇教授等人的〈基本工資〉一文為例，它的摘要只有五句，全文如下：「我們利用州

1 J. Gardner and A. J. Oswald, 2006, "Do divorcing couples become happier by breaking up?," *J. Royal Statistical Society A*,169(2): 319–336.

界上政策的不連續性來確定基本工資如何影響餐廳等低薪部門的工資與就業率。為了將個案研究的方法一般化，我們把一九九〇年至二〇〇六年期間所有基本工資政策的地區性差異通通納入考慮。我們比較美國州界上所有此類的相鄰行政區，沒有發現就業率有下降的效應。我們證實：傳統研究方法沒有考慮到各地區經濟特質的差異性，因而很容易產出虛假的負面效應，實則它們跟基本工資政策無關。即便基本工資的改變具有長期效應，我們的研究結果基本上仍舊有效。」前三句精要地陳述這篇論文的研究主題與方法特色，後面兩句扼要點出主要結論與貢獻。

對於熟知這個領域的專家而言，這寥寥數語句句精要、針針見血。對於不熟悉這個研究主題的人而言，五句話裡卻藏著好幾個不常見的術語，譬如「政策的不連續性」（policy discontinuities）、「地區性差異」（local differences）等。由於摘要實在太精簡，往往不得不使用罕見的術語，然而卻不能寫到讓該研究分支的專家也看不懂。

導論、簡介與文獻回顧的角色與功能

在學位論文裡，導論或簡介通常是獨立的一章；在期刊論文裡，它通常是獨立的一節。它的內容通常包含：問題意識（研究主題與問題背景）、研究動機與文獻回顧（既有文獻的不足，本研究想要解決的問題與適用範圍），研究的方法、程序與特色（基本假設，方法特色以及相對於既往文獻的優點），有時候還具體而扼要的摘述（預告）主要的研究成果。

這一章是論文的正文起始點，因此它必須向讀者介紹這個研究的主題與問題背景，以及它在學術與實際應用上的重要性，從而引起讀者對這個研究主題的重視與閱讀興趣。此外，很多研究都是聚焦在一個議題狹小而定義明確的研究主題裡，以便於用充足的證據和周延的論證來產出無懈可擊的結論。然而這個狹小的主題卻很可能是一個重大問題最亟待突破的關鍵環節，或者是許多相關問題的共同焦點，因而其影響範圍既深且廣。於是，導論就必須去闡明這個研究主題背後的問題意識與研究構想，引導讀者從更寬廣或更深層的視野裡逐漸聚焦到這個狹小的議題，從而了解其背後廣泛的意涵與價值。

其次，當以上說明成功地說服讀者（審查委員）這個研究主題的必要性（價值與意義）之後，他可能會接著問：「這麼重要的問題，學術界應該早已有人研究過，何勞你來費心插嘴，甚至畫蛇添足或狗尾續貂？」為了回答這個問題（質疑），你必須扼要陳述學術界有關這個問題最具代表性的研究成果（文獻回顧），分析其中的得失，以及至今仍待解決的部分，然後你再進而明確指出自己擬定的研究主題和研究範圍如何跟既有文獻區隔，以及如何填補既有文獻的不足或改善其缺失。

也就是說，文獻回顧的目的有兩個，首先是剖析既有文獻的得失與不足，其次（更重要的）是以前述的分析突顯本研究的主題、研究方法（策略）和研究範圍的必要性。

以〈離婚會比較快樂嗎？〉為例，它在導論裡先指出離婚率在過去四十年內增長了五倍，而許多既往的文獻都顯示離婚的人比沒有離婚的人更不快樂。這兩個證據乍看似乎彼此矛盾：假如離婚的人比較不快樂，為什麼離婚的人卻越來越多？一個可能的解釋是因為人類沒有能力預知未來，因而離婚率的上升有可能只是在離婚的法律程序日益寬鬆後，盲目離婚的人就跟著增加了。然而事實如何，還有待釐清。

接著作者指出，既往研究都是橫斷面研究（cross-sectional study），也就是在某一個特定的時刻裡訪談當時的已婚者和已離婚者，並比較他們的個人感受。由於這是兩群毫無交集的人，因此其研究結果允許一種解釋：沒有離婚的人顯得比較快樂，是因為他們碰巧遇到合適的對象，或者個性上較開朗且懂得避免婚姻中的衝突；而離婚的人比較不快樂，是因為他們遇上不合適的人，或者因為他們比較容易不滿足且不懂得避免婚姻中的衝突。

然而這種橫斷面的研究無法回答我們真正的問題：「就那些已經在婚姻中感到很痛苦的人而言，離婚會不會讓他們變得比較快樂？」要回答這問題，就必須使用長期的追蹤資料（longitudinal data），也就是持續地追蹤訪問同一群已婚的男女，比較每一個人在離婚前數年的感受與離婚後數年的感受，看看有多高比例的人在離婚後變得更快樂（或更不快樂）。可惜的是，這樣的長期追蹤調查資料很稀有，所幸本研究所採用的「英國家戶長期追蹤資料庫」恰好有相關的資料。

緊接著的問題是，儘管離婚問題的長期追蹤研究很稀有，終究還是已經有人發表過了。那麼，為何還需要現在這一篇論文？或者說，相較於其他已經發表的長期追蹤研究，本研究有什麼特色或優點？

於是作者回顧已發表的長期追蹤研究，摘述它們的主要發現，並指出它們的共通缺點：對於受訪者的個人感受量測次數太少，且間隔的時間跨距太大，而且沒有去量測離婚前的個人感受（因此無法進行離婚前後個人感受的變化）。也就是說，本研究的最大優勢是它所採取的長期追蹤資料庫比以前的研究更完整、可靠。

有了較好的資料庫，即便研究方法跟既往雷同，也能得出較可靠的結論。至此，這篇導論算是稱職地完成它的任務，說明了本研究的特色與必要性，讓讀者有理由預期這篇論文裡會有比既往更可靠的發現和結論。

不過，從學術的貢獻來看，方法上的創新更重要，因為它的影響更深廣且突破的難度更高。因此，當一篇論文的主要貢獻是方法上的突破時，它的導論可能就會把重點放在既有文獻在研究方法上的共同弊端，並且扼要指出本研究將如何突破關鍵性的瓶頸，從而解決或改善既有文獻的缺失。

譬如〈基本工資〉的導論，它在第一段就將過去的研究歸納為兩大類：第一類是傳統型研究（從數州或全國取樣來評估基本工資的影響，但是沒有「實驗組」與「對照組」的配對），它們的研究結論大多傾向於「調漲基本工資會導致失業率上升」；第二類是針對跨州界相鄰行政區的「自然實驗」，它們的研究結論傾向於「調漲基本工資不會導致失業率上升，或影響不明顯」。接著它在第二段與第三段直接指出這兩種研究方法各有其誤差來源，同時說明本研究將採取什麼樣的手段去避免前述誤差。接下來的五段則扼要而清楚地說明這個研究的四大貢獻與主要成果。

這樣的導論當然很吸引人，接下來就要看這篇論文的研究方法與結果是否確實同等地吸引人，且證據和論證都足以服人。

理論依據、研究方法與步驟，以及結果的分析與討論

從邏輯演繹的次序看，不管是質性或量化的實證研究，都必須要先有理論依據與假設，才能藉以發展出跟研究主旨相吻合的研究方法與步驟，繼而產出研究結果；接著再對研究結果進行分析與討論，才能產出結論。然而在論文寫作的實務上，這三個部分很難徹底區隔開來，反而往往會相互重疊。因此通常必須把它們當作一個不可分割的整體去規劃，據以釐定相關章節的內部架構與次序。

就具體內容而言，首先它們必須要把主要的篇幅用來陳述這篇論文中最具有原創價值與貢獻的部分，而不具原創性價值（貢獻）的部分則盡量援引相關文獻，避免沒必要地重複學術界已知的事實。其次，它們必須清晰而扼要地陳述整個研究所本的理論、假設與援引的既有證據（資料庫），以及產出新資料（證據）的方法與過程。接著，論證這些理論、既有證據、方法與步驟的合理性、必要性與可靠性。最後，還必須清楚呈現研究結果、分析其合理性，並且闡述

其價值與意義（尤其是突顯本研究的優越處或原創性的發現）。

以〈基本工資〉這篇論文為例，它的第二節標題是「相關文獻」，實際上是在深入分析「傳統的全國性數據分析」與「特定行政區的自然實驗」這兩種研究方法各自的誤差源，也同時為本研究即將提出的研究方法與步驟奠定理論基礎。

緊接著第三節的標題是「資料來源與樣本的建構」，它詳細描述這個研究所採用的資料以及樣本的建構程序。這一節等於是在描述研究的方法與步驟，但是它不止於客觀地描述事實，也同時說明這些資料與樣本建構的程序和特性，並且論證採取它們的理由，從而突顯本研究在資料庫的選擇與研究方法上的優越性與必要性。

譬如，它說明這個研究選擇餐飲業的兩大理由：其一，餐飲業最常以基本工資聘僱弱勢勞工，因而最能敏銳地反映基本工資政策的不良影響（提高弱勢勞工的失業率）。既有文獻也大多用餐飲業為研究對象，因此這個選擇使得本研究的結果很容易跟既有文獻作比較。其次，它的工資與失業率的資料取自美國勞工統計局的季度就業和工資普查（Quarterly Census of Employment and Wages），因為這個資料庫涵蓋了失業勞工的九八％，其可靠度接近於普查。唯一可惜的是，這個資料庫並沒有工時的紀錄，因此無法確知打工族會不會因為基本工資的影響而減少打工機會。補救辦法是在第四節裡用推估來的工時上限作為參考依據。最後，這一節指出本研究將使用兩份樣本（「全部行政區」樣本和「州界上的相鄰行政區」樣本），詳細交代這兩份樣本的產出程序與理論依據，並且仔細分析這兩份樣本的統計特徵，確認它們的相似性，以便確保分析的結果反映的是兩種研究方法的差異，而非兩組樣本的抽樣偏差。

第四節的標題是「實證研究策略與主要結果」，它分別描述如何對前述兩份樣本進行統計分析，包含：分析的程序（步驟）、假設、各種考量因素，並且論證前述研究設計的理由與必要性。接著，又分析本研究的可能誤差與對策，以確認整個分析過程的可靠性。在這一節的最後，它表列出分析的結果，拿它們跟過去的研究結果作比較，仔細論證既往研究方法的疏失如何造成各種結果的偏差，同時也論證本研究的結果為何比較合理、可靠。最後它根據以上分析總結出本論文的主要結論：基本工資的調漲會導致勞工所得明顯上升，但是不會導致明顯的勞工失業或總工時的縮減。

此外，為了進一步強化這篇論文的結論，使它更加周延、可靠，它以「韌性測試」作為第五節的標題，討論「當實際情況與本研究的主要假設（模型）有所出入時，主要結論是否仍舊不會改變」。譬如，前一節假設：當相鄰的兩個州中只有一個調整基本工資時，州界上兩個相鄰的行政區將只有一個會因法律規範而受到基本工資調整的影響，另一個完全不會受到影響。然而事實卻是這兩個相鄰行政區內的餐飲業會為了相互爭取消費者和員工，因而在工資問題上彼此有所牽連、互動。那麼，如果事實與本研究的假設略有出入，原本已建立的結論是否仍舊有效？其次，如果工資與工時的原始資料改從其他資料庫提取，結果會有多大變化？此外，如果餐飲行業的選擇範圍不一樣，或者研究的對象改為其他低工資行業（譬如：休旅產業或零售業），研究結果會有多大的差異？這一節針對上述問題逐一提出量化分析的結果，用以顯示當前述因素在合理的範圍內變動時，本論文的主要結論不會改變。

最後，這篇論文才在第六節的「討論與結論」裡歸納出最終的結論。

值得注意是，這篇論文不只提供扎實的證據來回答研究設計中的核心問題，連各種可能會被質疑的主要問題作者都已經早就想到，並且在論文中預先提出確實可靠的答案來釋疑。由於它對問題的考慮與研究設計都很周延，所以在發表之後才能經得起各方的質疑，最後成為經濟學界新的主流共識（參見第1章第2節與第5章第1節）。

至於〈離婚會比較快樂嗎？〉則是一篇很平實的論文，只想要嚴謹地回答一個跟離婚有關的問題，而沒有研究方法上突破的原創性企圖。因此，它的理論與研究方法都是源自既有，而它對學術界的主要貢獻在於：以較可靠的資料庫和設計嚴謹的研究架構，為眾人都關心的問題提供一個較既往更可信的答案。

它所採用的英國家戶長期追蹤資料庫是用十二個問題來衡量受訪者的心理壓力，包括：你最近是否曾經「因為憂慮而睡眠量銳減」、「持續地感受到壓力」、「覺得有無法克服的困難」、「對自己失去信心」、「覺得不快樂或憂鬱」。至於如何從這些心理壓力間接推估出婚姻狀況對生活品質的影響，則需要仰賴一個學術可以接受的理論模型。於是這一篇論文先在第二節「生活品質的主觀量測」裡先扼要指出本研究的基本假設：心理壓力越大的人，生活品質（滿意度）越低。其次，本研究所採納的理論推估模型是：總體心理壓力為四個因素的線性組合，分別是收入、人口學特徵（年齡、種族、性別等）與個人特質、婚姻狀態，和時間跨距。而後，它在

第三節的「資料」裡簡略描述如何從英國家戶長期追蹤資料庫找到四三〇個吻合研究主題的樣本，並且解釋樣本數為何偏低的理由，藉此預先釐清讀者可能會有的疑惑（質疑）。至於這些假設與理論模型是否適當（可靠），則留待「結果與分析」那一節再去討論（參見下文）。

總之，這一篇論文的理論、研究方法與步驟都是援引學術界既存的標準作法。就期刊論文而言，只要引述相關的參考文獻就夠了，沒有必要浪費篇幅去贅言；如果是學位論文，則可以考慮在這一章裡用較容易明白的語言有系統地重新敘述背景理論，以及本研究所需要用到的所有公式，從而省卻讀者費勁去找原始文獻與解讀上的麻煩。

接下來標題為「結果」的那一節才是這篇論文的重點與特色所在，因而它也占了整篇論文約莫三分之二的篇幅。它先是刻意用英國家戶長期追蹤資料庫去模擬橫斷面的研究，並且指出結果跟既往文獻的結論一樣（離婚者比婚姻仍持續者不快樂）。然而這樣做的目的不是要據此下結論，而是要拿來跟後面的長期追蹤研究作比較。

接著他用同一組資料庫建立起三組人（喪偶者、離婚者、婚姻持續者）的追蹤研究，結果發現這三組人五年內的生活滿意度變化如下：婚姻持續者的生活滿意度是隨著時間而略為下降；喪偶者是在事故發生前一年生活滿意度微幅下降，事故發生那年的生活滿意度則劇烈下降，再經過兩年後才回到接近事件發生前兩年的水準；離婚者在事件發生前兩年的生活滿意度原本就明顯地不如婚姻持續者，離婚前一年的生活滿意度更低，離婚那年的生活滿意度最低，但是離婚後一年的滿意度已經大幅改善到超過離婚前兩年，離婚滿兩年時的滿意度又比前一年略為改善（雖然還是略遜於婚姻持續者）。假如這個研究沒有「喪偶者」和「婚姻持續者」，讀者或許會質疑這個研究的結論是否可靠，但是當三組數據拿來並比時，顯得這三組的結果都堪稱合理。這個研究設計的巧思很可能是這篇論文被廣泛引述的關鍵原因。

主要的問題獲得堪稱可靠的答案後，這篇論文繼續探究一些相關的問題。譬如，有些人會在離婚後迅速再婚，他們會比那些離婚後保持單身的人更快樂嗎？結果顯示離婚後迅即結婚的人，在事件發生後的第一年會明顯比離婚前快樂，也明顯比持續單身的人快樂；但是到了第二年之後，再婚的人跟持續單身的人生活感受相近（且都比離婚前快樂）。為什麼會有這種現象？這樣的研究結果合理嗎？其實這很值得討論（尤其是跟既有文獻上的證據比對、合併後尋找可能的解釋），不過作者沒有這樣作。

社會學家涂爾幹（Émile Durkheim）曾在一百多年前的經典著作《自殺論》（*Suicide: A Study in Sociology*）說：「男人從婚姻中得到的好處超過女人。」那麼，離婚之後會不會是女人變得比較快樂而男人變得比較不快樂？（離婚會比較快樂嗎？）的研究結果顯示，離婚使得男人和女人的心理壓力都明顯下降，兩性之間的差異遠小於本研究可能的估算誤差。

那麼，有沒有未成年子女的影響如何？研究結果顯示，沒有未成年子女的人（共一一四人）在離婚後心理壓力的改善幅度似乎較明顯；而有未成年子女的人（共一二三人）在離婚後心理壓力的改善幅度似乎較不明顯。不過，兩組之間的差異已經接近本研究的標準差，且樣本數已經偏低，所以無法做出可靠的推論。

結語

不管是〈基本工資〉或〈離婚會比較快樂嗎？〉，所有實證研究的論文都必須盡量兼顧四個要素：其一，相對於既有的文獻，清晰地陳述（彰顯）本研究的創新與貢獻。其二、以充分的證據和周延的論述，讓讀者相信本研究的方法和結論都嚴謹可靠。其三，從讀者的角度出發，對於他們可能會提出的質疑預先提供必要的證據與論述。其四、引導讀者看見（理解）本研究在理論（觀點）與方法上所具有的優點，並且相信這些理論（觀點）與方法值得被應用在更寬廣的範圍，而不只限於本研究的狹窄主題內。

要達成以上任務，你必須熟稔既有文獻，並且在下筆前深思熟慮。所以接下來這兩章我們將討論如何構思一篇論文，並且掌握既有文獻，預測讀者可能會有的質疑。這些工作可以被視為下筆前的準備，但是更適合被看成論文寫作的第一步，而且是攸關成敗的第一步。

4 攻守兼備，成竹在胸（上）：論文的構思與寫作次序

論文寫作本質上是一場攻防戰，你不只要讓讀者看清、理解且相信這個研究的成果與貢獻，還要預先設想到讀者可能會有的質疑與反駁，以便將自己的主張（論點）防衛得滴水不漏。因此，英文裡的「學位論文」（thesis）一詞兼有「觀點與主張」的涵義，而口試則常被稱為「防禦與辯護」（defence）。

在這一場攻防戰裡，你不能只拋出一堆證據不足、論證薄弱的主張，也不能只想用有利於自己的證據與論述攻城略池，反而要有能力自我批判，揣摩讀者可能的質疑，找出自己可能的弱點。面對這些弱點，你或者設法補充證據、強化論述來鞏固你的結論和主張，或者將你的結論與主張縮小到有能力充分防衛的範圍內——即便此舉會使論文的可能貢獻隨之縮小。至於那些證據不足而難以充分捍衛的研究成果或心得，除非另有挽救或辯護的策略（參見第9章第3節），否則只能放進最後一節的「結論與對於未來研究方向的建議」裡。

如果沒有適當的理由，就把有重大瑕疵的研究成果納入論文裡，那等於是在暴露自己的無知，或者邀請人來攻擊你。因此，與其在論文裡寫下一大堆不夠嚴謹的研究過程、成果與主張，還不如先認真盤點研究成果，在論文的構思階段認真模擬攻防。最後，選定最有勝算的研究成果，以及勉強可以捍衛的部分，當作這一篇論文的研究主題與研究範圍。

此外，在進行成果的評價與論文的構思之前，你還必須先完整掌握既有文獻，從中歸納出學術界對相關研究主題、方法、證據、論述的評價與共識（肯定與質疑），據以強化自己的批判性思考，同時作為研究成果的評價與取捨依據。至於快速完成學術文獻的搜尋、閱讀、分析與彙整所需要的能力與要領，將會在下一章討論。

勝兵先勝而後求戰：盤點研究成果，擬定論文主題與涵蓋範圍

《孫子兵法》說：「勝兵先勝而後求戰，敗兵先戰而後求勝。」意思是說：善於作戰的人會先營造有利於自己的形勢，等到立於不敗之地後，才開始作戰；而打敗戰的人則相反，往往不管形勢是否對自己不利，先開戰，再想辦法求勝。

論文寫作也有如一場企圖取代（顛覆）既有學術思想（觀點、知識、方法）的戰爭，如果你找錯戰場，就會先機盡失。即使苦戰，也很難挽回頹勢。因此，在研擬論文的題目或主題時，最好先遴選一個學術界既存的觀點、主張或方法，作為自己準備要挑戰（取代或顛覆）的對

手。接著盤點自己既有的證據和論證，看看是否足以在某個適用範圍內駁倒或取代它；同時盤點有利於對方的文獻與證據，揣想對方可能會如何答辯（防守與反擊）。等確定自己有十足的勝算時，再把這些攻防的盤算整理成論述的策略與論文的架構。

這樣的擬題與寫作策略，有兩大好處。其一，聚焦明確，容易突顯本研究最具吸引力的重要發現與貢獻；反之，研究的議題與範圍如果太寬泛，反而容易讓讀者在閱讀時失焦，甚至覺得都是泛泛之論而欠缺鮮明且嚴謹的重要發現或貢獻。其二，論文的焦點越明確，越有機會論證得既深入且嚴謹；論文的議題與範圍越寬廣，越容易流於浮泛而欠缺深度與嚴謹性。譬如，我手上有兩篇關於「線上約會時的自我揭露與隱瞞」的論文，其中一篇明確地挑戰既有文獻中關於約會網站中「隱瞞自我真相」的理論，從新的證據與檢視角度賦予新的洞見；另一篇只是泛泛地想要驗證作者提出來的兩個假說，沒有明確地要挑戰任何既有理論。結果，前者發表在傳播界著名的國際期刊上，且已經被引述約兩千三百次（詳見第6章第1節）；後者發表在國內的期刊，只被引述過兩次。

不過，學術界的新人有時候又未免野心過大，沒有充分評估過自己的證據與論述，就直接挑戰熱議性的大話題。以著名的社會學家馬克．格蘭諾維特（Mark Granovetter）為例，他在博士論文口試前就已完成〈弱連帶的優勢〉[1]的相關研究，這篇論文後來成為社會學界被引述次數第

1 M. Granovetter, 1973, "The Strength of Weak Ties," *American Journal of Sociology*, 78(6): 1360-1380.

三高的期刊論文，從而奠定了他在社會網絡分析的宗師地位。然而這篇論文第一次寄給學術期刊審查時，卻被無情地直接退稿，連「修改後重審」的機會都沒有。

這篇論文起初的題目是「再論異化：弱連帶的優勢」，企圖從馬克斯的「異化」觀點去討論都市中的人際網絡。偏偏這篇論文的主要貢獻在於「社會網絡」的功能與分析的方法，而不是人在都市中的「異化」。結果，雖然兩位評審都看出這篇論文有可取之處，卻也都認定作者嚴重誤解「異化」的概念與相關文獻，並且從「異化理論」的角度批判該文的多處重大疑點與論點。最後，他們一致認定該文不值得刊載。

馬克．格蘭諾維特在收到審查委員的意見書後，把「再論異化」四字從題目中刪除，也把論文中有關「異化」的討論悉數移除，徹底聚焦在社會網絡分析。他先定義社會的「強」連帶：兩人在一起的時間越長，或者情感越強烈，談話內容越親密或私密，彼此的協助越稀有、難得，都意味著他們之間的社會連帶越強。接著他舉證歷歷地說，既有的社會網絡分析都把討論的焦點放在「強連帶」，然而許多證據都顯示：弱的社會連帶反而較有利於訊息與影響力的擴散、社會階層的流動，以及社區與社群的組織。經過這一番重新定位、聚焦與改寫後，這篇論文終於被頂尖的《美國社會學期刊》所接受。馬克．格蘭諾維特後來也坦承：「這個退稿事件闡明了論文主題與架構的重要性。」

這個故事告訴我們，就算你的研究成果富有原創性與啟發性，一旦挑錯戰場或表錯情，下場還是會很悽慘。反過來講，一篇平淡而沒有特色的論文，也有可能因為重新定位與改寫而煥然一新，至少在某些特殊的應用領域裡顯出獨特的優點。

其次，在評估自己的研究成果時必須注意一個要領：所有的方法都只有相對的優點與缺點，而沒有絕對的好壞，重要的是你有沒有為它找到最適用的場合。或者說，缺點再多的方法，只要找到合適的場合，就會突顯它的優點而遮掩其缺點；優點再多的方法，一旦找錯應用場合，就會彰顯它的缺點而枉費其優點（較完整的討論參見第5章第2節）。

以「人臉辨識」技術為例，它的基本功能是即時拍攝一張受測者的照片，拿去跟資料庫內的檔案照片比對，確認是否跟其中任何一者相吻合。此外，高階的應用會希望它能克服因為表情變化、姿態差異，照明方式的變化而造成的誤判；刑事偵防系統則希望能預防通緝犯用眼鏡、帽子、假髮、假鬍鬚、化濃妝等方式逃避自動辨識。此外，為了避免不肖者用照片、面具等方式矇混，最近的研究開始強調防偽的功能。因為人臉辨識技術的應用極廣泛，從機場通關、嫌犯追查、科技公司的保全、智慧型大樓與旅館的身分辨識等，各有不同的要求，因此適用的辨識技術也各不相同，沒有哪一種方法可以在所有應用場合都比其他方法更適用。反過來說，不管一個方法有多少缺點，只要能比其他方法更吻合某種特定場合的需要，就可以把那個應用場合說成是本研究的適用範圍與研究目的，而突顯該研究在這個特定應用場合裡的優點，並捍衛其缺點。

譬如，人臉辨識有一個根本的難題：若想要兼具極高的辨識率與防偽的功能，往往會需要大量的計算，因而導致較長的等待時間，並且當資料庫內的檔案照片量龐大時，尤其會造成困擾。假如你的防偽辨識技術很容易把錯誤的照片誤判為吻合（false positive），但是遠比其他方法節省計算所需時間，那麼你可以主張：這個技術適用於檔案照片數量龐大時的第一輪快篩，之後可以繼以辨識率高而費時的技術進行複驗。反之，如果你的方法辨識率高而極端費時，可以倒過來宣稱先用其他方法進行快篩，再利用這個方法進行複驗。

譬如「局部二值化圖案」（local binary pattern）是一九九〇年代發展出來的技術，要用這種古老的技術解決今日複雜的人臉識別問題，似乎異想天開。然而它的計算量極為精簡，因而在二〇二〇年還有論文發表，其中一篇二〇〇六年發表的期刊論文〈局部二值化圖案中的人臉特徵：應用於人臉識別〉[2]，至今已被引述六千七百多次。由此可見，只要能找到「以己之長，攻彼之短」的應用場合，任何研究成果都會顯示出其最大的價值。

值得注意的是，有時候研究結果不明顯，然而只要適當地補充某些證據，說服力會大幅上升。譬如〈離婚會比較快樂嗎？〉這篇論文，如果只有離婚前後的生活壓力指數變化（從一二．九八降為一一．九八，差距僅一．〇〇或者七．七％），很難據此斷定說這是明顯的變化。然而跟婚姻持續者的壓力指數變化（上升〇．一六）以及喪偶者的壓力指數變化（上升〇．八）相比較，就可以很有說服力地說：結果顯示「離婚後比較快樂」。

總之，論文寫作的第一步是找到最適合的戰場（研究主題與適用範圍），備齊論戰裡所需要的證據與論述策略，以便「立於不敗之地」、「先勝而後求戰」。

經營擘畫，深謀遠慮：研擬論述策略，草擬論文主要架構

當你盤點完主要的研究成果，對合適的研究主題與適用範圍有個概略的構想時，差不多也該同時開始研擬論述策略（攻防策略），並草擬論文的主要架構。

研究的類型可以依其目的而概略地分為三大類。第一類是用較周延、可靠的方式回答明確的問題，譬如「調漲基本工資會不會導致弱勢勞工的失業」，「離婚的人後來是不是比較快樂」，或者「宇稱守恆定律在微觀世界裡是否依舊成立」。第二類是提出新穎的技術或方法，以便更有效或妥善地解決問題，譬如人臉識別技術。第三類是研究概念或現象的複雜內涵，釐清相關概念、現象之間的關係，通常它們屬於質性研究的範疇。譬如〈弱連帶的優勢〉就是在討論社會連帶如何促成各種訊息與影響力的擴散、社會階層的流動，以及社區與社群的組織，同時回答弱的社會連帶為何會比強連帶更有利於促成這些社會機能。

然而不管是哪一類，只要是實證的研究，都有一個重要的共同特徵：企圖以可靠的證據為本，透過嚴謹的方法和論證，讓讀者接受自己的主張（基於特定假設、前提下，結論的正確性、可靠性，或者方法的優越性）。

2 T. Ahonen and M. Pietikäinen, 2006, "Face description with local binary patterns: Application to face recognition," *IEEE Trans. Pattern Analysis and Machine Intelligence*, 28(12): 2037 - 2041.

這些證據有些出自既有文獻，有些是本研究所產出，而論證的第一步通常包含對既有證據與方法的審視、分析與批評，繼而提出新的資料庫或研究方法，以便產出較可靠的證據或補充既有的不足。以這些證據為本，接著會把論證過程細化，先論證出一些小結論，再據以論證出一些中間層次的結論，最後才論證出最終的結論和建議（參見圖1）。

緣此，你可以先將自己的主要結論與研究發現逐一寫下來，想到什麼就寫什麼，先不管它們之間的輕重、主從與先後。接著，進一步分析這些結論與發現之間的內在邏輯關係，可能會發現有些結論（與發現）是必須引用其他結論（與發現）之後才能推論出來的。譬如，圖1中的「中間層次結論」就是根據某些小結論和其他證據而合併推論出來的，而「最終的結論」則是合併某些小結論、中間層次結論和其他證據而推論出來的。

你一邊模仿圖1的架構去釐清主要結論（與發現）之間的關係，一邊自問：你是依據哪些證據和論證過程而獲得這些結論（與發現）的？在回答這個問題的過程中，你可以模仿圖1，把證據、主要論證過程與各層次的結論（小結論、中間層次結論、最終結論）的關係逐漸建構起來。你也可以同時在電腦中為每一個小結論與中間層次結論各自建立起一個檔案，摘要寫下每一個結論（小結論、中間層次結論、最終結論）所憑據的證據、假設（條件與適用範圍）與主要論證過程。

最後，你再扼要描述每一項證據的獲得過程與方法，譬如它是出自某幾篇論文，或者有系統的抽樣、調查訪問、實驗，或者電腦模擬。

圖1、論證的層次與架構

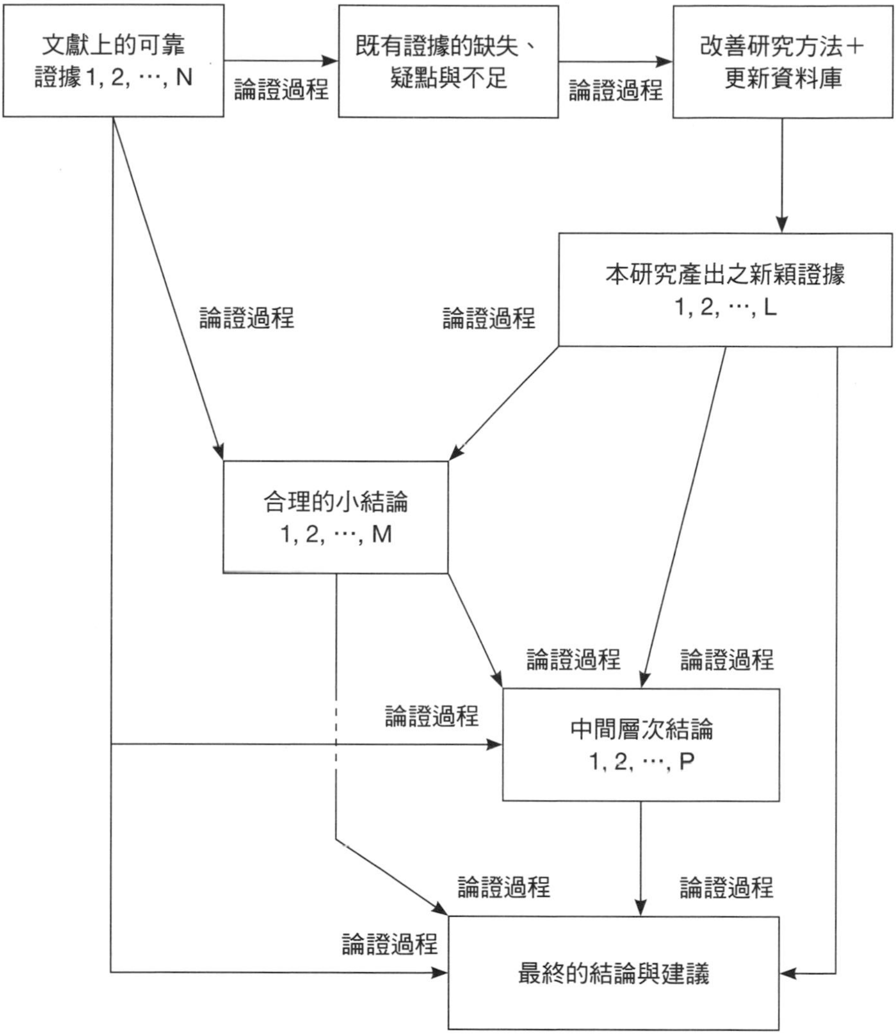

文獻上的可靠
證據1, 2, …, N
論證過程
既有證據的缺失、
疑點與不足
論證過程
改善研究方法＋
更新資料庫
本研究產出之新穎證據
1, 2, …, L
論證過程
論證過程
合理的小結論
1, 2, …, M
論證過程
論證過程
論證過程
中間層次結論
1, 2, …, P
論證過程
論證過程
論證過程
最終的結論與建議

以上的工作很像是在系統化地整理研究日誌，使它們成為整篇論文（尤其是理論依據、研究方法與步驟，以及結果的分析與討論這兩大關鍵部分）的骨架雛形。然而只有這個骨架還不足以構成完整的論述策略，因為它偏重從作者的觀點去建立證據、論述與結論（攻城略池），而沒有充分照顧到讀者可能的質疑。

就像《孫子兵法》說的：不知彼也不知己的人，每戰必敗；不知彼而知己的人，頂多只能有輸有贏（一勝一負）；唯有知彼且知己的人，才能「百戰不殆」。因此，接下來的工作是從各種可能的角度去檢視、批判前述架構，並充分地予以補強，才能真正地立於不敗。

知彼知己，百戰不殆：批判性思考與文獻回顧

雖然學術界至今對於「批判性思考」仍舊有些不同的看法，不過基本上都同意：批判性思考的核心是概念、知識與方法的評價、創造與活用，以及證據與論述過程的批判性檢視與評價；它是所有學術活動的核心能力，且貫穿所有的學術活動，從閱讀、思考到寫作（詳細的討論參見第14章）。

從論文寫作的角度看，批判性思考的首要重點是批判地反思（評價）自己論文裡所採取的觀點（視野）、理論架構、證據、方法、論證過程與主張是否都嚴謹、可靠，假設與前提條件是否都合理，而經得起該領域專家的嚴格審查。

影響論文品質的首要因素是它所採取的觀點，因為觀點偏頗或者對問題的考慮不夠周延的話，會直接誤導整個研究的架構與結果，以至於後來的論證過程再怎麼嚴謹，都像是帶著有色眼鏡一樣地看不見自己的盲點。譬如，經濟學界曾經為基本工資問題有過數十年的爭論，直到〈基本工資〉發表後，才揭露論戰雙方各自的誤差源與盲點。

其次，許多研究者曾經宣稱：美國的離婚率在持續上升數十年後，近年已經開始下降。然而後來的研究卻指出，前述研究根據的原始資料是法院的離婚登記，因而只包含所謂的「法定離婚率」；若把同居（準婚姻關係）者的仳離數目跟法定離婚率合併計算，則「準婚姻關係」的仳離機率仍舊沒有下降，甚至還有可能在微幅上升。

此外，從官方統計數據看，義大利的法定離婚率遠低於其他歐美的高所得國家。有研究者主張，那是因為義大利人的宗教信仰比較虔誠所致；也有研究者主張，那是因為義大利人的外遇比例遠高於其他國家。然而當義大利的離婚程序大幅放寬後，不但離婚率急遽上升，連外遇的比例也顯著下降，這意味著過去離婚率偏低的合理解釋是，離婚的條件與程序過於艱苛、繁複，因而許多怨偶早已實質上仳離，卻不去法院辦理離婚手續。

觀點的不周延，往往反映在不恰當地理解（詮釋）某個核心概念（譬如「離婚」），或者忽略了某些可能會影響研究結論的重要因素（譬如基本工資案的長年爭議），或者暗藏著不恰當的假設（譬如，認定「宇稱守恆定律」在微觀世界也適用）而不自覺。

為了避免類似的推理謬誤，希臘人發明了幾何學的證明方法，把他們從埃及人那裡習得的幾何學知識（土地測量學）反覆審視，終於發現埃及人的幾何學知識藏著許多不自覺的假設和謬誤。譬如，古埃及人相信所有的四邊形面積都等於$(a+c)(b+d)/4$，其中 a、b、c、d 分別是四邊形ABCD四個邊的邊長（如下圖所示）。

這個古怪的公式你一定沒學過，因為當希臘人試圖嚴謹地證明這個等式時，馬上發現唯有當四邊形ABCD的四個角都是直角時，「面積$=(a+c)(b+d)/4$」這個公式才會成立。至於其他的四邊形面積，則是「$(a+c)h/2<(a+c)(b+d)/4$」。

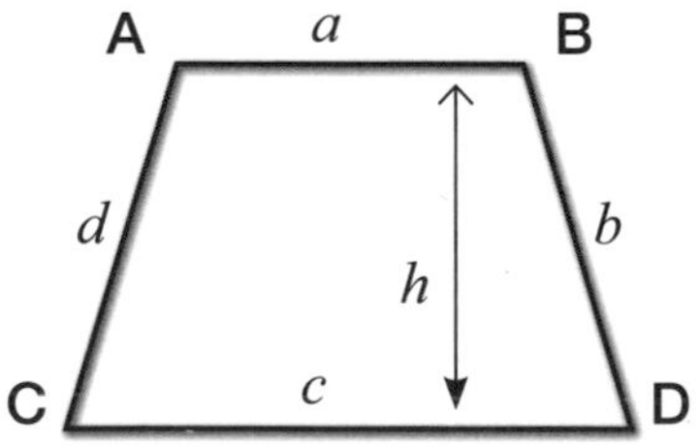

事實上，只要你在任何推論過程中都恪守幾何學證明題的演繹精神，就有機會找到自己隱藏的推理謬誤。更具體地說，每當你在論文中寫下任何主張或「結論」時，都要反問自己三個問題：⑴我有哪些證據可以用來支持這個主張？⑵當我從這些證據出發時，其結論是否必然是這個主張？還是說必須要加上額外的假設條件後，才足以嚴密地推論出這主張？⑶前述的證據是否也容許其他的不同解釋，或者足以支持不一樣的主張？如果是，我為何採取這個解釋（主張、結論），而不採取其他的替代性解釋？

可惜的是，一旦離開了數學公式的推導，人類的經驗知識和演繹過程往往都受到現實條件的限制而不完美，因而觀點的周延只能是相對性的要求，而證據與方法的可靠性和假設與前提條件的合理性，也都只能是相對性的要求。譬如，早期有關「離婚後是否會比較快樂」的研究都屬橫斷面研究，卻還是可以在學術期刊上發表，那是因為當時根本找不到可靠的長期追蹤資料，只能仰賴橫斷面研究的間接推測。然而當離婚的長期追蹤資料已經相對可靠時，橫斷面的研究就會顯得過時且不足採信。類似地，大衛．卡德在一九九二年提出「自然實驗」的概念來研究工資問題時，所採取的證據（電話的抽樣訪談）可信度低，且研究設計（紐澤西州與賓州的個案研究）太簡略，卻為他贏得諾貝爾獎。然而在〈基本工資〉一文發表之後，如果還有人想要發表類似於大衛．卡德的研究成果，一定會被批評得體無完膚。

當學術界日益進步時，學術界對於證據與方法的要求也隨之水漲船高。因此，在你開始批判性地檢視自己論文的觀點、證據、方法和假設條件（前提）之前，最好先挑出幾篇主題與研究範圍相近的近期期刊論文，看看它們採用了哪些觀點、證據、方法和假設條件（前提），質疑（批判）了哪些觀點、證據、方法和假設條件（前提）。當你把這些論述彙整好後，就可以用來對自己的論文進行批判性的檢視，並且針對弱點採取證據、方法與論述上的補強，或者限縮本研究的適用範圍把弱點排除在研究範圍之外。

必須要注意的是，當你在導論裡寫下既有文獻的缺失與本研究的焦點課題時，等於是間接向讀者許諾本文將會有的貢獻。因此，在後面的章節裡你必須用確鑿的證據和嚴謹的論述「證明」你許諾的每一項研究成果都不容置疑，絕對經得起任何專家的反覆檢證。緣此，在你下筆正式撰寫論文之前，必須先確認你所宣告的每一項戰果都有足夠的證據來支持；而證據薄弱或不充分的部分就必須割捨，並且明確地宣告「它不在我的研究範圍內」。

按照學術界的潛規則，讀者（含口試委員）只能在你所宣告的研究範圍內挑戰你，超出範圍外的問題不該要你負責。你宣告的研究範圍越大，潛在的貢獻也越大，但是必須捍衛的範圍也越廣；這個地盤越小，捍衛起來越容易，但是絕不能小到無法產出足夠的貢獻。其中的拿捏，必須審慎而輕忽不得。

其次，就碩士論文而言，能夠嚴謹地論證（捍衛）研究成果的可靠性，已屬難能可貴；然而就頂尖名校的博士論文而言，這樣的表現頂多只能算是符合基本要求，稱不上傑出表現，也不必然能及格。若想要更上層樓，你必須要說服讀者（審查委員），就本論文所設定的研究主題和範圍而言，你所採用的理論、證據、方法，乃至於研究架構都有充足的理由支持，而且在各種可能的替代方案中，它們已經是最佳的選擇。

想要達成上述目標，你在研擬與審視自己的論述策略時必須不斷自問：「我是否有其他可能的選擇（替代方案）？」「我為何要採用這個方案而不採取其他可能的替代方案？」「假如我所採取的方案有得有失，我是否有可行的補救辦法，以便讓這些缺失對研究結果的影響盡量減少？」或者，「這些證據是否容許別人從其他觀點做出不同的解釋？」「我所做出的解釋或結論是否比其他可能的解釋、結論更周延？如果是，我要如何說服讀者；如果不是，應該如何修正我的解釋與結論？」

最理想的是像〈基本工資〉那樣，不但能清楚交代研究的動機、研究構想、研究方法與結果，還能周延且精要地解釋研究過程中每一個重要決定（行業的選擇、資料庫的選擇、研究設計等）的關鍵性理由。

至於如何透過文獻回顧來大幅提升你在一個研究主題裡的批判性思考能力，我們將會在下一章討論。

論文的寫作（生產）流程

等你完成以上的構思時，就會有許多可以當初稿的素材，接下來是想辦法把它們變成有條理、組織，且層次井然而清晰易讀的文件。

這個正式文稿的寫作有時候並不容易，甚至要歷經多次的反覆修改。譬如第2章提到的霍華德·貝克爾，他是個天才型學者，二十三歲就取得芝加哥大學的博士，三十五歲就以《局外人：越軌的社會學研究》（*Outsiders: Studies in the Sociology of Deviance*）享譽社會學界。然而在累積三十年的學術寫作經驗之後，他還是認為社會學的寫作有根本上的困難，它經常涉及極為複雜的概念與事實，使論文的章節、段落乃至於句法結構都變得相應地複雜，甚至於拗口。因此他對讀者建議：寫作是釐清思緒的唯一方法，唯有一再改寫才能逐漸釐清思緒，並同步摸索出論文的適當架構，以及內容的最佳剪裁。至於「成竹在胸，一氣呵成」的寫作模式，根本就不適合社會學的專業寫作。

相較之下，量化的研究論文比較容易有可遵循的寫作模式。我通常是建議學生先寫容易寫的部分，再寫不容易寫的部分。由於摘要的字數最少，篇幅限制最嚴苛，因而是最難寫的部分。我通常會建議學生先大略寫一下導論的初稿，繼而寫方法與理論，接著再寫結果與討論，然後回過頭來細部修整導論，最後才寫摘要。

當研究方法（理論）與結果、討論都寫完後，就應該可以確知這個研究有哪些可靠的成果與特色，並且有把握它們能經得起嚴格的審視；之後才回過頭來細部改寫導論，思緒會比較清晰，下筆會比較篤定而明確，不會含糊其詞。最後，等導論定稿之後，整篇文章的重點與精華已經徹底釐清且濃縮過，這時候再來寫摘要，會遠比一開始就先寫摘要更容易掌握。

其次，雖然「方法與理論」以及「結果與討論」牽涉的線索有時候很複雜，但是這些線索之間有一定的邏輯次序可以遵循，而且主要研究成果與研究方法之間又經常有緊密的呼應關係。只要掌握住這兩個根本，並且參考圖一的架構，就可以提綱挈領地發展出論述的策略與次序。譬如，跟統計有關的研究中，最自然且易讀的架構就是先談樣本，再談分析的方法，接著陳述結果並進行分析與討論，最後歸納出結論。

有鑑於文獻回顧與批判性思考在論文構思與寫作過程的重要性，下一章就讓我們來談談文獻回顧的重點，以及如何透過文獻回顧強化自己的批判性思考能力。

5 攻守兼備，成竹在胸（下）：文獻回顧與批判性思考的要領

前一章我們曾提到，文獻回顧的關鍵任務之一，是從中歸納出學術界對相關研究主題、方法、證據、論述的評價與共識，並且據以強化自己的批判性思考。

此外，就論文寫作而言，批判性思考的重點是跳出不自覺的預設框架與主觀成見，反思自己論文裡所採取的觀點、視野與理論架構是否周延，證據、方法與論證過程是否嚴謹、可靠，假設與前提條件是否合理，以及結論與主張是否都經得起該領域專家的嚴格審查。

至於如何從文獻回顧的過程達成上述的目標，則是這一章的討論重點。

文獻回顧與批判性思考能力的提升：以基本工資問題為例

不管是學術研究或者論文寫作，都必須要能先找到既有文獻的不足處，然後才能針對既有

的不足去構思突破的可能性，並且據此設計研究架構。此外，在撰寫論文時，必須針對既有文獻的不足去強調（突顯）個人研究成果中的相對優點，作為論文的主要訴求與核心議題。問題是，既有文獻的作者中不乏舉世聞名的大師，一個研究經驗稚嫩的碩、博士生如何有能力找到他們論文中的不足，並且據以突顯個人研究成果的貢獻？

其次，以一個碩、博士生及其有限的研究經驗和思考能力，他們如何有可能確定自己的觀點、視野、理論架構與論證過程都沒有任何疏漏，而證據、方法、假設與前提條件又都嚴謹而無懈可擊？

的確是不可能——除非你先掌握住文獻回顧的技巧與要領。

研究生確實很難有能力看出大師級著作的不足，然而世界級的大師會跟世界級的大師在同一個研究主題的論文中彼此批判。只要認真彙整他們的彼此批判，就可以獲得這個研究主題所需要的關鍵性批判要領。

就像前兩章說的，每一篇論文都必須要突顯自己的優點，以及既有文獻的缺失，其中最重要的得失通常在導論裡就已經用相當清晰、易懂的方式指出來。其次，在理論依據、研究方法與步驟的章節裡，通常必須說明本研究採取特定理論依據，以及研究方法的關鍵理由，以及其他理論或方法的不足處或不適用的理由；把這些討論彙整起來，就提供我們對自己的方法（理論依據）與其他替代性方法（理論依據）進行剖析與批判的基礎。此外，在理論依據以及研究方法與步驟的章節裡，還往往會討論到既有文獻中所使用的核心概念、假設、前提或證據的缺失，以及本研究如何予以修正的方法和理由；把這些討論彙整起來，就成為我們對本研究子題相關概念、假設、前提或證據進行評價的基礎。最後，在「結果的分析與討論」裡，作者會對自己的研究結果進行分析，繼而論證，以便獲得結論；他們也有可能在這些章節裡拿自己的研究結果跟前人的研究結果作比較，分析彼此的得失，或者解釋本研究某些結果不盡理想的可能原因。這個分析與論證的過程，就等於是在向我們示範分析與論證的技巧，以及相關的批判性思考要領。

如果從研究工作的流程與論證的程序來看（參見圖2），專業領域裡的嚴謹思考與批判性的審視通常始於定義問題，繼而從較周延的觀點與角度審視問題的各個面向，然後據以彙整各種已知或有待進一步蒐集、研發的證據，逐一對其可信度與內涵進行檢證、分析與彙整；之後以這些證據為基礎進行歸納，提出假說，進行演繹與論證，以便獲得新的發現，做出結論。最後，再針對前述發現與結論闡述其延伸涵意與重要性。

這整個研究發展過程中所需要的批判性思考，幾乎都已具體而微地表現在相關的文獻裡，只需要適切地彙整並充分吸收，就足敷論文寫作的需要。

以基本工資的問題為例，雖然美國國會的基本工資研究委員會在一九八一年提出結案報告，為基本工資問題定了調，使得各國政府有十年左右的時間不敢輕易調漲基本工資。然而戰火並未從此停息，一九九〇年代再度引燃，在接下來的三十年裡論戰變得更加細緻，研究設計與研究方法比既往更加嚴謹、周延，證據的選擇比既往更加嚴格、講究，問題的考慮因素與面向也

圖2：文獻回顧與批判性思考的關係

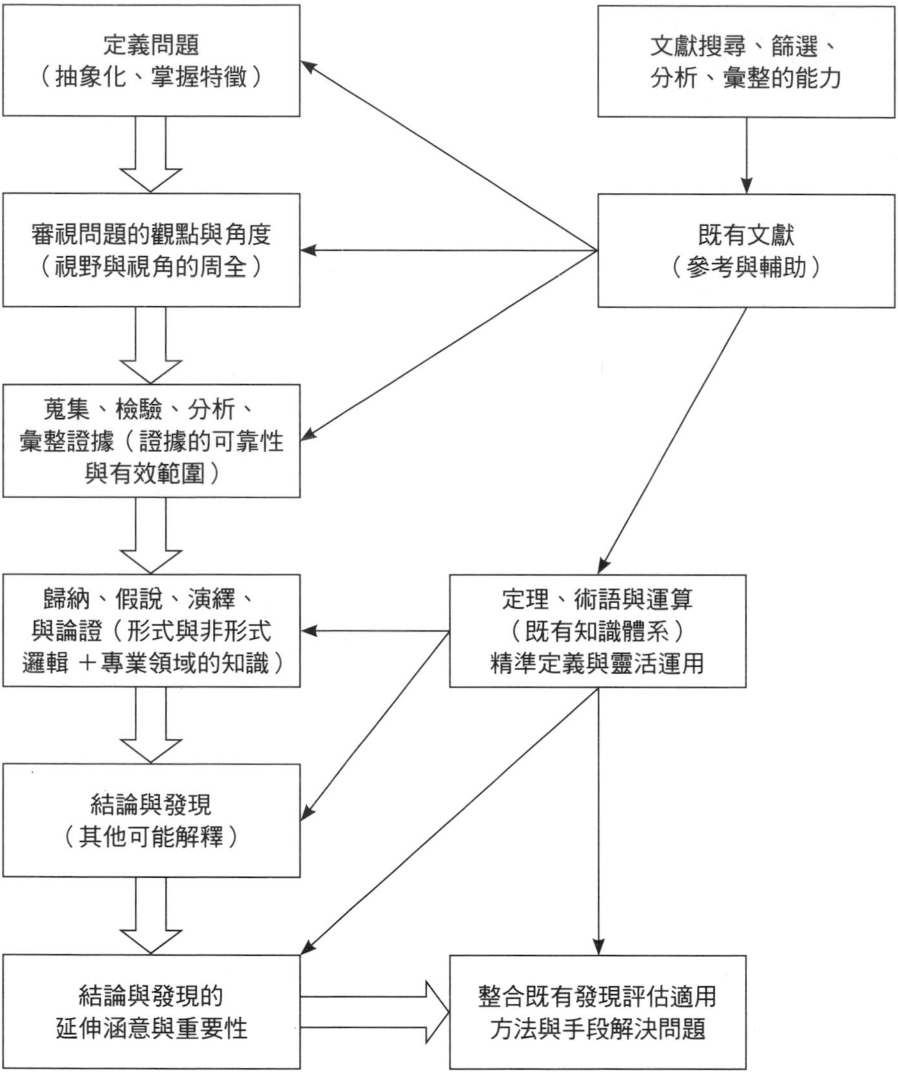

變得更多元、完整。

當萊奇教授他們在二〇一〇年發表〈基本工資〉時，因為充分吸收了既往兩大陣營有關的概念定義、理論依據、研究方法與證據的可靠性等多方面的批判性思考成果，因此可以設計出極為嚴謹的研究架構，使用可靠的證據和研究方法，產出讓世界銀行、國際貨幣基金會以及各國政府決策單位所能信服的結論。因此，在他們的論文發表之後，美國有許多州先後決議要逐步將基本工資調漲到時薪十五美元，最後眾議院也在二〇一九年決議將時薪逐步調漲到十五美元。此外，德國在二〇一五年公布基本工資法，英國也在二〇一六年重新採納基本工資法案。

然而〈基本工資〉一文之所以能做到面面俱到，並不是因為萊奇教授等人有其他學者所不能及的智慧，而是因為他們充分吸收了過去二、三十年來論戰各方的智慧。此外，這一場論戰的最大贏家既非萊奇教授等人，也不是獲得諾貝爾經濟學獎的大衛．卡德，而是整個經濟學界。因為，這是經濟學界正反雙方數十年相互砥礪、彼此攻錯後的共同產物。

在這一場長達二、三十年的論戰裡，論戰雙方基本上有一個共識：最容易受到基本工資影響的主要是二十歲以下的未成年人，最容易受到影響的產業部門則是餐飲業與零售業。因此雙方的研究基本上都針對這個族群與產業。除此之外，不管是研究方法、證據、假設，以及結果的分析與討論等，只要是跟結論有關的，幾乎沒有一項不受到最嚴謹的檢視。

譬如，一九九〇年代以前的研究方法幾乎都是採用「時間序列」（time-series），數據盡可能地涵蓋全國各州，但是沒有進行「實驗組」與「對照組」的配對。這些研究結果導致一九八二年的著名結論：「聯邦的基本工資若調漲一〇％，將會使失業率增加〇％∼三％。」

然而大衛·卡德及艾倫·克魯格對前述研究的可靠性甚表懷疑，因而另闢蹊徑尋找新的研究方法與研究架構。首先是大衛·卡德對加州在一九八八年七月將基本工資調漲二七％的效應進行個案研究，發現低薪勞工的薪資上漲五％至一〇％，而且看不出失業率有受影響。接著，美國聯邦在一九九〇年將基本工資調漲一三％，艾倫·克魯格以德州速食業為對象，研究此舉對弱勢勞工的影響，結果發現價格的上升基本上與基本工資的調漲無關，而且受衝擊最大的業者不但沒有減少員工聘僱數量，反而略有增加。這個變化趨勢違背傳統競爭市場理論的預測，反而較接近壟斷市場的行為模式。問題是，速食業的勞工流動率高，一向被認為是勞動力市場中最接近完全競爭的產業部門，假如連這個部門的實際行為模式都與競爭市場的假設明顯不合，傳統的勞動市場經濟學模型到底還能不能信賴？於此同時，大衛·卡德也針對一九九〇年聯邦調漲基本工資一案去進行跨州際的橫斷面比較研究，發現基本工資法案的影響對各州不同，關鍵原因之一是各州原定的基本工資距離一九九〇年聯邦的統一規定有不同的差距，因而基本工資的衝擊自然各不相同。此外，他的研究還發現即便是衝擊最大的州，基本工資的調漲對其失業率的影響依舊不明顯。這個研究同時帶來一個問題：既然聯邦基本工資案對於各個州的影響差異懸殊，過去針對全國數據進行時間序列的研究等於是把差異懸殊的個案混為一談，其結論是否可靠？

於是，基本工資問題的爭議逐漸升高層次，變成「勞動力經濟學的傳統理論與研究方法到底可靠不可靠」？有鑑於此，越來越多的學者開始重視實證的研究，而基本工資的研究也開始轉向以州為單位的個案研究。結果這一系列新的研究卻紛紛顯示，調漲基本工資對於改善弱勢勞工的收入效益明顯，而對於弱勢勞工的失業率沒有明顯的影響。

另一方面，反對基本工資的陣營也積極尋找更有利於自己的證據，其中最具代表性的大衛・紐馬克（David Neumark）和威廉・瓦夏（William L. Wascher）不辭辛勞地整合各種橫斷面數據與時間序列的數據，而發表了全國性的橫斷面追蹤資料（panel data）的研究，指出調漲基本工資對於弱勢勞工的失業率確實有不利的影響。

前一項論文一發表，大衛・卡德與艾倫・克魯格立即詳盡地加以檢視，發現大衛・紐馬克和威廉・瓦夏的研究犯了一個基本假設的嚴重錯誤：他們的模型裡假定未成年的人或者在上學，或者在打工，沒有人是既在學且有打工。然而事實是未成年人中有六五％既有上學且有打工。結果，他們推估出未成年人的入學比例僅有四〇％左右，而實際上這年齡層的就學率是七五％。由於這個數據推估的錯誤，導致他們高估青少年勞工因為調漲基本工資而產生的失業率。此外，一旦修正這個假設所導致的錯誤，大衛・紐馬克和威廉・瓦夏的模型與數據就會推導出「調漲基本工資對於弱勢勞工的失業率沒有明顯的影響」的結論。

一九九四年大衛・卡德與艾倫・克魯格共同發表了他們著名的「自然實驗」，以賓州和紐澤西州的速食業當對照組與實驗組，以其研究結果進一步支持「調漲基本工資對於弱勢勞工的失業率沒有明顯的影響」的結論。緊接著，他們又在一九九五出版了《神話與量測：基本工資的新經濟學》，[1]以他們的實證方法與研究結果挑戰八〇年代以前研究設計與實證數據都極為簡陋、粗糙的結論，呼籲經濟學界要重視嚴謹的實證研究，拋棄既往仰賴個人思索與二手數據的陋習，同時還質疑勞動力市場根本無法用競爭市場的簡單供需法則去解釋。這本書一出版，經濟學界的書評紛湧而出，《紐約時報》與《華盛頓郵報》（*The Washington Post*）也競相報導，而《華爾街日報》（*The Wall Street Journal*）與《彭博商業周刊》（*Bloomberg Businessweek*）則刊文駁斥、詆毀。其立即的影響則是經濟學界遠比既往更加重視嚴謹的實證研究：八〇年代的頂級經濟學期刊只有不到四〇％的論文有實證研究，到了二〇一一年已經成長為七二％。

這些迥異於既往的實證研究激起至少兩種相反的反應。反對基本工資法的人開始嚴格審視這些實證研究的可靠性。他們批評大衛．卡德與艾倫．克魯格的實證研究高度仰賴自己的電話訪談和美國勞工統計局發布的當前人口調查（Current Population Survey），後者也是以電話訪談進行且拒訪率高達十六％，並且有研究顯示當前人口調查確實隱藏著會導致低估失業率的因素。此外，有些業者在基本工資調漲後有可能會不遵守規定而維持著低於基本工資的薪給，或者把原本授予員工的福利打折或取消，使得表面上基本工資調漲了，弱勢勞工的實質所得卻變化不大，因而對失業率的影響也不明顯。另一方面，有些學者認為新的實證研究結果或許較能反映事實，因而開始提出各種新版的工資理論，企圖取代傳統的競爭市場理論。[2]還有更多立場中立的學者客觀地檢視所有的證據，提出各種尚存的疑點，而不輕易下斷言。譬如，基本工資上漲後，資方有可能會優先考慮減少工讀生的打工時數，而不是驟然降低員工聘僱數目。許多觀點不同的研究者利用美國聯邦在一九九〇年、九一年、九六年與九七年這四次調漲基本工資所產出的各種實證數據進行大量的研究，用以支持自己的觀點、論述和理論。

因此，在萊奇教授等人發表〈基本工資〉一文之前，關於基本工資的各種理論模型、資料庫（原始數據）、研究架構與研究方法的可靠性等都早已被雙方與第三方徹底地檢視、批判過，雙方可能的錯誤、瑕疵也已經被一一檢視過。因此，〈基本工資〉一文在研究方法上採取改良過的「自然實驗」，並且將研究對象擴張到三一八對實驗組和對照組；在資料庫上他們以較可靠的「季度就業和工資普查」為主，並以「當前人口調查」為次要輔助；在研究架構上，他們用同一份資料產出兩份結果（模仿傳統研究的全國性模式，以及新的跨州界自然實驗），並且兩相比較以突顯傳統研究模式如何導致失業率的高估；最後他們還改變產業別與資料庫來測試結論的「強韌性」。這些周密的思考，雖然也反映著作者的專業能力，但更多的是反映著過去二十年來各方實證研究與批判性思考的成果。

因此，在〈基本工資〉一文發表之後，重要的新發現與爭執已不多見，任教於倫敦政經學院的艾倫．曼寧（**Alan Manning**）遂於二〇二一年總結過去四十年的研究和爭論，指出三個學界的

1 D. Card and A. B. Krueger, 1995, *Myth and Measurement: The New Economics of the Minimum Wage*. N. Y.: Princeton University Press.

2 C. Brown, 1999, "Minimum wages, employment, and the distribution of income," *Handbook of Labor Economics*, Volume 3, Part B, 2101-2163.

最大共識：調漲基本工資確實會明顯改善弱勢勞工的收入且有外溢效應；而調漲基本工資對弱勢勞工的失業率或者看不出影響，或者不太顯著，正反雙方的結論實質上已經很接近。他同時說，由於經濟學的實證研究不可能像自然科學那麼精準，不論是進一步改善資料庫的可靠性，或者理論模型與研究方法，都不可能獲得更精準的答案。因此，與其繼續浪費寶貴的研究資源去爭執基本工資的對失業率的負面效應是「略有影響」或「沒有影響」，還不如去研究「究竟基本工資漲幅要多大，才會導致真正不容忽視的明顯副作用」。[3]

類似這個案例，只要一個研究生願意在撰寫論文之前認真做好文獻回顧，仔細彙整其中相關的批判性思考要領與線索，自然可以大幅提升論文寫作的品質。

至於如何搜尋、閱讀、分析與彙整既有文獻的重要內容，以利批判性思考的提升，乃至於進一步找到創新的線索，在拙作《研究生完全求生手冊》中已有詳盡討論，本書不再重複。

方法的相對優缺點與應用場合的選擇：文獻回顧的另一個重大功能

前一章我們曾提到，缺點再多的方法，只要找到合適的場合，就會突顯它的優點而遮掩其缺點；優點再多的方法，一旦找錯應用場合，就會彰顯它的缺點而枉費其優點。問題是，一個知識、經驗與思考都極其有限的研究生，如何能知道各種方法的相對優缺點，以及各種不同應用場合在乎與不在乎的因素？

關鍵的訣竅依舊是借助於既有文獻，尤其是先借助於回顧型論文（review papers）的導引，繼而縮小範圍，專注於跟自己研究主題較密切相關的文獻回顧。底下讓我們用人臉識別的技術為例，扼要說明。

學術界的期刊論文主要有兩類，一類是原創性論文（original works），一類是回顧型論文。前者旨在發表個人研究的新發現，後者旨在有系統且盡量完整地回顧既有文獻，以便讓讀者可以一目了然看見該主題內最新的研究進展與待解的問題，甚至按圖索驥找到跟自己研究主題最相近的學術文獻。還有一類是教導型論文（tutorial paper），旨在向初學者或其他領域的人介紹某一領域的最新技術概況，因而易讀程度很接近教科書或較嚴肅的科普文章，較少使用稀有術語且通常會加以解釋。尤其是工程技術類的學門，回顧型論文比其他學術領域更常見，甚至還偶有大師級的共同作者，更是值得參考。至於教導型論文的搜尋較不容易，然而它們往往會出現重要學會主辦的專業雜誌（professional magazine）裡。

譬如拉馬．塞拉帕（Rama Chellappa）是人臉識別與人工智慧領域的先驅學者，曾獲得好幾項國際最高榮譽的獎項，卻也跟年輕的學者一起寫過兩篇有關人臉識別的教導型論文。其中一篇發表在電機電子工程師學會（IEEE）的專業雜誌《電腦》，另一篇發表在同一個學會的《訊號處理雜誌》（*Signal Processing Magazine*），兩者都是以深入淺出的方式為資淺研究人員撰

3 A. Manning, 2021, "The elusive employment effect of the minimum wage," *J. Economic Perspectives*, 35(1): 3–26.

寫的。前者涵蓋較寬廣的課題，包括人臉識別的流程、主要困難與挑戰、主要的方法取向、最新的技術水準、主要的應用，以及未來的發展方向；後者聚焦在一種特殊的人臉識別技術：深度學習的類神經網路，企圖將打敗李世乭（圍棋九段）的人工智慧應用於人臉識別。

此外，他在二〇〇三年與人共同發表了〈人臉識別：一個文獻回顧〉，仔細地介紹當時各種靜態影像與動態影像（錄影）的人臉識別技術，並且對這些技術進行評論。二〇一二年又發表另一篇回顧型論文〈遠距的人臉識別：問題、前景與進展〉，指出受測人臉距離攝影鏡頭較遠時所引起的困難，分析可能的原因和影響因素，最後進一步討論照片老舊或環境複雜時可能導致的鑑別困難，作為人臉識別技術未來所需面對的挑戰與發展目標。

除了這種大師級的作品之外，其他學者的回顧型論文焦點各異。有的企圖盡量完整涵蓋所有既存技術，有的專注於動態影像的人臉識別，有的專注於類神經網路或深度學習的特殊鑑別技術，有的專注於探討影響鑑別率的可能因素，有的聚焦在介紹現存的基準測試影像資料庫及其中涵蓋的挑戰類型，有的聚焦在特殊產業（譬如休旅產業）的應用機會與注意事項，有的聚焦在產業界使用者的意見回饋，還有從政府部門的行政與立法角度探討人臉識別技術對個人權益的可能侵損與立法規範的必要。

只要從這些教導型論文和回顧型論文慎選優質且切題的文獻，由淺而深，由寬而窄，由粗而細地漸次掌握既有技術、難題與注意事項，再利用搜尋引擎與專業級的數位文獻索引工具去找出跟自己研究主題關係最密切的文獻，就不難從中彙整出人臉識別技術在各種應用場合所關切與不在乎的因素，以及各種既存技術的特性（相對優缺點）。

有了這些資訊，就可以用來製作成表1所示的「方法與應用場合特性對照表」，並且根據這一份對照表研判自己所研發的技術（方法）最適合應用在哪個場合，以及這個技術（方法）相對於其他現存的方法有哪些優缺點，再據此仔細調整自己在論文中要如何宣告自己的貢獻，可能會遭遇到審查委員怎樣的質疑，以及要採取什麼樣的策略為自己辯護（以及避免沒必要的過度防衛）。

譬如，在表1左邊欄位「應用場合特性表」中，「機場通關」這一欄的「帶帽與眼鏡」被填寫為「無」，那是因為機場通關時可以要求旅客一律脫下帽子並拿下眼鏡，因此可以假定旅客都不戴帽子和眼鏡。另一方面，旅館電梯管制時，雖然也可以請旅客在識別時拿下帽子和眼鏡，但是若可以不勞煩旅客會更好，因此「帶帽與眼鏡」被填寫為「可有可無」。

其次，表1右邊欄位「方法特性（優缺點）表」顯示各種鑑別方法在不同考量因素下的表現。由於我們很習慣於把一切都拿來排名，有些人看到各種方法的表現特性時，也會不自覺想要將它們的「綜合性能」拿來排名。然而這種習慣往往會導致錯誤的判斷。

譬如，讓我們權且假定任何一個方法若有一項特性表現為「優異（◎）」就取得兩分，有一項特性為「尚可（△）」就取得一分，有一項特性為「拙劣（×）」則不予計分。那麼，方法一、二、三、四與本研究的綜合積分將分別是十五分、十三分、十三分、十六分和十二分，看起來似乎方法四的綜合表現最傑出，而本研究的綜合表現最拙劣。

表1：方法與應用場合特性對照表

（A）應用場合特性表				（B）方法特性（優缺點）表					
	機場通關	戶外空間遠距取像	旅館電梯管制		方法一	方法二	方法三	方法四	本研究
影像模糊度	極清晰	極模糊	清晰	影像模糊	△	◎	◎	◎	×
背景複雜度	很單純	很複雜	略有變化	背景複雜度	×	×	△	△	△
照明穩定度	極佳	很差	不理想	照明穩定度	◎	◎	△	◎	△
臉部角度變化	可忽略	極大	可觀	臉部角度變化	◎	×	◎	△	◎
表情變化	極少	很大	大	表情變化	△	△	×	◎	◎
帶帽與眼鏡	無	變化大	可有可無	帶帽與眼鏡	△	◎	△	◎	△
容貌變化	有	有	無	容貌變化	◎	◎	×	△	×
圖庫數量	極少	極大	中等	圖庫數量	◎	×	△	◎	△
軟硬體預算	極佳	極佳	中等	低成本	×	◎	◎	◎	△
等待時間	數秒	數分鐘	數十秒	等待時間	◎	△	◎	×	△
容許錯誤率	極低	極低	低	誤判率	◎	△	△	△	◎

◎：表現優異；△：表現尚可；×：表現拙劣

但是你如果仔細核對左邊欄位「旅館電梯管制」這一項應用的特性與右邊欄位五項方法的特性，卻會發現本研究表現「拙劣」的兩項能力（因應「影像模糊度」與「容貌變化」的能力），恰恰都是在「旅館電梯管制」這一項應用裡不在意的；而本研究表現「優異」的兩項能力（「臉部角度變化」和「表情變化」）卻都是這一項應用裡很重要的；至於本研究表現「尚可」的其他六項能力，恰恰也是這一項應用裡有需要而不太苛求的。唯一美中不足的是，本研究在旅客臉部有帽子或眼鏡遮擋時表現「尚可」，因而必須請旅客登記入住時脫下帽子與眼鏡拍照，且在電梯門禁無法辨識時脫下帽子與眼鏡。這個規定雖略為不方便，但尚屬可以接受。因此，在「旅館電梯管制」這一項應用，本研究方法是唯一適用的方法。

至於方法一、二、三、四，雖然得分較高（有許多優異的表現），但是若想應用在「旅館電梯管制」，卻都會在必須表現「優異」的「臉部角度變化」和「表情變化」這兩項之中至少有一項表現不夠「優異」，因而不吻合這一項應用場合的需要。

因此，上一章才會說：「缺點再多的方法，只要找到合適的場合，就會突顯它的優點而遮掩其缺點；優點再多的方法，一旦找錯應用場合，就會彰顯它的缺點而枉費其優點。」

再以「機場通關」這一項應用為例，因為它是搭配護照通過，可以根據護照條碼找出旅客的檔案照片來比對，因此需要比對的照片數量最少，而它最在意的是旅客可能會改變髮型、修剪鬍鬚或變胖、變瘦而導致容貌有較大的變化，人臉辨識技術必須在這些因素的影響下表現出極高的辨識率（極低的誤判率）。結果，比較右邊欄位「方法特性（優缺點）表」裡各種方法的特性，最適合這個應用場合的就變成是方法一，而依舊不是得分最高的方法四。

然而方法四也非一無可取，如果考慮難度最高的「戶外空間遠距取像」，方法四就是最適合的方法。所以才會說：「所有的方法都只有相對的優點與缺點，而沒有絕對的好壞；重要的是你有沒有為它找到最適用的場合。」

其實，表1的「方法與應用場合特性對照表」還有許多值得進一步了解的應用價值。譬如，如果在研究工作的初始階段就根據文獻回顧建立起表1，則該表還可以被用來研判創新與突破的最省力策略。對此有興趣的讀者，請自行參考《研究生完全求生手冊》。

結語

我在劍橋大學交出學位論文候審時，曾請教指導教授如何準備口試。他略為沉吟後，慎重地說：「別讓口試委員問到任何你沒想過的問題。」這句話乍聽似乎不可能。等我自己有豐富的口試經驗後，才發現只要你在完成論文之前有充分掌握研究主題相近的文獻，別人就很難問出你沒想過的問題。

畢竟，口試委員再怎麼傑出也只不過是個凡人，他的智慧與批判性思考的能力很難超出既有文獻所匯聚的學界智慧。就算口試委員碰巧想到某些被你遺漏的檢視角度，只要你的文獻回顧做得比一般研究生更周延、詳盡、扎實，就會贏得他的讚許，而你的疏失也會變成「瑕不掩瑜」。

假如讀者已從這兩章掌握到論文寫作的構思策略與批判性思考的要領，接著我們就可以開始討論論文寫作的具體細節。下一章就先談導論、簡介與文獻回顧的寫作要領。

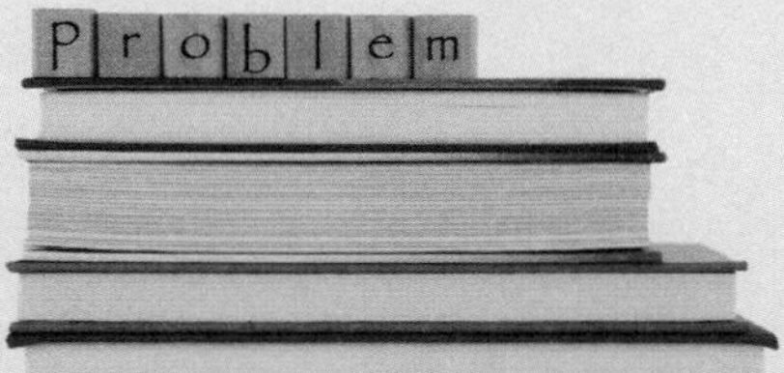
Problem

6

江山留勝跡，我輩復登臨：

導論與文獻回顧的寫作要領

從這一章開始，我們將更仔細討論期刊論文與學位論文的寫作要領與注意事項，同時假定讀者已經充分了解前四章的內容，盤點完主要的研究成果、備妥證據、論述架構與攻防的策略，甚至有了一些零星的草稿，準備要開始下筆撰寫論文的初稿。

此外，我們假定讀者已經完成最後一次的文獻搜尋，確定沒有重大的遺漏，且從前述文獻挑出三至五篇跟研究主題最相近，且最具代表性的近期論文，以供論文撰寫時隨時參考。理由如下。

按照學術界的默契，一篇論文的原創性貢獻等於它的全部內容減去所有學術界已知（已經發表）的部分（參見圖3，為原圖簡化後重製之示意圖）。為了確實釐定本研究的貢獻與既有文獻的關係，前述三至五篇的近期論文最好是像圖3中的主要參考文獻A、B、C、D，其內容合併起來大致上覆蓋本研究最鄰近的既有文獻邊界。因此，只要參考這幾篇文獻，就足以斷定本

圖3：主要參考文獻的內容、既有文獻的邊界與本研究的貢獻

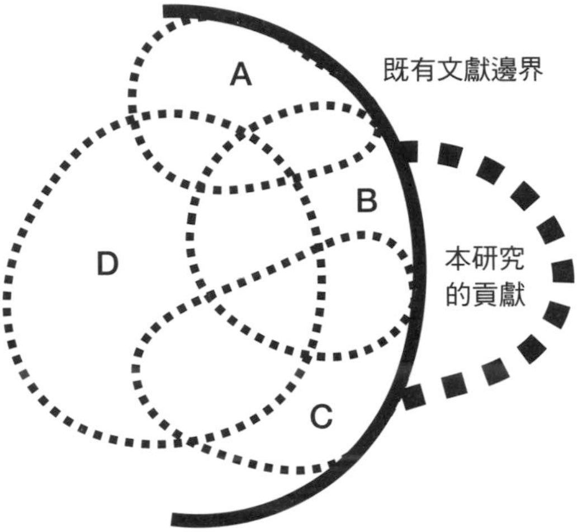

研究中確屬原創的部分，以及本研究對既有文獻的繼承與改良（革新）。

其次，我們也可以從這幾篇論文彙整出對其他理論、方法、證據的批判，同時也用來為自己所採用的理論、方法和證據進行辯護。最後，當論文的主題、研究範圍與研究方法都相近時，它們的論文結構與章節次序也會有許多雷同處，可供仿效與參考。

接下來就來談談導論與文獻回顧的撰寫要領，至於摘要的撰寫則留待第11章再討論。

江山代有才人出：問題的背景、沿革與研究的目標

第3章曾說過，導論（簡介）的部分必須承載三大任務（功能）：⑴介紹本論文的研究主題、背景及其在學術與應用上的重要性，以

便讓讀者了解問題的內涵與要點，並且相信它值得被研究與了解。⑵介紹學術界過去有關這個問題的研究歷程，既有的觀點、理論與方法，扼要評價它們的得失，盤點截至目前為止的主要成果與不足，以及本研究擬突破（貢獻）的部分，目的是讓讀者清楚看見這篇論文聚焦的研究子題、範圍與主要訴求（可能會有的突破與貢獻）。⑶扼要敘述本研究擬採用的觀點、理論、方法與資料庫，以及它們相對於既有文獻的優點，讓讀者相信本研究確實有超越既有文獻的利基（優勢），而且這些選擇確實優於其他的替代性選擇。此外，有些作者還會賦予它兩個額外的功能：摘要敘述本研究的特色與主要的研究成果（貢獻），並簡介本論文後續各章節的內容與次序。

值得注意的是，在檢視既有文獻的不足時，應該要聚焦在跟本研究的貢獻相關的部分，而不是長篇大論臚列一大堆本研究也無法解決的問題。

譬如，以〈基本工資〉的導論為例，它就聚焦在歸納既往研究的兩大類型，扼要摘述它們各自的誤差來源，並且突顯本研究在資料庫、研究設計與研究方法上的優越處，最後還扼要摘述這篇論文的四大貢獻與主要成果。

至於第2章所提到的關於高密度脂蛋白濃度的論文，它的篇名很長〈極高的高密度脂蛋白膽固醇濃度弔詭地跟男人和女人的較高死亡率有關：兩個前瞻性追蹤研究〉[1]（以下簡稱〈高密度脂蛋白研究〉），等於是用一句話揭露整篇論文的結論（發現）和研究方法。至於它的導論，基本上分成三個大的段落。

在第一個大段落裡，它開門見山地突顯已知證據中的矛盾，作為問題的背景並突顯研究的必要性：一般的觀察顯示高密度脂蛋白的濃度跟死亡率有反比關係，然而藥理學的研究卻發現高密度脂蛋白的濃度較高時對死亡率沒有影響，或者有不良的影響；此外，從基因的角度研究高密度脂蛋白濃度與死亡率的關係時，所獲得的證據卻是彼此矛盾的。

在第二個大段落裡，它指出既往研究的主要缺失，作為本研究的動機與企圖突破之處：高密度脂蛋白濃度極高的人只占總人口中的極少數，而過去的研究都把他們劃歸「高密度脂蛋白的濃度高於平均值」的那一類，使得研究結果無法分辨出「高密度脂蛋白的濃度略高於平均值」和「高密度脂蛋白的濃度遠高於平均值」的不同效應。

在第三個大段落裡，它指出這個研究的特色（優越點與創新處）。其一，它的樣本數量大且覆蓋面廣，涵蓋哥本哈根將近十二萬人（全市總人口的五分之一），其中有超過一萬人因各種原因死亡（避免抽樣偏差或以偏概全的結論）。其次，本研究的設計截然不同於既往，它先找出對應於「死亡率最低者」的高密度脂蛋白濃度，當作最佳的濃度，以及後續分類與比較的基準值。接著，把高密度脂蛋白濃度高於基準值的人分成兩群，第一群人的濃度高出基準值五〇%以內，第二群人的濃度高出基準值五〇%以上，用以驗證本研究的假設「高密度脂蛋白濃度嚴重偏高（第二群人）時，會對死亡率有不良影響」。

前述這兩篇的導論有一個共通的論述策略，先突顯既有研究結果的矛盾，再指出造成矛盾的可能成因和既有研究方法的缺失，繼而指出本研究的對策（研究構想）與特色（優點）。如果一篇論文旨在為問題提供較周延可靠的證據、論述與答案，這樣的論述架構通常可以很有效地突顯本研究的必要性與預期的貢獻。

不過，有時候這類研究的問題意識是既有結論大同小異，然而其證據或方法不可靠，這時候導論的重點就可以放在批判既有的證據或方法的不足，之後再摘述本研究的對策與特色。譬如〈離婚會比較快樂嗎？〉就是一個典型案例。

其次，理工學院的研究的目的往往是為了要改良既有的技術或產品，譬如人臉識別的技術或醫療用品。這一類的研究沒有「既有文獻的矛盾」可談，所以通常會先扼要陳述本研究主題的重要性，繼而把重點放在分析既有技術（方法、派別）的主要缺點（不足）與可能成因，最後提出本研究的特色（對策）與優點。

以第4章第1節所提到的〈局部二值化圖案中的人臉特徵：應用於人臉識別〉為例，它的導論開門見山用兩句話就交代了研究主題及其重要性：「自動臉部分析，包括臉部偵測、人臉識別和臉部表情辨識，已經成為電腦視覺中很活躍的研究主題。臉部分析的一個關鍵議題是為臉部外觀找到較有效率的特徵描述。」同時它用一本剛出版的《人臉識別手冊》當參考文獻來支

1 C. M. Madsen, A. Varbo, and B. G. Nordestgaard, 2017, "Extreme high high-density lipoprotein cholesterol is paradoxically associated with high mortality in men and women: two prospective cohort studies," *European Heart Journal*, 0: 1–9.

持這兩句話的斷言。接下來的第三句它舉出三種較具代表性的人臉識別技術（各附一個參考文獻），然後以第四句結束這一段：「本文將揭露一種新穎的特徵描述，它是從人臉的局部影像去萃取出來的二值化影像紋理特徵。」

接下來的第二段，它先列舉以局部紋理描述臉部特徵的方法（各附一個參考文獻），再簡潔地突顯它們的優點（相對於從整個臉部影像萃取特徵的方法），並以一篇文獻支持這個論點。接著語氣逆轉，在第三段扼要陳述既有的局部特徵描述所共有的缺點，並且在第四段指出突破難題的關鍵要領。最後，它在第五段指出兩位作者過去的相關研究（附一個參考文獻），並以一句話結束這個導論的最後一段：在這一篇論文裡，我們將展現進一步的延伸發展、細節與結果。

另一個案例是在二〇二〇年獲頒美國電機電子工程師學會「最佳論文獎」的〈以影像變形分析為基礎的人臉防偽偵測〉[2]（以下簡稱〈人臉防偽偵測〉），它用兩節的篇幅涵蓋「導論與文獻回顧」，第一節的「簡介」先引述三篇論文來強調人臉識別在生物識別技術中的主要優點（不需要額外的感測器）與缺點（容易被偽造的人臉影像欺騙），接著又指出最先進的商用軟體只有不到三〇%的辨偽能力，藉此突顯研究主題的重要性以及既有技術的不足。然後它簡潔地指出既有技術的共通缺點，隨即宣告本研究將以原創的構想突破前述瓶頸，並且預告本研究的三項主要貢獻，和後續各節的主要內容。

接著，它在第二節「既往的研究」裡回顧既有文獻與技術。它先把既有技術依據其理論沿革與方法特性分成四大類別（方法流派），逐一摘述它們的理論（方法）基礎、優勢與弱點，以及辨偽能力的最新紀錄，並且摘要列表以便於讀者作綜合的比較。最後，它進一步剖析既有技術的共同瓶頸與問題根源，並指出本研究的突破策略與方向。

有趣的是，〈基本工資〉旨在為既有問題提供嚴謹的答案，但是它也採取類似的論文架構。它在第一節描述既有研究成果間的矛盾，以便突顯本研究主題的重要性。接著，就把文獻回顧放在獨立的第二節裡，以便深入分析既有方法的缺點，突破既有瓶頸的關鍵，以及本研究的特色與預期貢獻。這種雷同並非偶然，當一篇論文在研究方法或理論上有重大突破時，這樣的論文架構可以為文獻回顧提供較獨立而完整的篇幅，以便於較深入分析既有方法的關鍵瓶頸，以及本研究的突破策略、理論依據，以及方法上的創新。

至於學位論文，因為有較寬裕的篇幅，常常會以獨立的一章仔細描述研究主題、問題背景與研究動機，並另闢一章仔細描述既往理論、觀點與研究方法的得失等……這一點留待第3節再進一步說明。

必須注意的是，儘管導論、簡介與文獻回顧經常是不可分割的一部分，然而主角只有兩個：研究主題的意義與價值，以及本研究在觀點、理論、證據與方法上的創新。至於既有文獻，只不過是用來「佐證」前項論述的附屬配角，不該鳩占鵲巢成為導論的主角。

這個說法或許跟很多讀者的既有印象相左，讓我們在下一節加以說明。

2 D. Wen, H. Han and A. K. Jain, 2015, "Face Spoof Detection with Image Distortion Analysis," *IEEE Trans. Information Forensics and Security*, 10(4): 746–761.

六經皆我注腳：文獻回顧的功能

很多人以為參考文獻的有無是「學術著作」跟「非學術著作」的關鍵性差別，還有人以為參考文獻的多寡反映著作者的學問，甚至有博士生在較量誰的參考文獻比較多。還有博士生問過我：「博士論文後面的參考文獻至少要多少篇？」我回答：「多少不重要，質比量更重要。」他似懂非懂地望著我，希望我進一步闡明。

事實上，不管是期刊論文或學位論文，參考文獻的功能既非用來證明作者的知識廣度，更不可以淪為炫耀知識或只敘不評的流水帳。而且，導論與簡介的功能也不只是引導讀者了解既有的文獻和學術近況，更要能批判性地反思與評價既往研究的關鍵性得失，同時用以突顯和支持作者的觀點與訴求。更重要的是，導論與簡介應該是「以論證本研究之重要性與必要性為中心」的批判性反思，以及引注文獻以補充作者在論文中未及詳言的細節或事實，而不是無關痛癢地臚列一堆切題與不切題的文獻。

參考文獻另一個值得注意的功能：宣告（承認）前人的貢獻，以避免剽竊的嫌疑。意思是說，如果你論文中所使用的觀點、理論、方法或資料庫中有任何一者是援引前人的著作，或出自他人所創，你就必須在適當的位置引注原出處來宣告（承認）前人的貢獻。如果你違背這個學術界默認的共識，就等於剽竊他人的智慧，並且嚴重違背學術倫理。

以李政道與楊振寧的論文為例，它在導論的第一段只引述五篇論文指出一個事實：有兩顆微粒子有相同的質量和生命期（通常這意味著它們是相同的微粒子）。接著它又引述三篇論文說：這兩個粒子的衰變模式不同，如果接受角動量與宇稱守恆的假設，則必須推斷說它們是不相同的粒子。最後，它引述一本學術會議論文集指出，前述矛盾的事實，已引起學術界許多爭論。這一段話裡的九個文獻都直指問題核心，沒有一個不切題，同時又精要地烘托出本研究的必要性。接著，它在第二段指出，前述矛盾的一個可能出口是假定宇稱守恆在微觀世界裡不成立，本研究將探討這個可能性，並建議恰當的實驗來驗證本文的假定。由於第二段的內容盡屬本論文的原創構想，所以沒有引述任何文獻。

從「論文的貢獻在於原創性的發現，而不是複述學術界已知的事實」這個原則來看，沒有引述任何文獻的第二段比引述了九個文獻的第一段更重要。或者說，第一段之所以重要，是因為它為第二段鋪陳了舞台。至於文獻，雖是不可或缺的配角，卻絕對不是主角。

再以〈高密度脂蛋白研究〉為例，它一共引述了二十四個文獻，導論裡引述了十一項，用以說明既有文獻的主要發現與矛盾。研究方法裡引述七項，用以補充說明本研究所引用的資料庫、以及抽樣與統計分析的方法細節（皆屬現成的方法，非本研究之原創）；結果的分析裡引述了六項，用以佐證或補充說明作者對於研究結果的論述與推斷。也就是說，引注這些文獻的目的是為了補充說明論文中措詞精簡而非屬原創的部分，用以引導讀者延伸閱讀的需要，以及佐證作者的觀點與主張。與此無關的文獻就不該納入參考文獻。

譬如，本書第2章第3節就曾提到：影響學位論文評價的十二項因素中，有三項跟文獻回顧有關，分別是文獻回顧的完整度、文獻引述的正確性、所引文獻是否能有效應用。其中的第二與第三項就是提醒我們，文獻回顧雖然必須完整，但也忌諱浮濫和浮誇，更忌諱未經查證就以訛傳訛抄襲前人的錯誤引注。

為了確認一本學位論文是否有浮濫的引注，有些評審會從學位論文後面的參考文獻隨機抽出幾篇來考學生，看他是否確實有讀過每一篇自己引注的論文（至少要讀過跟引注有關的部分），並且精確了解被引述的部分，而不是未曾讀過原始文獻就浮濫照抄其他論文後面的參考文獻，甚至複製實驗室歷屆學長姊多年來一再複製的錯誤資訊。

簡言之，你必須為自己論文的每一部分負責，確保它們的正確性。其中包括被你引述的文句、內容，以及文獻的原始出處（作者與原典名稱，以及頁次）。從這個角度看，不當或浮濫地引述論文，其實是在為自己招惹麻煩。

至於參考文獻的引注格式，不同學術領域有不同的規範。譬如，美國機械工程師學會所採用的格式就跟美國心理學會公布的格式大異其趣，連相同領域的不同學術刊物也有不同的規範，譬如：社會學界最著名的兩大期刊《美國社會學期刊》和《美國社會學評論》就各有各的格式；甚至連同一個期刊在不同的年代也有可能會採用不同的格式，譬如《美國社會學期刊》在一九五〇年代的引注格式就明顯不同於一九七〇年代的格式。

因此，如果是投稿給學術期刊或學術會議，就必須詳查並吻合它們所公布的規範。如果是學位論文，只要有統一的格式而前後一致，採用哪一種格式都是可以的。

旁徵博引，深入淺出：學位論文的導論、簡介與文獻回顧

本章第1節曾提到，學位論文有較寬裕的篇幅，可以用專屬的一章介紹研究主題與既有研究成果的不足，再另闢一章專門介紹與檢討既有的觀點、理論與研究方法（或技術）。美國麻省理工學院的碩士論文《廣義櫃員機的小眾人臉辨識》[3]（以下簡稱《小眾人臉辨識》）就是一例，其中「廣義櫃員機」指的是任何一種以電腦取代真人櫃員的自動化機器，包括提款機、點餐機，和購物中心提供多媒體資訊服務的觸控式平板電腦等。

這本論文是在一九九九年完成的，當時的人臉辨識仍以預防犯罪和保全為主要應用。然而《小眾人臉辨識》考慮的是休閒、娛樂和消費服務的廣義櫃員機，與保全無關，旨在識別使用者身分後可以根據他過去的偏好來改變互動模式，譬如優先展示他最可能會有興趣的商品（服務、資訊）或推薦相關產品等。作者把這類型的廣義櫃員機稱為「智慧型櫃員機」（**the Smart Kiosk**），由於這類應用所需考慮的問題不同於保全，所以作者在第一章先介紹這個研究的問題背景，研究的目標與可能的應用（研究範圍），以及應用上的可能限制。

他在第一章「導論」的第一節指出，保全用途的人臉識別只能忍受極低的誤判率，然而智慧

3 S. K. Sinha, 1998, *Small population face recognition for a kiosk interface*. Master thesis, Department of Electrical Engineering and Computer Science, MIT.

型櫃員機可以忍受較大的誤判率。其次，假如這些智慧型櫃員機被設置在固定地點，長期所累積的使用者可能數量龐大，但是每一段時間裡使用頻率較高的「熟客」人數不多，只是他們的身分會動態地慢慢改變（有些人會淡出，有些人會淡入）。而本研究擬開發的人臉識別技術，就是聚焦在這一小群隨著時間慢慢改變的「熟客」，盡量提高他們的辨識率。然後，他在這一節的結論裡明確突顯這個辨識系統的三個特性：容許較大的誤判率，針對人數較小的「熟客」，但是要有能力適應「熟客」的成員緩慢地隨時間變化。最後，他在第二節簡要介紹這本論文後續各章的內容，以此結束了第一章。

第二章的標題是「智慧型櫃員機」，作者先在第一節定義「智慧型櫃員機」，接著在第二節回顧一個矽谷高科技公司最近研發的三款智慧型櫃員機。第一款是實驗室裡的測試機型，它根據影像分析來研判使用者的到來與離開，同時根據使用者的移動速度研判他是「路過」或「有意使用」。此外，它還利用使用者的衣服顏色來識別身分，以便同時跟多位使用者互動。第二款是將第一款的硬體與軟體升級後，安置在一個咖啡廳裡進行實機測試，並且在必要時自動啟動重新開機程序以排除故障。第三款是一種賭博電玩，可以記錄使用者過去的得分與偏好，並據此改變互動模式。技術上它是第二款的升級，添加了紅外線與聲吶感應來偵測使用者的位置，並且添加語音辨識來提升互動功能。最後，他在第三節裡描述本研究擬發展的人臉識別技術跟第三款廣義櫃員機相結合後所可能會具有的功能，以及軟體與硬體製作上需要考慮的限制等。第二章等於是將第一章抽象描述的「研究主題與研究範圍」帶到較具體的問題情境，並且從實際應用的角度闡述本研究的目標及其實際的應用價值。

第三章的標題是「人臉識別」，它在第一節先大致回顧當時人臉識別的技術現況，接著在第二節介紹一種相當主流的人臉識別技術，分析它的技術特性與優缺點，並指出它何以不吻合本研究的目標。然後，它在第三節介紹一種未曾被應用於人臉識別的影像分析技術，剖析它在人臉識別上的潛在優勢，以及本研究為何要利用它進一步發展的理由。最後，第四節分析前述影像分析技術與本研究最終目標技術之間的落差，本研究所需要發展與突破的技術項目，以及基本的研發策略與構想。某種意義上這一章扮演著理論層次或方法論層次的討論，為第四章「辨識特徵的演化」（本研究的獨創技術）鋪陳好理論（方法論）的基礎。

前述這篇碩士論文真正的原創部分是從第四章開始，而用了三章的篇幅在詳細介紹研究主題的背景與研究的動機。相較於期刊論文，這樣的篇幅安排比較「友善讀者」，這也是學位論文經常會採用的策略，而不只限於理工學院。或者說，期刊論文以「避免重複學術界已知的事實」為首要原則，然而學位論文可以兼顧「引導學術新人了解問題背景」，以及「理論與現實間的關聯」這兩項功能。

譬如，跟基本工資有關的期刊論文幾乎都直接聚焦在「調漲基本工資會不會助長弱勢勞工的失業」和「調漲基本工資會不會改善弱勢勞工的所得」這兩個狹隘的議題上。然而基本工資的學位論文則可以將十九世紀以來有關基本工資問題的主要爭議扼要地加以介紹，讓讀者了解這兩個研究子題對現實世界裡的政治、社會與經濟能有多大的衝擊，之後才開始聚焦於這兩個子題上。

此外，為了深入了解某一個特定因素的影響，量化的研究往往會透過一系列的假設與定義來簡化問題，甚至以極為簡化的理想模型作為研究工具（譬如：「完全競爭市場」或「理性選擇」）。如果這些假設或簡化模型已經是學術界所熟知，期刊論文往往不會去說明其背後的考量，然而學位論文仍舊可以扼要地加以說明這些假設的必要性或適切性，以及理想模型與現實世界的關聯，以便適度引導不熟悉這個研究主題的學術新人（譬如研究生）。

在《小眾人臉辨識》的第三章裡，它先從較寬廣而籠統的視野回顧人臉識別的技術，接著指出最常用的技術為何不適用於本研究，最後才指出本研究擬採用的技術（原因與特性）、它的不足，以及本研究的發展策略。不管是回顧研究主題或者研究方法，這都是平實、方便而常見的架構。它可以先引導讀者看見本研究在既有學術分支中的位置，以及這個研究主題在學術與應用上的意義、價值，然後再慢慢由廣而窄、由粗而細地將視野縮小，逐漸聚焦到你論文的核心議題與研究範圍。

透過這樣的論述架構，可以明確勾勒出跟研究成果最接近的既有知識邊緣，以便讓讀者清楚看見本研究預期的成果確實跟既有文獻沒有任何重疊。此外，這樣的架構也便於介紹本研究跟既有學術文獻之間的繼承與創新關係，包括它所屬的學術分支、所繼承的研究方法和觀點、它的新穎貢獻，以及不採用其他方法、觀點、流派的關鍵理由。最後，還可以沿著前述繼承關係扼要摘述過去至今每一個重要貢獻者的關鍵性得與失，以便勾勒出從過去到今天的主要研究推展過程和目前的知識邊界。

結語

導論、簡介與文獻回顧具有十分重要的功能：說服讀者這篇論文的重要性與必要性，讓讀者相信它確實有機會解決既有文獻的缺失，因而對這篇論文懷著高度的期待。

此外，一個作者的專業能力往往從導論與文獻回顧就可以初窺端倪。在這個文獻回顧與分析的過程中，如果你遺漏了許多重要的相關文獻，就表示你見識淺薄，甚至是在「閉門造車」。如果你的論述雜亂無章，沒有屬於自己的系統性理解，就顯示你只是在囫圇吞棗與堆砌。如果你只是像流水帳一樣依序臚列過去的研究成果，而沒有一針見血的得失評價，或者評價失當，就顯示你欠缺洞見與批判力，也顯示你的學術素養膚淺而不足道。

因此，研究顯示很多審查委員在讀完論文的摘要與導論之後，往往對論文已經有初步的評價，而且這個「第一印象」跟完整閱讀過論文以後的評價常常是相去不遠。

在導論、簡介與文獻回顧之後，緊接著就是撰寫理論依據與方法論的考量。下一章將討論它們的陳述、分析與評論要領。

theory

7 源頭活水：理論依據與方法論的考量

不管是哪一種實證研究，一定會採取特定的研究方法或技術，沿著一定的程序去產出一些結果，之後再根據這些結果來支持（論證）一篇論文的主張和結論（譬如「調漲基本工資不會影響失業率」，或者「本文所呈現的人臉辨識技術確實能有效偵測偽造影像」）。論文中的「研究方法」（research method）就是描述產出前述結果的方法、程序與步驟。

然而你為何要採取這個特定的方法、步驟，而不是其他的替代方案？這就涉及到理論的依據和方法論（methodology）的考量。或者說，「研究方法」是描述你如何（how）做（產出各種研究結果的方法與程序），而「理論背景與方法論的考量」則是論證你為何（why）要這麼做（提出充分的理由將你的研究方法、策略與研究架構給合理化）。

有些論文會把這兩個部分當作不同層次的兩個問題，先以獨立的章節對既有理論與方法進行深入而詳盡的批判，指出改良或創新的關鍵，再以另一個獨立的章節討論實際上所採取的方法或技術，及其中的改良或發展。有些論文會把它們整合在一起，在「研究方法」裡分析與評論。還有一些論文會把它們當作文獻回顧的一部分，融入導論裡。

如果是一篇期刊論文，且在理論、觀點、方法上沒有明顯的創新，則往往會止於簡潔地論述背景理論與方法論的考量，並引注重要的文獻來支持自己的論點，以便把主要篇幅保留給真正具有原創性的部分。如果是一篇期刊論文，而且在理論、觀點或方法上有重要的創新，則會以較寬裕的篇幅對創新的部分加以剖析、闡述。如果是學位論文，不管在理論、觀點或方法上是否有所創新，都可以用適當的篇幅回顧相關的理論與方法，並且表述自己對它們的分析、批判與評論。重要的是，不管是哪一種選擇，都必須言之有物而「值得閱讀」，不是在無病呻吟或填充篇幅。

為了討論的方便，這一章我們將聚焦於「理論依據與方法論的考量」，下一章才討論「研究方法與技術發展」的部分。

以簡馭繁，亂中有序：背景理論的角色與功能

「理論」是對已知事實的有系統分類和組織，它包含成套的概念、定義、法則和定理，對相關領域內的事件具有普遍的預測或解釋能力。譬如：牛頓力學、基因與遺傳學、男女擇偶時的考量，或者家長社經背景與子女未來成就的關係等。在欠缺理論的引導時，我們對事實的觀察

圖4：送子鳥之謎

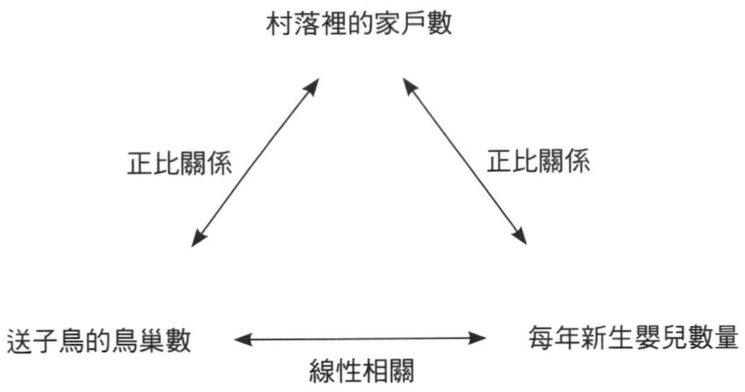

與認知往往流於零散、沒有秩序，甚至以偏概全；在理論的引導下，我們看到個別事件之間的潛在關聯，並且將它們有系統地連結起來，形成較周延而整體的了解與詮釋。

因此，所有的研究都必須有其理論依據，藉以發展出研究的架構（研究設計），並且在研究過程中融入相關的觀點、假設與研究方法。如果沒有可靠的理論依據，任意從實證觀察與統計分析做出結論，結果往往很荒謬。譬如，把女朋友在情人節送的玫瑰花拿到化學實驗室進行有機分析，或者從統計分析得到結論：「上個月倫敦的麵包零售價格跟石門水庫的水位升降呈現統計上的高度相關。」

理論依據也可以讓我們較深刻解讀觀察到的現象，或者識破不合理的表象。譬如，一個日本的研究生到數個傳統聚落進行一系列的調查，發現「每個村落裡歷年的新生兒數目大致上跟該村落裡的送子鳥（白鸛）的數目成正比關係」，因而推論出「日本的送子鳥傳說是有科學根據的」。

其實，進一步的研究顯示：送子鳥習慣在人類的屋頂築巢，因此一個村落裡的家戶數愈多，送子鳥的鳥巢數就會愈多，而送子鳥的數目也就跟著多起來；另一方面，一個村落裡的家戶數愈多，每年的新生嬰兒數量也隨之增多。

也就是說，送子鳥的數目以及新生嬰兒的數目之間沒有任何因果關係，但是它們各自與村落裡的家戶數成正比關係，因此在迴歸分析上就顯現出高度的線性相關。在這個案例裡，「村落裡的家戶數」被統計學稱為「干擾因子」（**confounding factor**），因為它們會干擾（混淆）我們對觀察結果的分析。

在仰賴統計分析的研究裡，最怕有未知的干擾因子在誤導分析與結論。一個可能的因應策略，就是從既有文獻找到較成熟、可靠的理論，作為研究設計、假設與結果分析的參考依據。以〈離婚會比較快樂嗎？〉為例，作者的資料庫裡只有受訪者總體心理壓力的數據，而沒有調查婚姻對其幸福感的影響，因此他們必須從心理壓力的數據去推估跟婚姻狀態有關的幸福感。該文第二節「幸福感的主觀衡量」就是在為這個推估程序提供一個理論基礎：作者先彙整文獻上的已知事實，然後據以假定受訪者的總體心理壓力是收入、婚姻狀態、個人的人口學特徵和時間跨距這四個因素的線性組合，而且婚姻狀態所對應的幸福感可以依循「固定效果模型的組內估計法」從總體心理壓力推估出來。

不管是量化的研究或質性的研究，當問題背景涉及複雜的事實和歧異的觀點，而既有文獻尚未形成明確的體系時，往往有必要以較完整的篇幅將已知的事實、觀點和主張整理成條理井然的背景理論，再將研究主題安置在這個背景理論中，表述成有本有據而理論脈絡清晰的「假說」

或「研究議題」（research problem）。這個安排可以避免讓聚焦明確的研究主題顯得視野太狹窄，或孤立而突兀，此外也可藉此讓讀者既看見論文較寬廣的意涵，又不會找不到論文的焦點。

譬如〈線上個人告示的自我呈現〉[1]，它想用統計方法驗證兩組假說。其一，就線上約會的參與者而言，越是期望最終能發展出面對面的長期親密關係，就會越傾向於在線上約會期間誠實揭露自己，大量揭露自己，用心揭露自己，且正面揭露自己。其二，前述四種傾向（行為模式）越明顯的參與者，其線上約會的成功率也越高。如果沒有充分的背景理論來烘托，這兩組假說顯得有點突兀，很難看出背後有何重大意義。因此，這篇論文的第二節「理論架構與模型」就用了超過六頁的篇幅去鋪陳背後的理論線索與紛雜的已知事實，而它也成為全文中最長的一節。

雖然背景理論往往只是有系統地整理既有文獻，然而眉目清晰而又深入淺出的背景理論往往會為論文贏得額外的關注與喝采。質性研究的論文〈管理線上的印象：線上約會環境的自我呈現過程〉[2]（以下簡稱〈管理線上的印象〉）就是一個成功的案例，它的第二節「文獻回顧」也占了將近六頁的篇幅，把相關的理論與紛雜的事實爬梳得條理井然，讓讀者可以不費力地掌握

1 J. L. Gibbs, N. B. Ellison & R. D. Heino, 2006, "Self-presentation in online personals: The role of anticipated future interaction, self-disclosure, and perceived success in internet dating," *Communication Research*, 33(2):152-177.

2 N. Ellison, R. Heino & J. Gibbs, "Managing impressions online: Self-presentation processes in the online dating environment," *Journal of Computer-Mediated Communication*, 11(2):415–441.

住這個研究主題較寬廣的背景理論。結果，雖然社會科學的論文鮮少能被引述超過三百次，這篇二〇〇六年的論文卻已經被引述超過兩千三百次。

下一節，我們先看看這篇論文的研究與寫作背景，再看它如何呈現背景理論。

深入淺出，綱張目舉：背景理論的寫作要領

全球第一個提供線上服務的公司CompuServe從一九八九年開始提供電子郵件、電子布告欄和網路論壇等網路服務，到一九九一年已擁有六十二萬個訂戶。面對這個發展趨勢，較敏感的社會學者與傳播學者也開始熱烈討論線上人際互動與線下（面對面的）人際互動的根本性異同。傳統的社會滲透理論（social penetration theory）認為，人都有建立親密關係與誠實地自我揭露的需要。但是早期有關線上人際關係的研究普遍認為：線上互動僅限於文字的溝通，缺乏面對面互動時的多元線索（臉部表情、語調、肢體語言，乃至於肢體的互動），因此其功能將會局限於事務性的協商，而很難促進人際情感的交流。此外，網路互動的匿名性會助長不負責任的欺騙與言語傷害等行為。

後來，傳播學者約瑟夫．瓦爾瑟（Joseph Walther）在一九九二年的論文裡批判當時的主流理論，指出其中研究方法與研究設計的重大錯誤，並根據實證研究的線索而提出「社會訊息處理」（social information processing）理論，主張人們有能力在線上互動過程中逐漸發展出新的溝通策略

與解讀技巧，從對方的文字裡搜尋相關的線索和暗示，旁敲側擊地揣摩對方的情緒與個人特質，並且在這基礎上發展出跟面對面溝通時類似的人際關係，只不過會較費力而已。[3]這個主張後來獲得許多實證研究的支持並啟發了無數後繼的研究，因而獲得美國傳播學會二〇〇九年度「查爾斯・烏柏特（Charles H. Woolbert）研究獎」。後來，他又提出「超個人模式」（hyperpersonal model）的理論，主張網路可以讓人在不受外貌影響下，認識彼此的內在特質與志趣，因而比面對面的互動更有助於建立較理性的親密關係。[4]

緊接著，全球第一個商業化的約會網站（Match.com）在一九九五年開始營運，一九九八年的好萊塢電影《電子情書》（You've Got Mail）拿它當話題，描述一對在實體世界裡因書店業務而勢不兩立的仇家，如何透過電子情書而最終成為情侶的故事。到了二〇〇四年，剛於年初創立的臉書仍以長春藤聯盟的學生為主要用戶，美國的線上約會用戶卻已有數千萬人，而學術界則仍在激烈爭論線上約會的利與弊。支持者主張網際網路可以克服地理限制從更寬廣的對象中選擇最適合自己的伴侶，而且可以在不受外貌的影響下認識對方內在的真實面貌；反對者則舉出網路約會隱藏的各種陷阱，包括欺騙、被拒者的騷擾與報復，乃至於暴力攻擊等。

3 J. B. Walther, 1992, "Interpersonal effects in computer-mediated interaction: A relational perspective," *Communication Research*, 19(1): 52-90.

4 J. B. Walther, 1996, "Computer-mediated communication: Impersonal, interpersonal, and hyperpersonal interaction," *Communication Research*, 23 (1): 3-43.

然而網路約會的各種負面現象在面對面的傳統約會裡也會發生，不足為奇。對學術界而言，比較重要（也比較引人注目）的是網路環境下的獨特現象。譬如〈管理線上的印象〉就注意到一群較獨特而有趣的人，並把研究的主題聚焦在他們獨特的行為模式。那些認真想要在線上環境裡尋找戀愛對象的人，他們會在線上環境建立初步的彼此認同與親密感，然後轉為線下的面對面互動，因而其互動模式很可能有別於純粹線上與純粹線下的互動模式。具體地說，在初期的線上約會時，他們比傳統約會模式更有機會偽裝（修飾）自己，但又會擔心在未來見面時被識破，那麼這兩種誘因會如何影響他們的行為模式？其二，他們的線上溝通僅限於文字訊息，然而想要傳達與解讀的卻是攸關個人特質與情感的部分，他們會如何表現自己，又如何辨識對方是否真誠或隱瞞？

為了讓讀者充分了解以上兩個研究子題的理論脈絡和已知事實，〈管理線上的印象〉先在第二節的第一個小節裡討論「線上與線下脈絡裡的自我呈現與自我揭露」。它先指出「自我呈現」與「自我揭露」的差異：前者的目的是在對方心中營造出某種有利於自己的印象，後者的目的是讓對方了解真實的自己，兩者之間往往會有落差。然後它摘述線下人際互動的理論，並且指出線下環境裡有哪些因素和機制在影響人們的「自我呈現」與「自我揭露」。先談線下理論有一個好處，人類一向都是透過面對面的互動建立各種人際關係，因此相關的理論發展較成熟，可以提供較周延、完整而體系清晰的解釋，也成為後來線上互動理論的重要參考。此外，先了解線下人際互動的特徵，將有助於突顯線上互動的特殊性。緊接著，它摘述線上環境裡影響「自我呈現」與「自我揭露」的因素和機制，並且拿來跟線下的情境比較，之後指出兩個重要的事實。其一，不管是線上或線下的環境裡，人們在建立親密關係的過程中都會有揭露真實自我的渴望，為的是讓對方認識與接納真實的自己。然而為了成功建立親密關係，又會迎合對方的品味與價值而偽裝自己。其二，雖然線上環境賦予參與者較大的偽裝空間，卻又同時賦予他們較理性評估、檢視對方的機會，因而應該會發展出不同於線下（面對面）情境的自我揭露策略。

承接第一個小節的摘述與剖析，第二小節的標題是「線上環境裡的失真呈現」，聚焦在既有文獻中關於「不真實的自我呈現」的誘因與阻力，以及實際的發生頻率（跟面對面的約會比較）等，尤其是那些「以發展戀情為最終目的」者的動機、心態與行為模式。這一節既勾勒相關的理論與事實，也歸納出一個關鍵的結論：很多重要問題的答案至今依舊模糊、不確定。譬如，八六%的線上約會者說對方在關於容貌的揭露上不吻合事實，然而另外兩個研究裡絕大多數受訪者卻說他們是誠實的，這個矛盾也同時突顯了本研究的必要性。

既然線上約會的人有真誠告知與造假或掩飾的理由，也有擔心對方不真誠告知的理由和憂慮，線上約會的參與者將會如何「在電腦媒介的傳播中評估與展現可信度」呢？第三小節就以此為標題，回顧既有理論與實證的發現，指出既有研究的不足，同時藉此引導讀者了解本論文的研究背景與研究動機，以及它在整個理論發展過程中所占據的位置和重要性。

第二節的內容不僅涵蓋社會滲透理論、社會訊息處理理論和超個人模式理論，還間雜著許多實證研究的重要發現。覆蓋面如此完整而線索如此紛雜，作者卻寫得層次清晰、條理井然，而且讀起來一點都不枯燥乏味。

這個成效，一部分得利於它平易近人的敘事結構和「由遠而近，由廣而窄」的視野。它先從傳統面對面的互動人際理論介紹自我表白與被了解的強烈渴望，以及為討好對方而修飾、遮掩自我的根本需要，為「自我呈現」提供了兩種矛盾而強韌的動力。接著，它突顯線上互動與線下互動的異同，讓人好奇前述兩種動力會在線上約會這種獨特的人群與環境裡發展出什麼樣的互動機制與策略。最後，它指出本研究的焦點議題及其理論上關鍵而獨特的價值，以及既有研究的嚴重不足，來突顯本文的重要性。另一方面，作者始終能用吸引人的議題和矛盾的事實吸引讀者的好奇心，以及一探究竟的渴望。後者確實需要一點寫作的天分，而無法完全仰賴固定的公式。

青出於藍而勝於藍：方法與理論的創新

絕大部分的研究都旨在擴充（或填補）、修正（或改良）、應用既有的理論與方法，並且跟既有的理論與方法處於「既繼承且創新」的關係中。其中「繼承」的部分可以引注既有文獻，然而創新的部分就需要充分的說明並提供必要的論證。

譬如像〈基本工資〉和〈人臉防偽偵測〉的論文，在方法上大幅逸出既有的軌範。為了證實這些創新確實必要且具有廣泛應用的潛在優點，就有必要從理論的高度分析其創新的依據及理論或方法上的優勢，而不只是在「結果與分析」裡出示幾組很漂亮的數據。

因此，〈基本工資〉的第二節先彙整既有文獻的線索，繼而指出既往兩大主流研究的缺失。其一，「自然實驗」法的個案研究沒有考慮到工資調漲對失業率的影響可能會延後一段時間才充分反映出來。此外它使用的控制組與對照組數量太少，可能會在統計分析的過程中放大取樣偏差所導致的估算誤差。其二，傳統的全國性數據分析裡沒有實驗組與對照組的配套，更有可能把地區性差異所引發的失業率誤認為是工資調漲所導致的失業率。緊接著，它在第三節的「抽樣」裡刻意從同一個資料庫做出三組抽樣，第一組模仿「自然實驗」法的個案研究，第二組模仿傳統的全國性數據分析。第三組則是本研究首創，採用遍及全國的三一八組相鄰行政區當實驗組與對照組，以便具體比較三組分析結果的差異，用以確認第二節從研究設計與方法論角度所進行的分析與評論。最後，它在第四節詳細比較、分析這三組數據的結果與差異，並且據以做出難以質疑的結論：「自然實驗」法的個案研究以及傳統的全國性數據分析都確實表現出第二節所預期的誤差，然而實際的誤差量是全國性數據分析遠遠高於「自然實驗」法的個案研究。不過，唯有採用遍及全國的三一八組相鄰行政區當實驗組與對照組，才能避免所有已知的誤差源，而獲得真正嚴謹可靠的結論。

至於〈人臉防偽偵測〉，則是另一種方法創新的典型。它的第二節「既往的著作」不是單純地對既有文獻進行整理、分類和分析，而是從較高層次的方法論觀點對既有技術進行分類，剖析其關鍵的要領與相對的得失，最後指出它們在實際應用上有相同的致命缺失：用來訓練辨識程式的影像跟未來測試（被辨識）用的影像必須是來自同一個資料庫。如果未來測試用的影像不是出自訓練時所使用的資料庫，就會因為照明條件、鏡頭位置等因素可能有重大的變化，使得辨識率大打折扣。為了突破這個既有技術的共同瓶頸，發展出「跨資料庫」的鑑別技術（受測影像與訓練時所使用的影像分屬不同的資料庫）。第三節「源自影像變形分析的特徵」徹底擺脫過去的軌範，另起爐灶從照明的理論出發，仔細分析人臉照片與錄影影像的照明特徵，以及它們跟真實人臉的照明特徵有何重大差異。然後作者根據實證研究歸納出偽造人臉影像常有的四大特性：照片常有的鏡面反光特質、聚焦不準導致的影像模糊、顏色的種類比較單調而不豐富、色調的層次變化較僵硬而不柔和。最後作者以這四大特性為基礎，歸納出一二一項特徵，用以偵測偽造的人臉影像。這一節是這篇論文中最具原創性的部分，也同時為這篇論文所採取的辨識技術奠下理論的基礎。

有了偽造人臉的特徵定義之後，這個技術的後半部是根據人臉特徵將待測影像加以分類。因為這篇論文的分類方法採用現成的「支持向量機」（support vector machine），因此作者在第四節「分類方法」只摘述這個方法，以及採取它的理由，並引注相關文獻佐證和補充說明，而沒有多費唇舌去鋪陳其理論背景。

絕大部分的研究都是在理論上繼承多於創新，頂多是在方法上有重大的創新。至於那些大幅度創新理論的案例，通常會變成開宗立派的經典。而它們在提及過去的文獻時，往往是從原創的觀點與脈絡去重新解讀，因而賦予既往文獻全新的意涵。

以李政道與楊振寧的論文為例，它的摘要只有兩句話，含冠詞共二十八個英文字；接著它把問題背景與關鍵的文獻擠壓在導論的第一段共三句，含六十二個英文字。從導論的第二段開始，他們完全是從原創的觀點在討論問題，引注文獻只是為了佐證或補充說明。

第4章提到馬克．格蘭諾維特的〈弱連帶的優勢〉，也是這樣的典型。它的序言從第一句就直陳社會學的根本問題，一副非革命不可的口吻：「目前的社會學理論有一個根本的弱點，那就是它無法用令人信服的方式將微觀層次的人際互動與宏觀層次的模式聯結起來。」而且從第一節「弱連帶的優勢」開始，通篇都是從原創的觀點在討論新穎的理論，而所有的參考文獻都只是用來支持這一套理論的注腳。

經過十餘年之後，他又以〈經濟行動與社會結構：鑲嵌的問題〉[5]（以下簡稱〈鑲嵌的問題〉）再創理論的峰顛。它從第一節「導論：鑲嵌的問題」開始就是以全新的觀點思索人際網絡與經濟活動的關係，並且成功地挑戰當時極為強勢的主流經濟學，為經濟社會學奠下關鍵的基礎（詳見〈附錄1〉）。因此這篇論文成為被引述次數第二高的社會學論文，而馬克．格蘭諾維特也成為戰後社會學家中論文被引述總數最高的學者。

5　Mark S. Granovetter, 1985, "Economic action and social structure: The problem of embeddedness," *American Journal of Sociology*, 91 (3), pp. 481-510. 這篇論文的中譯本收錄於：馬克・格蘭諾維特著，2007，羅家德譯，《鑲嵌：社會網與經濟行動》。北京：社會科學文獻出版社。

如此原創的論文雖非一般研究生的能力所能企及，然而〈鑲嵌的問題〉的內容有趣又啟人深思，而且是不分科系的研究生都能讀得懂，所以本書將會在〈附錄1〉加以介紹。

結語

問題背景、既有文獻和理論依據（背景理論）三者往往是緊密相關而分不開來的，因此許多期刊論文都會把它們濃縮在第一節合併交代。

然而有些研究生會用學位論文的前兩章來分別介紹問題背景和重要的理論依據，以便有充裕的篇幅進行完整而深入淺出的剖析，讓該領域的新人可以較不費力地掌握相關的背景知識。《小眾人臉辨識》就是一個典型。

在撰寫學位論文的這兩章時，很多學生會感到素材不足，或者既有文獻的線索太蕪雜而不知要如何爬梳。這種時候，可以設法從回顧型論文與教導型論文尋找參考依據。

回顧型論文會完整而有系統地介紹重要的流派（觀點、方法、技術）與代表性的文獻，並且對各個流派（主張、觀點）的優缺點與發展趨勢給予客觀而中肯的評價，最後且針對未來的發展提供個人的建議。由於它們彙整的文獻相當完整，對於各種研究子題的重要性以及各個流派特性與優缺點的剖析往往簡潔、扼要而中肯，因而頗有參考價值。

至於教導型論文，雖然內容通常較淺白，然而卻能以深入淺出的方式介紹研究主題的問題背景與發展沿革，這是許多原創性論文和回顧型論文往往疏忽或交代得過分精簡的，因而有補足的功能。

必須注意的是，參考文獻並非越多越好。隨意引注跟本論文內容無關的論文乃是大忌。參考回顧型論文與教導型論文的目的，是讓借它們的引導拓寬、深化自己對研究主題與既有文獻的認識，以便從較寬廣而成熟的觀點去撰述問題背景、既有文獻和背景理論。你必須把它們的內容充分吸收後，根據自己論文的特色與貢獻重新撰述，以期吻合自己論文的重點訴求與論述策略。如果生吞活剝或移花接木，反而有浮濫抄襲之嫌，不足取法。

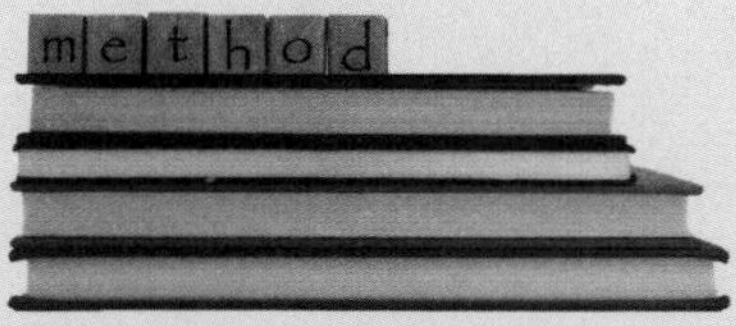
method

8 提綱挈領，闡幽發微：研究的方法與步驟

除了極少數例外，絕大部分實證科學的研究重點都是針對學界既有知識或技術上的不足，根據一套周延而可靠的觀點和理論，發展出一套嚴謹的研究方法與步驟，以便產出新穎的證據、發現和結論，使得學術界的知識或技術能往前推進（一大步或一小步）。

其中的「研究的方法與步驟」彙聚了理論的精華與創意，反映了研究架構的嚴謹與周延程度，並且決定了證據與發現的品質（原創性與可靠性），又間接影響結論的可靠性。

從這角度看，「研究的方法與步驟」的寫作至少有兩個重點。其一，它必須清晰交代整個研究的方法和步驟，以便任何同領域的專家都能據以複製出相同的研究結果。其二，它必須能充分突顯本研究的特色與優點，並且對於任何可能的質疑或批判提供合理的解釋，充分合理化其中的每一個步驟，讓讀者信服這個研究的方法與發現有值得推廣的價值。

此外，第2章第1節曾引述澳洲學者與牛津大學的研究，指出原創性是博士論文中最受重視

的評量指標，同等重要的還有：⑴研究成果具有足夠的深度、細膩度與完整度。⑵研究成果彼此緊密關聯，且所有論述前後一致，沒有任何矛盾或衝突。⑶對於研究方法與證據的選擇能夠給予合理的解釋，對於論文的發現與主張可以進行有效的論證與辯護。⑷對於既有文獻和自己的見解具有成熟的批判能力，不會輕率地接受既有知識、證據或自己的推理與論述。⑸對於與研究主題相關的既有學術知識有完整、詳盡而精確的了解。⑹論文的架構與論述層次井然、條理分明且措詞明確，可以清楚表述其思想與觀念，並且能正確引述既有文獻，沒有剽竊他人研究成果的嫌疑。這七項評量指標跟上一段所說的兩大要領目標一致，甚至可以當作前述兩大要領的補充說明。

至於如何體現這些寫作目標，則是本章的討論重點。

科學文獻與可重複性

世界各大古文明都有豐富的幾何學知識，目的是為了土地和建築基地的量測，以及天文曆算以決定節氣和播種時機。唯有古希臘把這些知識表述成證明題的形式，和演繹體系的幾何學。關鍵的原因很可能是其他文明把幾何學的知識當作是從經驗歸納出來的「事實」，相不相信隨你。而歐幾里德追求的卻是「有理性的人都不能不承認」的「真理」或結論。

近代實證科學繼承了這個精神，它不止於觀察和歸納，更要追求一種「在特定條件（假設、前提、進行觀察的環境或情境、實驗設備與操作程序）下，凡具有足夠專業能力的人，都可以隨時複製並經得起反覆檢證的事實與規律」。其中「特定條件下的可重複性」才是實證科學的核心，如果只靠單純的觀察與歸納，可能就會產出「腐肉生蛆」這樣的偽科學。

實證科學的這個精神，也形塑了科學文獻所追求的獨特寫作目標：一份「科學文獻」所記載的發現和結論，必須能經得起同領域所有專家的反覆檢驗，並且一致同意其可靠性。數學、物理和化學的論文最能完美地體現這個目標，所以被稱為「狹義的科學」。社會科學的現象太複雜，往往很難徹底掌握滿足「可重複性」所需要的所有「特定條件」，因此往往被視為「廣義的科學」，然而絕不意味著社會科學不想追求「特定條件下的可重複性」。

譬如，〈高密度脂蛋白研究〉的第二節「方法」首先載明這個研究的兩組對象、人數與各別的研究時期。接著，因為它要研究的是高密度脂蛋白濃度與心血管疾病致死率的相關性，所以它明確定義「心血管疾病致死」，並且將其他原因致死的案例排除在外。然後它簡要敘述血液樣本的採集條件（非空腹），以及血脂的量測方法。最後是詳細描述統計分析的方法與步驟。由於醫學界的概念、檢測方法與統計分析方法都有定義明確的術語和共通的規範，因此這篇論文的「方法」一節雖然不到一頁，但是根據這一頁的描述去重複檢證的人，一定會在量測與分析誤差的範圍內獲得幾乎完全一樣的結果與結論。

另一個經典案例是以色列專家和哈佛醫學院學者在二〇二一年共同發表的一篇論文，主題是BNT新冠肺炎疫苗的安全性。[1] 這個研究從以色列最大醫療體系的會員中篩選出三一六萬人當候選的研究對象，他們都滿十六歲，核酸檢測顯示沒有感染過新冠肺炎的跡象，且尚未接種過新冠疫苗。接著從上述候選人中排除研究起始日起的前三天內可能有跟新冠染疫者密切接觸過的人員，以防其中有人處於潛伏期。最後再篩選出將近六十萬名當實驗組（在研究間施打兩劑ＢＮＴ疫苗），以及同等數目的人當對照組（在研究間不施打疫苗）。此外，這個研究把年紀、性別、居住地區、族群、過去五年內接種流感疫苗的紀錄、懷孕，以及容易感染新冠肺炎的慢性病史都當成潛在的干擾因子與控制變量，並且針對這七項潛在干擾因子將實驗組與對照組的受測者逐一配對，以確保這些控制變量在實驗組與對照組的分布都完全一致，然後才開始進行超過四十二天的觀察紀錄與研究，以便了解這兩組受測者罹患新冠肺炎的機率以及ＢＮＴ疫苗的保護效力。結果顯示，在接種完第二劑疫苗滿七天之後，疫苗對有症狀感染的保護力是九四％。

由於病毒變異速度相當快，且各國的病毒株不盡相同，因此要在以色列或其他國家精準複製這個研究幾乎不可能。然而這個研究的設計嚴謹，樣本數超乎尋常地大，論文中對於研究的時空背景、研究對象及特徵、實驗組的遴選過程與條件，以及對照組的配對方法與過程也都詳細記載，足以讓人相信其研究的主要結論（ＢＮＴ疫苗對新冠病毒具有極高的保護效力）應該可以適用於任何國家。緣此，這篇論文在一年內就被引述一千六百多次，各國政府機構與媒體也紛紛轉載、報導。

其次，社會科學的量化研究比醫學的研究更複雜，然而「特定條件下的可重複性」還是它們追求的目標。因此〈離婚會比較快樂嗎？〉先在第二節清楚交代理論模型與假設，以及模型中各種參數的推估方法。第三節交代原始資料庫（外部取得的證據），取樣的原則、方法與程序，同時解釋樣本數目似乎太少的原因和對於研究結果的可能影響。最後它在第四節詳細敘述如何從樣本與理論模型產出各種分析結果的具體步驟，雖然精簡且扼要，但是清楚、完備到同領域專家一定可以從同一資料庫複製出相同的結果。

即使質性研究比量化研究更難達成「特定條件下的可重複性」，〈管理線上的印象〉還是在朝這目標努力。它在第三節「方法」的第一小節「研究地點」先仔細交代受訪者的來源和特性（一個會員數超過一千五百萬的跨國約會網站），以及該約會網站的特性（譬如對使用者的基本規範）。接著它在第二小節「資料收集」裡敘述遴選受訪者（取樣）的原則、方法、步驟和背後的考量（理論依據），受訪者（樣本）的總人數與特徵分布（性別比例、居住地區、年紀、線上約會的資歷），電話訪談的平均時間，以及訪談的最終結果（訪談紀錄的總頁數與總字數）。在第三小節的「資料分析」裡，它敘述訪談時的互動模式（根據受訪者的回答去逐步細化分類、命題與結論）並引注一篇文獻當補充說明。然後作者根據扎根理論（grounded theory）和一本質性研究法的專書建議，將訪談紀錄（資料）進行迭代式的逐行編碼（coding），以便適切地將資

1 N. Dagan, N. Barda, E. Kepten, *et al.*, 2021, "BNT162b2 mRNA Covid-19 vaccine in a nationwide mass vaccination setting," *The New England Journal of Medicine*, 384(15):1412-1423.

料簡化與複雜化。只要是有可能會影響研究結果（尤其是結論）的因素，都盡量精簡扼要地交代。

至於〈人臉防偽偵測〉，它的目的是為人臉識別技術提供一套鑑別偽造影像的方法（技術），所以當然有需要仔細描述這一套鑑別方法的每一個步驟，讓讀者可以按部就班複製這一套技術。然而這一類的論文不只是要「介紹」一套鑑別的方法或解決方案，還想要在結論裡宣稱「本文所倡議的技術比既有的最先進技術表現得更出色」。於是，它必須在第七節的「實驗結果」出示數位模擬的證據來支持這個結論，同時完整交代這些數位模擬的證據是如何產出的，以便讀者可以據以複製（複核）第七節的結果。因此，它在第四節的「分類方法」扼要描述它所採用的分類方法（支持向量機）、現成的軟體程式，以及它是如何訓練電腦在前述方法與軟體下進行分類（鑑別）的。同時它也扼要解釋為何採用這些分類方法、軟體程式以及訓練方法的考量，而不選擇其他的替代方案。接下來，這篇論文在第五節「人臉防偽資料庫」裡先介紹三種公開的資料庫和一個作者們自己建立的資料庫，然後在第六節「測試協定與基準方法」敘述這個研究所採取的標準測試方法與流程。

從這些案例可以看得出來，不管是社會科學的質性研究，醫學與社會科學的量化研究，為了讓一篇論文的發現（結果）可以被其他學者複製與反覆檢證，「研究的方法與步驟」至少必須仔細交代原始資料的擷取環境（資料庫的名稱與來源、實驗設備與試片的特性、受訪者的來源與徵集的過程、觀察或採集的地點與情境）、時機（實驗或採集樣本的時間，以及其他可能會影響資料採集結果的時間、空間、物理、心理、環境因素）、方法與步驟（從資料庫抽樣的準則、方法與程序，實驗材料的準備與實驗的程序，訪談與觀察的情境、方法與步驟、以及過程中其他可能會對採集結果有影響的因素）、資料的後處理與數據化的程序（血脂濃度的分析與量測，實驗數據的複核與不當數據的剔除，訪談資料的篩選與編碼等），以及數據的處理與分析（含統計方法、統計軟體、參數設定、分析的項目與步驟等）。

至於理工學院的人臉識別技術、太陽能電池研發或者控制理論的發展等，不管是偏重理論的創新或者技術的創新，同樣會需要以實驗或數值模擬來驗證其具體成效。而其實驗或數值模擬過程的論述也是類似於醫學和社會科學的量化研究，基本上包含測試用的資料庫或實驗設備與實驗環境（譬如，測試人臉識別時所採用的資料庫及其特徵），擷取原始數據的方法與步驟（參數的訓練與調整，設定的程序與步驟等），以及數據的分析過程（如何將測試結果彙整成表格）等，最終目的同樣是要讓讀者可以依循其敘述複製出結果。

如果你在前述敘述過程中漏掉了複製結果所需要的關鍵步驟或數據，或者對研究結果會有重要影響的實驗設備與訪談情境，以及分析軟體或鑑別程式中所需要的關鍵參數等，眼尖的評審可能會在覺察的當下懷疑你的專業能力和研究過程的嚴謹、審慎程度。

然而在追求「可重複性」的時候，必須同時維持論文的「可讀性」，不可以因為鉅細靡遺交代複製結果所需的所有數據，而讓論文的某些段落、章節顯得無聊、冗長、瑣碎。因此，「方法篇」的重點仍在於對研究結果會有重大影響的程序、步驟和數據，既有的標準處理程序或資料庫以引注參考文獻為宜，次要的敘述則可以放到論文末尾的「附錄」裡。至於過分瑣碎、枝節的細節和數據，一旦有礙讀者思緒或論文的可讀性，就可以捨棄。

這些輕重的衡量與取捨的拿捏，往往反映著作者對該研究主題的專業判斷能力，以及對相關文獻的熟悉度。尤其是研究主題或研究方法不同時，所需要交代的細節便不盡相同。所以下筆前最好找三、五篇研究主題和研究方法都相近的論文當參考，以便斟酌哪些步驟（參數）可以簡略交代並引注文獻，哪些細節該詳細交代或可以略去不提。

研究方法與步驟的特色、優點、必要性與合理性

「引導讀者複製研究結果」只不過是「方法篇」的基本任務，「方法篇」還有許多同等重要的任務。引導讀者去看清本研究方法的特色與優點，論證每一個步驟的必要性或它在整個研究方法（研究設計）中所扮演的重要性（角色與功能），提醒讀者在複製時必須注意的事項，對於原始素材採集、處理與分析過程中所出現的不尋常現象予以合理的分析、解釋和評論，對於研究過程中有可能會影響最終結果的因素（誤差源或意外事件）加以陳述與分析（譬如，概估它們可能會導致多大的誤差，是否會明顯改變結論或影響結論）等。

一言以蔽之，「方法篇」不能只有敘述，還要有客觀的自我批判與評論，盡可能在寫作過程中揣摩讀者可能會有的質疑或不解，先在論文中予以清楚交代（釐清、論證、捍衛，或者坦承

缺失並客觀評價〉。

譬如，〈離婚會比較快樂嗎？〉的資料庫有來自五千多個家庭的一萬多名受訪者，其中卻只有四三〇個樣本吻合「法定離婚或分居」的條件（占受訪者的四％左右）。然而既往的研究顯示英國的夫妻中大約有四成最後會以仳離收場，因此前述樣本數目明顯偏低。緣此，作者特地說明，這一項研究把樣本（研究對象）局限於「一九九一年時已婚，且在後續十年內經歷分居或離婚事件」的特定對象，因而排除了原始資料庫一九九一年時還未婚的人，也排除了二〇〇一年以後才分居或離婚的人。由於分母人數偏少，所以樣本只有四三〇個乃是合理的。

其次，不管是〈人臉防偽偵測〉或〈基本工資〉，它們的「理論篇」和「方法篇」都採取「夾敘夾評」的書寫風格。一邊敘述該研究的背景理論和所採取的方法、步驟，一邊論述採取這些理論與研究方法、步驟的理由，以及不採取其他替代方案的關鍵理由。也就是說，它們不只是告知讀者「我們這麼想，這麼做」，還同時告知讀者「我們知道這些作法可能會有的潛在疑慮，也知道有其他的替代方案，然而就我們設定的研究目標而言，我們的最終抉擇是各種可能替代方案中的最佳選項。至於各種潛在的疑慮，有些是有足夠的證據顯示它們對本研究的主要結論不會有重大影響，有些是目前學術界的現實條件所難以克服的，只能寄望於後續的研究進一步改善。」

譬如，〈基本工資〉的首要研究對象是餐飲業者。對於這個選擇，它提供了無法駁倒的理由。如果把「低薪」定義為「工資超出基本工資不到一成」，則二〇〇六年的全美低薪勞工中有三〇%受僱於餐飲業，且餐飲業的員工中有三三%是低薪。不只這樣，它還在第五節的最後一小節指出，不管是將「餐飲業」擴大為「住宿與餐飲業」，或者再加入「零售業」（三者合計聘僱全美四九%低薪勞工），研究結果都顯示基本工資政策可以提升低薪勞工所得，且對於失業率的影響不具有統計上的顯著性。此外，作為對比案例，「製造業」的僱員中只有二·八%屬於低薪，而研究結果也顯示基本工資政策對該行業的勞工所得與失業率的影響不具有統計上的顯著性。

再就工資與總工時（就業率）的數據而言，作者的依據是美國勞工統計局的「季度就業和工資普查」這個資料庫。關於這個選擇，作者在第三節的第二小節裡先指出普查局的「當前人口調查」根本不適用，而「郡縣企業特徵」（County Business Patterns）的樣本數太少。接著他們討論「季度就業和工資普查」的優點和缺點，並提出針對其缺點的補救辦法（參考第3章第3節）。最後，作者還在第五節的「韌性測試」裡指出：如果改以「郡縣企業特徵」作為工資與總工時的數據來源，吻合研究目的的樣本數（作為實驗組與對照組的相鄰行政區）將會較少而使得標準差變大，然而研究的結論基本上仍舊不變。

總之，讀者能想到的替代辦法作者基本上都想到了，並且在論文中說明了不選擇它們的理由。至於最終選項的可能缺點或讀者可能會有的疑慮，作者也考慮到了，並且在論文中提出了補救的辦法，或者以合理的論證排除讀者的疑慮。

也就是說，優質的論文不只是在進行文詞清晰、層次井然的客觀敘述，同時也在積極地自我批判，並以充分的證據和論述說服讀者：「這個研究充分吸收了既往研究的成果，且經過縝密的研究設計與自我批判，因此其觀點、背景理論、研究架構，以及研究方法與步驟都夠嚴謹、周延，且其產出之結果夠客觀、嚴謹、可靠（可被複製與核驗）。」

問題是，〈基本工資〉的作者何以能「料事如神」預知讀者可能的疑慮，並且準備好周延的答案，寫在論文裡？關鍵的理由有兩個。其一，人類的智慧有限，而基本工資的爭議已經延燒數十年，因此論戰各方曾經考慮過的問題和可能會有的質疑基本上都已攤開在文獻上。其二，〈基本工資〉的第一作者和第三作者（萊奇教授）都長期關注低薪勞工的議題，萊奇教授更是從一九七〇年代初就開始長期而持續地關注勞工就業與低薪的問題，因而熟知跟基本工資相關的各種文獻、證據和爭議。

「智者千慮，必有一失。」想要在一個議題上做到「觀點周延，證據確鑿，論證嚴謹，結論可信」，除了個人批判性思考的素養之外，更重要（至少同等重要）的是充分掌握學術界對該議題的已知事實和爭議（既有文獻）。

然而當問題的屬性不同時，要達成前述目標的難度可能會大增，以至於只能朝著前述目標盡力而為。譬如〈人臉防偽偵測〉，它也盡可能地對關鍵性的選擇給予必要的說明。然而人臉識別是極為複雜的技術，所涉及的可能選項遠比基本工資更多元，替代方案的選擇也往往跟作者過去的研究經歷或現實上的資源限制有關，並非每一個重大抉擇都可以給出「非如此不可」的理由，而往往只能給予「合理的解釋」。

第7章第3節曾提到，人臉防偽偵測技術通常包含兩個主要部分，用以研判人臉影像是否屬於偽造的一些特徵（譬如，影像的反光特性和色調變化的柔和度等），以及一個人臉影像的分類方法（譬如支持向量機）。而〈人臉防偽偵測〉的原創性在於偽造人臉的影像特徵，至於它所採用的分類方法則是沿用既有。因此，這篇論文的重點在於「如何」以及「為何」定義出一組截然不同於既往的影像特徵。

它先是在第二節「既往的著作」中指出既有方法的共同瓶頸與成因，因為鑑別時所依據的影像特徵過度注重影像的局部細節（局部的肌理特徵，或者眨眼、講話的細微動作），因此一旦受測影像不屬於訓練時的影像資料庫，就會因為照明條件與攝影角度等因素的變化而使鑑別率明顯下降。因此，唯有另闢蹊徑，從大範圍的影像特徵（譬如影像的明暗反差、色調分布等）去定義偽造人臉的特徵，才有機會成功發展出「跨資料庫」的鑑別技術。緊接著，它在第三節「源自影像變形分析的特徵」裡從照明的理論出發，並同實證研究的歸納，詳細分析真實人臉與偽造人臉的影像特徵差異，以及最後為何選擇四大類型的影像特徵作為鑑別偽造的依據。至於它所採用的分類技術，因為沿襲既有，因此只聲明它是「一個被廣泛應用且有效的分類方法」，而沒有更詳細的說明和論證。

其次，〈人臉防偽偵測〉所考慮的偽造手段只有照片和手機（或平板電腦）上播放的錄影片，並且針對這兩種媒介的反光特質研發辨識技術，一旦人臉的偽造手段是矽膠或橡膠做的立體面具，這一套辨識技術很可能會不適用。面對這個短處，它直接在「導論」裡宣告：「本文並不處理立體的偽造人臉，因為其成本較高。」這個策略就是我們在第4章裡提醒過的：論文寫作的第一個步驟，是嚴謹評估研究成果，將適用範圍限縮在有把握可以嚴密捍衛的場域。不要因為貪求擴大研究成果，而把適用範圍擴大到自己無法嚴謹捍衛的場域裡。

其次，〈人臉防偽偵測〉的作者照樣是熟知既有文獻，對於人臉辨識過程中每一步驟的可能替代方案有高度的警覺。然而問題的複雜與技術的多元使他們無法在有限的篇幅內詳盡解釋研究過程中的每一個抉擇，只能把重點擺在具有原創性的部分。

至於像〈管理線上的印象〉這樣的質性研究，作者也是企圖對研究方法上的每一個重要抉擇加以合理化。譬如，作者決定採取質性研究，因為他們認為學界對這個研究主題的認識仍相當局限，有必要採取半開放式訪談與歸納法進一步探索學界仍未意識到的潛在問題。他們採取「理論抽樣」而非隨機抽樣，目的是在有限的訪談人數中涵蓋理論上的各種類型（不同的性別、年齡、城鄉、收入、種族），而不是像量化研究那樣降低抽樣偏差。雖然這個研究的主題與問題設計參考了三個最主要的背景理論，然而為了探索既有理論之外的線索，他們採取了扎根理論的互動式訪談與編碼，並且時而將資料簡化時而將資料複雜化，以便既開放且有秩序地將研究的子題與觸角伸展到事前未曾預期的角落裡。此外，所有的資料都經過兩次的編碼以確保其精準且無遺漏。

結語

研究的方法與步驟是一篇論文的精華所在，同時也是論文寫作過程中的艱難挑戰，因為它必須兼顧各種不同（甚至矛盾）的目標。

首先，它必須足以呈現一篇論文的原創性與優點，讓讀者理解每一個關鍵步驟的巧思、理由與必要性，同時還要能預見讀者可能的疑惑或質疑而事先給予有說服力的回答。

其次，它必須清楚交代每一個對研究結果有重大影響的環境因素，以及關鍵的步驟、技巧與數據，讓讀者可以詳細核驗而確信研究結果的正確性與可靠性，或者據以掌握其核心要領而有複製或應用的能力。然而它又必須避免矯枉過正地讓論文中的某些章節、段落淪為瑣碎、乏味、枝節的堆砌。畢竟，學術論文的首要重點是對於讀者的思想啟發，而不是用無關宏旨的細節對讀者進行疲勞轟炸。因此，哪些事實與細節該詳盡地陳述與論證？哪些可以簡要帶過，哪些不宜納入？其中輕重、取捨的拿捏，在在反映作者的專業判斷能力。

至於澳洲與牛津大學學者歸納出來的論文評量指標，也都跟「研究的方法與步驟」緊密相關，而且必須在撰寫「研究的方法與步驟」時充分予以體現。

最後，唯有當「研究的方法與步驟」跟「結果的分析與討論」能有「前呼後應」的緊密連結之後，才能充分確保論文的品質與價值。下一章我們將闡述這個要點。

9 結果與討論（上）：條分縷析，鞭辟入裡

「結果的分析與討論」和「研究的方法、程序與步驟」在結構上是前後相銜，而論證上則必須彼此緊密地扣合。「結果的分析與討論」是要告知讀者本研究的主要結果與發現，它們跟既有文獻的連結和比較，並且適切地闡述這些發現的意義與價值；而「研究的方法、程序與步驟」則是告知讀者這些結果與發現是如何產出的，以及它們為什麼不是出於偶然或巧合，而是在特定條件下可以被複製的（甚至具有某種的規律性）。

因此，澳洲學者與牛津大學的研究所指出的七項論文評量指標既適用於「研究的方法、程序與步驟」，也適用於「結果的分析與討論」的寫作。尤其是客觀地自我評價與自我批判的精神，更是應該從頭至尾貫串整篇論文。

其次，一個研究的過程往往會有許多的發現，其中對學術界或實務界的貢獻或影響越大的部分，越值得被報告、分析與闡述，也應該占有越大的篇幅。另一方面，「結果的分析與討論」必

須出示足夠的證據與論述，用以支持整篇論文最終的結論，並且客觀地引導讀者到達這個最終結論。

最後，研究的過程往往也會發現未曾預料的線索、證據或疑點，並且無法在必須結案時充分予以釐清。面對這一類的發現，最好是將它們跟成熟的結論明確地區分開來，在「結果的分析與討論」裡先描述、分析、論證、闡述可以有確切結論的結果，之後才擇要報告無法做出確切結論的發現和疑點，評估它們潛在的可能意義與價值，以及對本研究的結論可能會有的影響。此外，還可以進一步建議未來研究中如何加以釐清或改善的可能對策。只要這些發現與討論有助於學術界進一步認識相關的事實，即便尚未成熟到足以下結論，還是會被當作具有某種價值的貢獻。反之，如果過度隱瞞缺點或過度防衛，在學術界會被視為「欠缺客觀衡量個人研究成果」，也等於是暴露學術能力的不足。

事實上，歷經量子力學與相對論的物理革命之後，學術界已經確知再偉大的科學家都有可能會犯錯，只能仰賴學術社群的不斷改善與創新。因此，論文只需要有適當的貢獻，而不需要完美無瑕。而「誠實」則是科學與學術研究的第一守則，絕不能違背。

這一章我們將先闡述以上這些較大的原則，下一章再來討論分析數據時的一些要領以及數據的視覺化等重要的細節。

量化研究的結果與討論

「結果的分析與討論」雖然只是論文中的一個章節，然而內部結構與風格卻十足是一篇小論文。它必須呈現主要的結果（證據），跟既有文獻的發現相連結或比較異同，然後根據這些證據進行分析與論證，以期逐步導向最終的主要結論（參見第4章第2節的論證架構），過程中還要不時以「夾敘夾評」的方式闡述各項發現與結果的得失、意義與價值。

以前面討論過的〈高密度脂蛋白研究〉為例，這篇論文的結論一如它的題目所揭示的：極高的高密度脂蛋白膽固醇濃度跟男人和女人的較高死亡率有關。然而這一句話的措詞太含糊，必須在「結果的分析與討論」裡以最明確（specific）的方式加以釐清。譬如「極高」的濃度是多高？「較高」的死亡率是跟哪個基準作比較，又高出多少？而所謂的「死亡率」是局限於因心血管疾病而死亡的案例，還是另有其他定義的方式？其次，作者憑什麼下這個結論？他有哪些證據做佐證？他如何從這些證據推論出上述結論？如果從不同的觀點去批判性地檢視這些證據，我們是否有機會得到不同的結論？或者認定證據有瑕疵或不足，尚難以下定結論？這些問題都必須在「結果的分析與討論」裡加以回答（捍衛、闡述、論證）。

因此，〈高密度脂蛋白研究〉先在第三節的「結果」摘述研究對象的總人數與主要特徵（哥本哈根市五萬多位男性和六萬多位女性平均六年的追蹤研究），再用表一仔細陳列他們各種相關特徵的平均值與分布範圍（性別、年齡、菸酒習慣、運動與否、糖尿病史、血糖濃度、血脂濃度等），並用圖一呈現男性與女性的高密度脂蛋白的濃度（橫軸為高密度脂蛋白濃度，縱軸為人數，整體是接近鐘形的常態分布）。

其次，它用圖二呈現高密度脂蛋白濃度與所有原因致死的總死亡風險比，並且指出不管是針對年齡、身高體重比、抽菸、飲酒量等因素校正過縱軸的死亡風險比，男性死亡風險最低時的高密度脂蛋白濃度都是每公合七十三毫克，女性則是每公合九十三毫克。此外，當男性或女性的高密度脂蛋白濃度明顯偏離前述最佳值（不論太高或太低）時，死亡風險就會大幅上升。最後它還用圖三仔細陳列各種高密度脂蛋白濃度區間所對應的死亡風險比範圍。

接下來，它把死亡原因分成三大類：心血管疾病致死、癌症致死與其他原因致死，然後在圖四裡分別呈現高密度脂蛋白濃度的變化與前述三種原因致死的風險比是否相關。緊接著它指出，不分男人或女人，高密度脂蛋白濃度變化趨勢與心血管疾病致死風險的變化基本上趨勢類似，意味著高密度脂蛋白濃度的變化與心血管疾病致死的風險高度相關。此外，高密度脂蛋白濃度的變化與癌症致死的風險也高度相關。最後，男性的高密度脂蛋白濃度明顯偏高或明顯偏低時，其他原因致死的風險比也會明顯上升，但是女性的高密度脂蛋白濃度似乎跟其他原因致死的風險比沒有明顯關係。

其次，為了了解上述結果是否含有不可忽視的抽樣誤差，〈高密度脂蛋白研究〉把另外兩份不同來源的數據加進來分析而擴大樣本數，結果仍舊跟前一段所述高度吻合。由此可以推論，上述研究結果不會因為研究對象的差異而有明顯的變化。

必須注意的是，上述研究結果所顯示的只是統計上的相關，而非因果上的連結，因此必須輔以其他證據才能做出較嚴謹的推論。於是，它在第四節的「討論」裡從基因醫學、病理生理學，以及干擾因子這三個角度去探討高密度脂蛋白濃度與死亡風險比的關係，並且指出高密度脂蛋白濃度與死亡風險比的關係可能隱藏著目前醫學界所未知的複雜機制，因而尚無法根據本研究的結果就推論說高密度脂蛋白濃度與死亡風險比之間具有明確的因果關係，也無法確知明顯偏高的高密度脂蛋白濃度是否屬於基因所導致的病變或病理生理學上的異常，然而本研究的結果確實已經足以推翻「高密度脂蛋白濃度越高越好」的普遍信念。最後，它還針對有待釐清的問題指出值得進一步研究的方向。

這篇論文在分析與討論研究結果的時候步步為營，證據顯示到哪裡推論就進展到哪裡，絕不在證據不足時跳躍地妄下結論，這是不分學科與研究類型都必須恪守的軌範。

理工學院的另一類論文旨在發表新的技術（方法），就像〈人臉防偽偵測〉，它的最終目的是提出新的辨偽方法（技術），並且說服讀者這個新方法的優越性。然而評價一個方法的優缺點有許多不同的角度，視應用場所而異（參見第5章）。因此，必須根據論文「導論」或「引言」裡宣告的研究目標，審慎遴選關鍵性的評量項目。

以〈人臉防偽偵測〉為例，雖然它的主要訴求是「跨資料庫」的防偽辨識，然而既有文獻經常假定訓練用的影像和測試用的影像都來自同一個資料庫，因此它在第七節「實驗結果」也先進行這個情況下的評比。為了取得公信力，它分別使用三個較常用的資料庫逐一測試新方法和五種既有方法的表現，評比項目包括「相等錯誤率」、「真陽性率」等四種檢測系統較常用的性能指標，然後把測試結果彙整於表四，並且在第七節的第一小節裡討論這些數據中較值得注意的部分。可惜的是，新方法在其中一個資料庫的表現不僅沒有明顯的優勢，還反而明顯地遜於其中一個既有的方法。因此作者在這一小節裡挑出幾張較典型的誤判影像，分析其可能的原因（受測影像曝光過度而被誤認為是偽造影像，且該資料庫的影像很少，使得測試用的影像也連帶地太少）。

其次，它用三個資料庫測試「跨資料庫」的防偽辨識能力。至於辨識方法，它只比較新方法和兩種既有文獻中表現較佳的方法。要在資料庫中任選一個進行訓練，再任選一個當測試影像，共有六種組合。它先把這六種測試組合的主要結果陳列於表四，可以看出在前五種測試條件下新方法都明顯優於兩種既有方法，唯有在第六種測試條件下新方法跟一種既有方法不相上下。然而把數據更詳細地呈現在圖十一時，就會發現新方法確實明顯優於兩種既有的方法。我們可以據此得到一個教訓：比較新方法與既有方法的優劣時，雖然必須斟酌採納文獻上常用的評比項目，然而當文獻上的既有評比方式不足以突顯新方法的優點時，就必須設法另外設計新的圖表和評比項目，以便突顯新方法的優點。

在提供有利的新證據後，它又舉出較具代表性的影像，來分析新方法辨識錯誤的可能原因。最後，作者從不同角度總結新方法在「跨資料庫」防偽辨識的優點與特性。總體而言，新方法明顯優於既有方法，不過新方法在照片防偽的表現不如錄影機的防偽偵測，因而有必要在這方面加強。當照相機類型相似時，新方法的照片防偽能力較佳，因此改善方向在於如何克服不同廠牌照相機的特徵差異。

此外，由於性能較佳的方法往往需要較大的計算量，因此〈人臉防偽偵測〉在第七節的最後一小節裡跟另一種常用的方法比較偵測過程所需要的計算量，而顯示出新方法只需要不到三分之一的計算量。不過，由於表現較出色的既有方法都沒有記載其計算量，因此這項數據只能當參考，而不能據以歸納出任何結論。

質性研究的結果與討論

量化研究的結果與討論通常較精簡，含圖表往往不到論文的一半篇幅；質性研究的結果與討論恰恰相反，往往占據論文的一半以上的篇幅。然而因為沒有圖表的輔助，如何呈現研究結果，又如何論證以期讀者能信服，確實是很大的挑戰。

此外，量化研究的結果與討論經常是為了論證一個明確的命題，譬如，離婚後會不會比較快樂？因而其敘述與論證往往以樹狀的結構向這個最終結論收束，執筆時相對容易掌握。然而質性研究的發現與討論往往比量化的研究多元（不是只有一個最終的結論），而其論述的線索又經常相互交錯而形成網狀結構，如果沒有適當地聚焦、割捨與嚴密地組織，很容易流於蕪雜，甚至瑣碎、乏味。緣此，在下筆撰寫「結果與討論」之前，確有必要先評量所有的發現及其可以支持的各項結論，審慎評估其學術價值後據以決定取捨與輕重，再根據未來論證時所需要的彼此呼應關係，將各項發現（證據）與論證的次序加以組織，從而勾勒出敘述與論證的主要架構。如此才能寫出提綱挈領且眉目清晰的「研究的結果與討論」。

不過，當作者有能力克服以上挑戰時，質性研究的結果與討論往往可以引人入勝、發人深省。馬克．格蘭諾維特的〈鑲嵌的問題〉就是個經典的案例，有興趣的讀者可以參閱本書〈附錄1〉的剖析與討論。

至於〈管理線上的印象〉這篇論文，也有許多吸引人的發現。在標題為「發現」的第四節裡，它先以「小提示的重要性」為題，摘述重要的發現並分析其學術上的意義。這些發現基本上吻合約瑟夫．瓦爾瑟所提的「社會訊息處理」理論和「超個人模式」，然而是從「線上約會」的角度去提供與既有文獻不同的線索。譬如，受訪者不僅會根據對方的訊息品質與拼字的錯誤率去揣測對方的學歷以及互動時的誠意（用心程度），還會在送出訊息之前仔細評估它是否會讓對方認定其中含有性暗示。此外他們還會根據過去的線上約會經驗來調整自己的訊息和舉措。譬如，一個男性受訪者注意到對方老是在半夜送訊息給他，因而納悶對方是不是白天沒有正事要做。接著他警覺到自己也經常深夜未眠地在傳送訊息，因而懷疑自己這樣的習慣可能會讓女性通訊者推測他是個沒有正當職業的人。

第二小節的「在自我呈現時保持準確性與渴望間的平衡」裡，它的發現更有趣。曾有論文指出，八六％受訪者認為線上約會者中有人未能如實揭露自己的外貌，然而絕大多數人都認為自己在線上約會時的自我揭露是誠實的。而稍早的加拿大訪調則指出，有四分之一以上的線上約會者坦承自己沒有如實揭露自己的年齡、外貌與婚姻狀況。這些數據相互比對起來相當矛盾，而其他線上人際關係的類似研究也是結論分歧，莫衷一是。

在這個背景下，第二小節提供了一些有趣的線索，有些人無法準確地提供自我的資訊，是因為約會網站的預設選項太少，只能勉強勾選近似的項目；有些人年紀剛滿五十，而接近的選項只有「四十至四十九」和「五十以上」，因此他選了前者，以免被誤認為是遠大於五十；還有些人低報體重，但是同時期許自己努力減肥。也就是說，這些受訪者雖然沒有如實揭露，然而並非出於惡意，而是為了讓自己顯得更有吸引力以提升找到伴侶的機會，而且他們也確實願意朝向自己的「理想自我」去努力。除此之外，還有些人是真的無法客觀地認識自己，因而他的自我揭露跟他人對他的觀感有著一些或大或小的距離。更有趣的是，許多受訪者對於此類非惡意的隱瞞表示同情與諒解，尤其是那些自己也曾經如此做的受訪者。

這些研究結果不該被用來否定「線上約會的參與者中，確實有人蓄意（惡意）隱瞞自己的實況」，然而它們的確提醒我們，當線上約會的參與者未能如實地揭露自我時，其真實原因可能很多元，甚至相當複雜，不應該一律視之為惡意的欺騙。而且，如同作者指出的：不管是線上或線下，期望找到戀愛對象的人都有可能會在「真實自我」與「理想自我」之間掙扎，而沒有如實地揭露自己。

許多線上約會者都認為線上約會網站裡的個人資訊不盡然可信，而〈管理線上的印象〉也沿著這個方向提出一個有趣的問題：當線上約會的參與者想要「取信於人」時，他們會採取什麼樣的策略？如同該文第四節第三小節「建立可信度」的摘述與分析，這些策略有些蠻有趣的。譬如，他們會避免只使用「我值得信任」這樣的抽象形容，而選擇一兩則具體的故事來表現自己的特質。其次，與其用「我很壯」這樣的文字形容詞，他們會乾脆用生活照來取信其他線上約會的參與者。一位擁有博士學位的受訪者就貼出兩張照片，一張是拿著博士文憑，另一張是裸露上身以展示他那鍛鍊過的身材。此外，他們會發展出一套策略來偵測他人隱瞞個人實況或造假的線索，同時又用這一套策略來檢視自己的自我揭露，以研判是否足以取信於人。

值得注意的是，〈管理線上的印象〉在二〇〇六年發表，在十六年內被引述超過兩千三百次。同一群作者在同一年發表了另一篇量化的論文〈線上個人告示的自我呈現〉，主題類似，後者被引述的次數卻不到一千一百次。這個對比可能源自兩個事實。其一，由於主要撰稿者不同，〈管理線上的印象〉的「文獻回顧」明顯較出色而有參考價值（參見第7章）。其二，〈管理線上的印象〉的研究主題與最終的發現都較有趣且具有啟發性，而另一篇的研究主題欠缺巧思，當結果吻合預期時會讓人覺得乏味（早知如此），當結果與預期相反（較誠實的人反而較少成功的機會）時，卻囿於量化研究的方法限制而無法進一步探究，也無法給予有充分說服力的解釋。相較之下，〈管理線上的印象〉充分發揮了質性研究的優點，在互動式訪談中遇到跟理論預期不同的資料時，可以機動地追問下去，終而獲得出乎意料的發現，因而較有趣且對學術界具有較高的參考價值。

然而質性研究並不必然會比量化研究更容易獲得有趣且有啟發性的發現。以二〇〇八年發表的〈揭露「真實」的我，尋找「真實」的你〉[1]為例，它的主題跟〈管理線上的印象〉相近，也是採取扎根理論的質性研究，然而在十四年內只被引述了不到五百次，甚至明顯少於〈線上個人告示的自我呈現〉這篇量化的研究。其中原因或許在於相較〈管理線上的印象〉，它有兩個明顯的遜色之處。其一，它的理論基礎顯然較狹隘，忽略了一部分線上人際互動的關鍵理論。而且文獻回顧流於零碎個案的堆砌，嚴重欠缺整體性觀點，使得讀者很難從中看出既有研究結果的概貌，也很難看出這個研究的獨特性或學術價值。

其次，〈管理線上的印象〉從理論上掌握到線上約會的獨特性（從「線上」轉為「線下」的期待，以及因而誘發的獨特理論問題），而研究旨趣又聚焦在對立與矛盾因素的互動與權衡（誠實地自我揭露與美化自我的雙重需要，介於線上與線下的互動情境），因而其研究的主旨與發現都較引人注目。然而〈揭露「真實」的我，尋找「真實」的你〉所關心的兩個議題都沒有扣緊「線上約會」這種人際互動模式的獨特性。譬如，「線上約會參與者會揭露哪些關於自我的資訊」是一個太寬泛的問題，而其發現（興趣與嗜好、個性、表現出幽默感、職業、表現出聰明樣、希望與夢想）幾乎是任何關於人際互動的研究都可能會出現的答案，既缺乏獨特性又很難對學

1 M. T. Whitty, 2008, "Revealing the 'real' me, searching for the 'actual' you: Presentations of self on an internet dating site," *Computers in Human Behavior*, 24(4):1707-1722.

術界產生重要的啟發。至於「什麼樣的呈現方式比較容易成功」這個問題，唯有在樣本數夠多且抽樣過程夠嚴謹時，才具有較高的參考價值，而這個研究的受訪對象只有男女各三十人，年齡廣泛分布在二十三到六十歲，很容易受到抽樣偏差的影響，因而其可靠性太低而欠缺參考價值。

藉著以上三篇論文的比較，我們希望能突顯一個事實：一篇論文的研究結果是否有趣或富有學術價值，往往跟最初草擬的研究主題和接下來的研究設計密切相關。當研究的主題與研究的設計都平淡無奇時，最後很難產出吸引人的研究結果；當研究的主題太寬泛而欠缺關注的焦點時，研究的過程和結果就很容易散漫無章；當研究者的問題意識不深刻時，很難得到深刻而富有啟發性的結果。因此，學術界常說「別問錯了問題」，因為問錯了問題就很難有好的答案。

結果與案例的選擇和排序

不管是量化的論文或質性的論文，報告的往往是累積一兩年或三、五年的研究成果。要在有限的篇幅內摘要敘述，總是很不容易。最常有的作法，是從中挑選出數個最具代表性的案例來陳述、分析與討論。

所謂的「代表性」，有時候指的是介於最常見和最極端的數種案例，有時候是指介於最有利與最不利的數種案例，有時候是介於結論最明確與結論最不明確的數種案例。

譬如，經濟學界在進行實際問題（譬如油價）的預測時，往往會對各種影響因素未來可能的變化幅度先行評估，之後依序陳述與討論「基準預測」、「樂觀預測」和「悲觀預測」三種情境的結果。在〈人臉防偽偵測〉第七節的結果分析裡，它先假定「訓練影像與受測影像屬同一資料庫」，用以證明即便在無法發揮本方法優勢的情境下，本方法依然略勝一籌。之後它才用「跨資料庫」的測試證明，在比較貼近實際應用的情況下，本方法遠勝於既有方法。至於〈基本工資〉的案例分析，則是由簡而繁，先比較假設較單純因而較容易說明與論證的案例，再慢慢增加模型的複雜度，用以強化主要結論的嚴謹性。此外，〈基本工資〉第四節的案例分析結論很明確，第五節的「韌性測試」裡因為案例的數據較不完整，因此結論也較不明確。

最後，當證據不夠完整而無法做出明確的結論時，只要能從中分析出對學術界具有參考價值的發現，即便其中仍有疑點與瑕疵，其學術價值還是會獲得適當的肯定——尤其是當其中的瑕疵是學術界普遍無法克服的共同難題時。譬如，大衛・卡德的研究以當前人口調查為依據，但是該資料庫的可靠性被反對基本工資的人質疑與攻擊。然而有許多數據只能從該資料庫找到，因此二〇〇五年以後還是繼續有研究者採用該資料庫。

另一個案例是屬於長期追蹤研究的〈婚後十六年內幸福感的發展軌跡〉[2]，作者在一九八六年徵募了三百七十三位受訪者，並且在婚後第三年、第七年和第十六年再度對他們進行訪談，以便驗證過去學界普遍接受的看法：平均而言，婚姻的滿意度在婚禮前後達到最高點，接著會因為共同生活的各種摩擦、家族的介入、家務與財務分配的歧見、子女撫育重任的分攤與教養觀念的衝突等，使婚姻的滿意度逐漸下降，在婚後第七年至第十年之間達到最低點。之後有些人會選擇分居或離婚，有些人在磨合期之後學會溝通和妥協，並且隨著工作的穩定、教養孩子的負擔漸輕，以及財務上較寬裕，而使得婚姻品質略為改善，但是始終無法恢復到新婚期的水準。

而該研究的結果也確實顯示，不論男人或女人，婚姻的滿意度會隨著婚齡漸長而逐漸下降，而且新婚時滿意度越低的人下降速度越快且幅度越大，只有一小部分人的婚姻滿意度會在第七年左右開始小幅回升。可惜的是，這個研究的第三年有一六％的受訪者失聯，第七年甚至有四八％失聯，第十六年時想盡千方百計尋找失聯者，才終於將失聯者的比例降低到一三％以下。問題是，在這樣的情況下有三五％的受訪者是在婚後第十六年時去回想婚後第七年的情景，其中誤差很難估計。

不過，長期追蹤研究裡的失聯問題是學術界普遍的遭遇和很難克服的問題。而作者的補救辦法是將這一份研究跟既有的研究成果作比較，彙整了其他研究的線索，使得其結論仍具有一定的參考價值。婚姻滿意度的變化軌跡起碼有三種，新婚時滿意度最高的那一組往往會隨著婚齡漸長而經歷滿意度的微幅下降，新婚時滿意度最低的那一組往往會在婚後經歷滿意度的巨幅下降並以離婚收場。居於其間的第三組則往往是在婚後經歷一段中等幅度的滿意度下降，約在七至十年後再從谷底略為回升。此外作者還綜合自己的研究和既有文獻，對於尚存的疑點提出了通盤的檢討，而對未來的研究方向提出了具有建設性的意見。因此，這篇論文依舊有足夠的參考價值可以在學術期刊上發表。

這個案例顯示即便研究成果不理想，只要努力尋求旁證補救，還是有機會獲得具有參考價值的結論。此外，若能針對尚存的疑點進行深入的通盤檢討，並且對未來的研究方向與策略提出具有啟發性的建議，這也可以算是對學術界的另一種貢獻。

下一章，我們來談談不同數據的比較基準與數據的視覺化等細部問題。

2 K. S. Birditt, S. Hope, E. Brown& T. Orbuch, 2012, "Developmental trajectories of marital happiness over 16 years," *Research in Human Development*, 9(2):126-144.

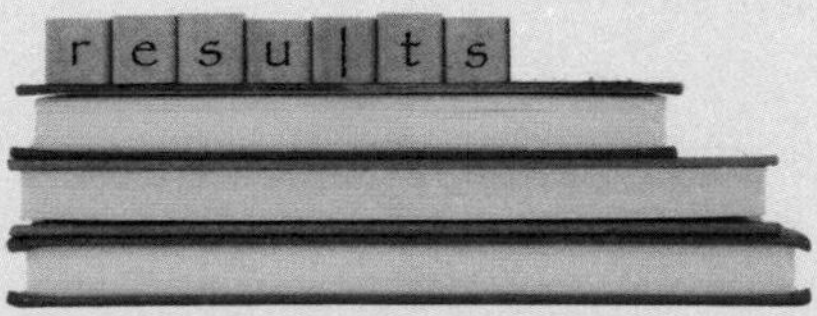
results

10

結果與討論（下）：比較的基準與數據的視覺化

在「結果、分析與討論」裡往往需要進行數據與數據之間的比較，以及使用圖、表等視覺工具去表現、突顯埋藏在龐大數據裡的意義。然而這兩件工作如果執行不當，往往會誤導認知，或者愚弄了自己和讀者。尤其是在涉及統計數據的解讀與比較時，更是充滿各種陷阱與謬誤，稍一不慎就會妄下推論或結論。

很多人都相信有圖有真相，數字不會說謊。然而達萊爾・赫夫（Darrell Huff）卻在一九五四年出版了二十世紀最暢銷的統計學科普書《別讓統計數字騙了你》[1]，從夙負盛名的美國媒體報導裡舉出許多不當的統計數據與圖表，指出它們如何誤導讀者。譬如，根據一九五一年的美國

1 D. Huff, 1954, *How to Lie with Statistics*, (illustrationby I. Geis). New York: Norton. 這本書的中文譯本是：鄭惟厚譯，《別讓統計數字騙了你》，台北：天下文化出版社，2005。

政府統計，九七%的上班族年薪低於七千美元。但是《時代》（*TIME*）雜誌卻說：「一九二八年畢業的耶魯校友平均年薪為兩萬五千一百美元。」對於這個亮麗得令人嫉妒的數據，赫夫指出很可能藏著嚴重的抽樣偏差和量測誤差，因為所得偏低的耶魯校友往往會拒絕透露所得，而接受調查的校友也有可能會把所得灌水。此外，他還指出統計數據顯示大學畢業生的平均薪水比沒有大學文憑的人高，然而真正的原因有可能是競爭力強的人進了大學，而他們即使不進大學也還是會有高於其他人的所得。

最值得注意的是，這本書裡的統計學概念都很簡單，高中生也能在十數小時內學會，然而它所列舉的錯誤卻充斥美國夙負盛名的各大媒體。這意味著我們在使用統計數據時確實很容易做出不當的比較。

其次，為了讓讀者一目了然掌握結果的全貌，量化的結果（數據）應該盡可能用圖表加以視覺化。至於圖表中的參數與格式，必須精心挑選，以便用最精簡的資訊表達最富有意義的訊息。然而當縱軸與橫軸的變數選擇不當時，讀者不但看不到作者想揭露的訊息，還反而會被圖表誤導而產出錯誤的印象。

這一章就讓我們來談談這一系列的問題。

慎選比較的基準，周延地衡量相關因素的可能影響

數據的真實意義，往往只有在恰當的比較基準下才會正確顯露出來。一旦比較的基準不當，它的意義就會被扭曲。

譬如，「畢業二十年的耶魯校友平均年薪為兩萬五千一百美元」這一句話，在一九五一年的美國是高得驚人。但是若被不當地拿來跟二〇二二年的台灣比較，等於只是年薪七十二萬或月薪六萬而已，對於台灣許多頂尖大學的校友而言，這個待遇沒什麼了不起。

其次，若要比較兩個世代的薪資水準，只比較其絕對值（名目所得）往往會得到扭曲的結論，唯有將薪資除以物價漲幅（實質所得或購買力所得），甚至還要跟房價作比較，才能獲得較有參考價值的結論。譬如，台灣二〇二二年的大學畢業生起薪約台幣三萬一千元，比二〇〇〇年的二萬八千元高出一成，似乎值得慶幸。然而二十年來物價漲了兩成五，房價漲幅更是將近三倍，使得職場新鮮人的未來遠比他們的父執輩黯淡而看不到希望。

此外，如果在呈現研究結果時選擇了不吻合直觀的變數，往往會製造錯覺。譬如，一九六〇年代以來歐美離婚率持續攀升，使得許多堅信婚姻價值的美國學者憂心忡忡。然而這個趨勢似乎在一九八〇年代以後開始逆轉。具體數據顯示，如果以每一千位已婚婦女中已離婚者的比例作為衡量指標的話，則美國的離婚率在二十世紀初為四．一，之後緩慢上升，在一九六〇年代為九．二；接著迅速飆漲，在一九八〇年代到達二二．六之後開始緩慢下降，二〇一九年時只剩

一五．五。於是，有些學者開始跟著媒體歡欣鼓舞地宣告：「離婚率已經持續下降了二十年，美國傳統的核心價值再度獲得鞏固。」事實呢？「每一千位已婚婦女中已離婚者的比例」是一個概念模糊的衡量指標，沒有人能具體說清楚它的實質意涵，而且它跟我們直覺中的「離婚」概念有著遙遠的距離，甚至很容易傳遞錯誤訊息。

我們直覺中的「離婚率」，是指某一個世代（譬如一九四〇年代出生的那一群人）中所有曾經結過婚的人口裡，每一對初婚的「佳偶」會有幾對最終以離婚收場。這才是我們真正關切的「真實離婚率」。

然而「每一千位已婚婦女中已離婚者的比例」卻把不同世代的人混在一起當分母，又把不同婚齡的人混在一起當分子，因此我們無法從這個數據得知任何一個世代的真實離婚率。譬如，二〇一九年的數據為一五．五，但是它絕不意味著「二〇一九年新婚的每一千對佳偶中，有一五．五對未來會離婚」，而是「二〇一九年的已婚婦女中，每一千對有一五．五對已經離婚。他們有些人新婚不久，有些人婚齡已經超過三十年；他們的年紀也大不相同，有些人還不到三十歲，有些人早已年逾五十。」如果要根據這樣的數據去回答「二〇一九年新婚的每一千對佳偶中，有幾對最後會以離婚收場」，根本就不可能。

為了釐清事實，兩位美國學者在二〇一四年發表了一篇論文，根據歷年婚姻調查中離婚者與分居者的年紀，進一步探究廣義離婚率（登記離婚加上分居而未辦離婚登記）的發展趨勢。[2]結果顯示就三十五歲以下的族群而言，二〇一〇年的廣義離婚率是低於一九八〇年，然而就年紀大於三十五歲的族群而言，二〇一〇年的廣義離婚率遠大於一九八〇年。最終的結論是，截至二〇一〇年為止，美國的離婚率應該還在上升，至少還沒有下降的跡象。就一九五〇年代出生的那個世代而言，初婚者中有將近一半最後會以離婚或分居收場。

不過，人們對待婚姻的態度越來越多元。以前的離婚率低不必然意味著婚姻比較幸福，有可能只是屈服於輿論壓力和經濟的現實而咬牙苦撐；現在的仳離率高不必然意味著婚姻品質較差，有可能只是對婚姻的期待跟既往不同。譬如，一位打算離婚的銀髮族婦人對諮商師說：「我不想繼續過著數十年如一日的人生。我希望人生像一本書，熟讀一章之後可以翻到下一章，看看不一樣的內容，而不是無止盡地重複下去。」

另一個值得注意的要領是，當研究主題牽涉的因素越複雜，其比較基準也必須相對夠複雜、周延，才能得出合理的結論。新冠肺炎的防疫成效就是一例。

台灣在新冠肺炎的防疫中曾經表現亮麗，贏得舉世的矚目。然而在二〇二二年四月份把防疫的目標從「清零」轉為「與病毒共存」，每日新增確診人數從此迅速飆漲，在五月初達到最高點九萬四千八百餘人後開始下降，所幸至七月初始終未曾超過日本十萬五千八百餘人的最高紀錄。那麼，我們可以根據這兩個數據說：截至二〇二二年七月初，台灣的防疫表現小勝日本

2 S. Kennedy and S. Ruggles, 2014, "Breaking up is hard to count: The rise of divorce in the United States, 1980–2010," *Demography*, 51(2): 587–598.

圖5：台灣與日本每日新增確診人數比例（十日移動平均值）
2020年11月1日至2022年6月30日

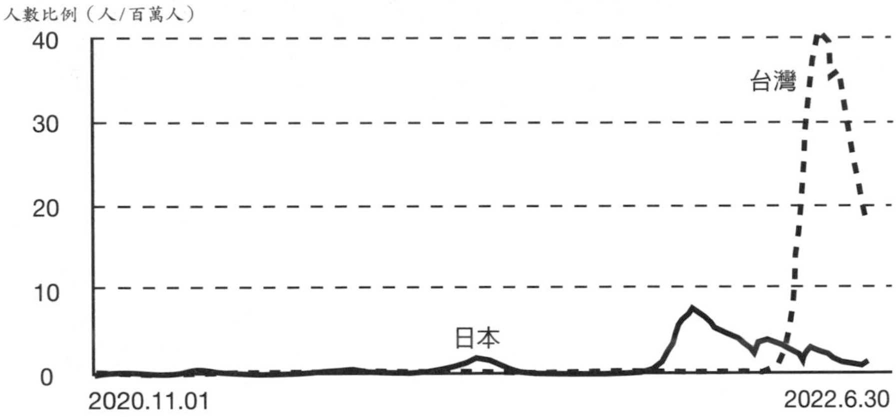

嗎？當然不可以，因為其中牽涉到好幾項不當的比較基準，很容易扭曲事實。

首先，我們必須注意到日本的總人口數是台灣的五．三三倍，因此合理的比較基準應該是「總人口中確診人數的百分比」（譬如「每百萬人口中的確診人數」）。其次，所有的「量測」都有潛在的量測誤差，譬如「每日新增確診數」就有可能會因為假日、人手不足或其他原因而延誤檢測與通報，導致假期通報數偏低而假期後通報數偏多等現象，若只挑最高點那一天的數據來比較很容易被量測誤差誤導。因此，學術界往往會先將曲線平滑化（譬如，採用七日移動平均值或十日移動平均值），之後再進行比較。

根據上述考量，圖5顯示台灣與日本每百萬人中的每日新增確診人數（十日平均值），日期是從二〇二〇年十一月一日至二〇二二年六月三十日。其中實線為日本，虛線為台灣。我們可以從圖中清楚看到：在二〇二二年四月之前，台灣的表現都優於日本。然而在雙方的巔峰時期，台灣的單位人口確診人數遠高於日本，幾乎是她的五倍。

那麼，我們可不可以根據上述事實就斷言：台灣在二〇二二年四月到六月之間的防疫表現遠不如日本？還不可以，因為每個國家的黑數跟政府的作為有關（檢測的普及性，確診者所能獲得的治療與確診後行為規範的嚴苛程度），也跟國民配合政府規定的意願有密切關係，使得確診數與黑數的比例隨著各國而異，很難比較。此外，每一個國家的防疫目標不同，不能拿單一指標來驟下結論，否則就是以偏概全。譬如，有些國家認定個人自由與經濟的穩定跟減少確診人數一樣重要，甚至更重要。尤其是經濟的穩定牽涉到弱勢階層的收入與生計，確實有理由認為它比「輕微的感染徵狀」更重要。因此，確診人數的百分比不能被拿來當作衡量政府政策得失的唯一評量依據。

不過，所有國家的防疫政策幾乎都以降低死亡人數為第一優先，而且死亡人數又遠比確診數更不容易漏報，所以單位人口的死亡人數（每千萬人中的每日新增死亡人數）也是一個重要指標，甚至是更重要的指標。然而若從台、日每日新增死亡人數比例的七日平均值來看，日本的最高峰是三月初的「每千萬人中有一八．五二人死亡」，台灣則是七月中旬創下的「每千萬人中有七四．六七人死亡」，約莫是日本的四倍，跟確診數的差異同樣鮮明。

那麼，綜合以上數據，我們是否足以認定台灣的防疫表現遠遜於日本？勉強可以，但是還可以更周延。譬如，應該要再考慮二〇二二年四月到六月之間日本與台灣的主要病毒株是否類似，因為這會影響防疫的難度。此外還需考慮疫苗與抗病毒藥物的上市時間，因為它們是防疫的利器。然而若從這兩個角度去看，台灣的防疫表現更讓人失望。日本這一波的疫情是在二〇二二年一月初爆發，而台灣是在三月初爆發，兩國面臨的主要流行病株相同，因此防疫的難度類似。其次，這段期間內輝瑞的抗病毒口服藥物帕克斯洛維德（Paxlovid）療效表現遠遠超越其他藥物，是避免確診者死亡的關鍵利器。然而它是在二〇二一年底才獲美國的緊急授權，到二〇二二年一月中旬才向日本政府申請授權，並於二月十日獲准使用，因此日本醫療體系在最初的四十天左右能用的藥物有限。相較之下，台灣疫情比日本晚兩個月爆發，若事前有積極準備，很有機會在疫情剛爆發後就可以用帕克斯洛維德大幅降低死亡人數。從這個角度看，台灣可用的防疫資源原本有機會比日本更優渥，卻因政府政策不當以及延誤時機等因素，使得台灣每百萬人口的確診人數及死亡人數都數倍於日本。

有些人可能會覺得，還必須要再考慮到台灣政府與日本政府外交處境的差異，以及政府對人身自由的限制程度等因素，才能做出更公允的評價。理論上這是對的，但是要真確地了解政府外交的完整處境通常有其困難。而日本各個地方政府對人身自由的限制程度差異甚大，也難以在有限的人力和時間範圍內做出嚴謹的考察和結論。因此學術研究上往往會把研究範圍（考慮因素）限縮在一個合理（或者可接受）的範圍內，並且明確宣告「在不考慮其他因素的影響下」進行研究、分析與結論。

其次，日本疫情在二〇二二年七月起又開始惡化，七月底創下每日新增確診將近二十萬人，這是否意味著我們必須把新一波的疫情發展納入考量，才比較公允？由於日本這一波疫情是由新的變異株引發，而該變異株才剛零星地登陸台灣，還不知道未來發展。因此目前沒有合理的比較基礎。然而所有的研究都有其經費、人力與時程的限制，不可能無限制地等待下去。因此，許多論文的寫作與本書的寫作一樣，都必須設定一個合理的研究時程與研究範圍，針對該研究範圍做出局部性的結論，把更完整的研究留給後人。

寄出與送達：措詞的精準與達意

有關學術寫作或論文寫作的英文書總是會提醒讀者，措詞要「明確」（be specific）。對於中文讀者而言，往往很難充分體會其意涵。結果底下的典型故事就發生了。

一位美國人受聘到新竹科學園區，負責產品使用手冊的英文版編審工作。他跟我抱怨：園區工程師寫的產品手冊經常語焉不詳，使用者根本不可能依照手冊的指示去一步步完成操作。然而當他試著指出哪些地方需要改進時，這些工程師始終認為：「我已經寫得很清楚了，如果使用者還不能明白，那是他的專業知識不足，而不是我有問題。」他努力指出，產品使用手冊必須清楚地將操作該產品所需要的知識「送達」（deliver）客戶，然而這些工程師卻完全無法理解英文裡「送達」的意思。

後來我教他一個比喻：如果你到郵局去寄一封平信，這只能叫做「寄出」（send），因為對方不一定會收到這信件；如果你用掛號寄出且確知對方已經收到，這才叫「送達」。同樣的，如果使用者手冊中的訊息讓許多消費者讀不懂，這份手冊就沒有「送達」訊息，也沒有完成它被交付的任務。這是誰的錯？當然是手冊撰稿者的錯！

類似地，如果一本學位論文有任何措詞、段落讓學長姊們讀不懂，或者覺得論述太牽強、薄弱，就必須設法修改到讓他們能了解、認同，才算是達成學位論文最起碼的任務。

根據我過去的教學經驗，一個學生只要能清楚掌握這本書前面幾章的要領，應該就可以產出合理的章節次序，以及主要的內容和論述架構。如果在這前提下還有表達不清晰或辭不達意的問題，首要原因往往是沒有站在讀者的立場去揣摩讀者閱讀起來的感受，或者像英文諺語說的，沒有「站在他人的鞋子裡（立場）」。

改善的辦法是在寫完初稿後，反覆重讀幾次，揣摩讀者可能會有的反應，看看有沒有拗口、不解或誤會的可能性，之後一再改到順口為止（我寫書的時候都是這麼做的）。不過，有時候我確實會遇到一種學生，他們確實沒有能力「站在他人的鞋子裡（立場）」。

欠缺這種能力是跟人溝通時的嚴重致命傷，最好是在離開學校以前盡量設法改善。可行的辦法就是請學長姊幫忙讀一讀論文，請他們仔細挑出讀起來不順暢或者不夠清晰的地方，並且講出自己的理解和感受，這樣就有機會比較清楚地了解自己原來的措詞哪裡有問題，會引起讀者怎樣的誤會和困擾。如果能夠利用論文寫作過程耐煩地反覆修改，一定會大幅提升表達與措詞的精準，以及「站在他人的鞋子裡」的能力。

經常會有學生企圖在一個句子（或段落）裡塞進太複雜的思想，以致文句糾纏而思路不暢。

這時候只要把句子或段落裡的意思（概念、觀點）加以分解，先逐一用簡單的句子或段落加以表述，再用最後一個句子或段落加以整合，就可以顯得文句與思路同時通暢起來。

還有些時候，把句子或段落的次序更改一下，把內容單純而容易了解的句子、段落放在前面，把引用到前述思想、內容的句子或段落放在後面，文句與思路也會同時通暢起來。

類似的寫作技巧在理工學院和社會科學理的質性論文寫作都會用得上。譬如，第2章提過的社會學家霍華德．貝克爾就曾為研究生設計一堂論文寫作課，他先讓學生彼此互改一段鄰座同學寫的文章，再相互討論作者原來的意思，以及鄰座同學修改的理由。在一個學期的時間裡，學生先彼此改一個段落，再慢慢發展到修改文章的架構，藉此讓學生體會「站在他人的鞋子裡」的要領。他認為，唯有透過反覆修改的過程逐漸釐清自己的思緒與論述架構，才有可能寫出層次井然且清晰易讀的論文。

最後，他還把這一堂課裡累積的心得寫成一本書《為社會科學家寫作》。[3]這本書以同理而詼諧的筆調直指學術界新鮮人寫作的痛處，剖析其成因（認知的錯誤，心理的障礙，學術界流行的迷思，養成過程的不足等），並且建議具體而有效的對策，因而在社會科學界膾炙人口，尤其是質性研究者受惠最深。

3 H. S. Becker, 1986, *Writing for Social Scientists: How to Start and Finish Your Thesis, Book, or Article*. Chicago: the University of Chicago Press.

至於理工方面的論文，生醫學者比約．古斯塔維（Björn Gustavii）寫的書裡舉了許多正反對比的簡短案例，詳盡剖析其中得失，有助於讀者掌握論文寫作的重要細節。且該書精簡而不繁複，值得參考。[4]

資料的視覺化

當研究中的某一項結果或論點涉及非常複雜的數據時，單憑文字的敘述與論證可能會讓讀者越讀思緒越亂，這時候設計得當的圖表有可能會是突破難題的關鍵利器。但是，當圖表設計不當時，也有可能會成為誤導讀者的亂源。

蘇格蘭工程師兼政治經濟學家威廉．普雷菲爾（William Playfair）在十八世紀末開始設計各種圖表，嘗試把統計數據視覺化，因而被視為統計圖表的先驅。有鑑於十九世紀初糧價持續飆漲，他在一八二二年畫了一張圖比較過去兩百五十六年來小麥價格與工資的變化（參見圖6，為原圖簡化後重製之示意圖），企圖以此傳遞一個訊息：儘管小麥價格高漲，然而兩百多年來工資的漲幅更大，因而工人的實質生活水準是獲得改善的。可惜由於縱軸的變數設計不當，我們不容易從圖6看出他想要傳遞的訊息。

如果改成像圖7那樣，縱軸變數採用「購買四分之一英擔小麥所需工時」，就可以清楚看到兩百多年來，熟練技工養活一家所需的工時（週數）確實已經大幅下降，也意味著勞工的實質

圖6：1565-1821年小麥價格與熟練技工週薪之比較

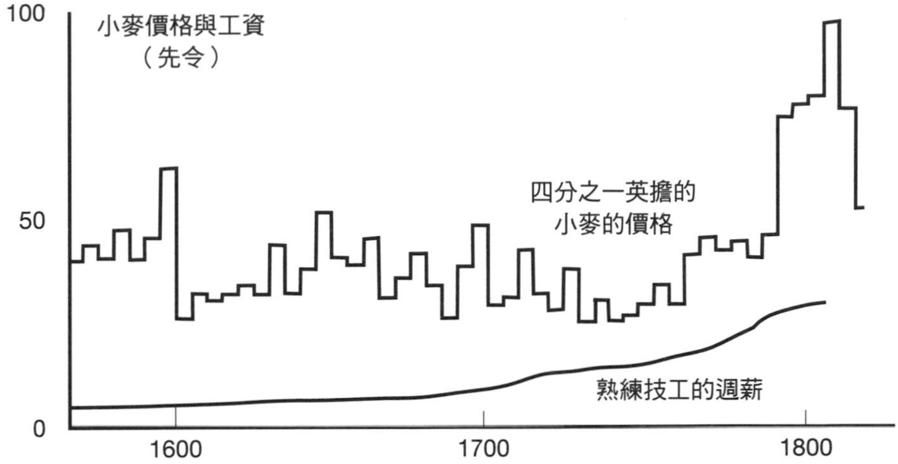

工資大幅提升了。由此可見適當選取縱軸與橫軸變數的重要性。

此外，十九世紀英國都市工人的家庭成員平均為五至六口，每週消耗約四分之一英擔的小麥。根據這個補充的數據，我們還可以從圖7看到，即便十八世紀勞工的實質工資已經遠比十六世紀更高，然而想要讓一家六口都能溫飽，至少還是需要兩三份熟練技工的工資，因此童工與婦女兼職以補貼家用的現象應該很普遍。

由這個案例我們可以了解到適當地選取橫軸與縱軸的變數，可以讓複雜數據中所隱藏的訊息變得透明而易於解讀。但是還需要輔以必要的背景資訊（譬如家庭成員的數目與糧食消費量）和說明，才能讓讀者完整了解一張圖表內的關鍵訊息與意義。

4 Björn Gustavii, 2017, *How to Write and Illustrate a Scientific Paper*. Cambridge University Press.

圖7：1565-1821年熟練技工購買四分之一英擔小麥所需工時

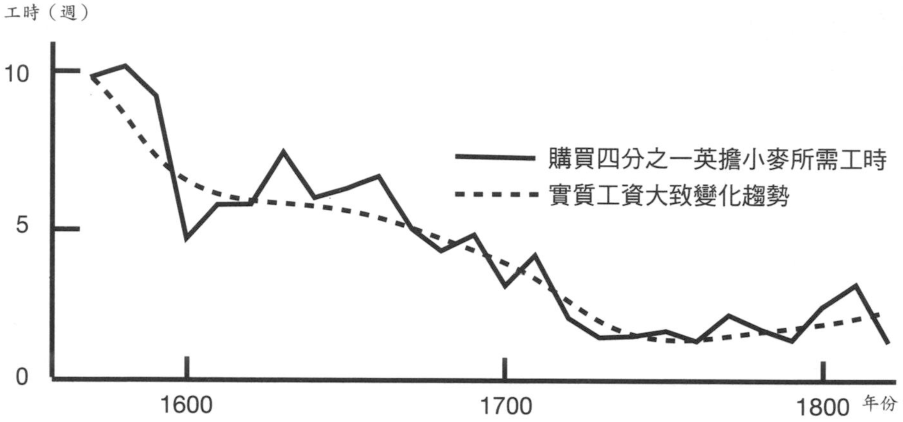

事實上，所有學術文獻中的圖表都會有圖表編號、圖表名稱，以及關於該圖表屬性、內容的重要附加說明。同時每一張圖的橫軸與縱軸都會有標示尺規（線性、對數或半對數），以及注記變數名稱與單位，而且每一條曲線都會標示其屬性，每一張表的欄位也會有名稱與單位。此外，正文中還會有關於圖表內容的重點提示與補充說明，用以引導讀者去掌握圖表內的關鍵訊息並闡述其意義。

然而許多碩士生在初稿裡卻沒有圖表編號與名稱，也沒有在正文中對圖表的關鍵內容加以提示、補充說明與評論，以至於讀者經常掌握不到作者想藉著圖表傳遞的訊息及其意義。這樣的碩士生顯然都沒想過一個問題：一張圖表中的資訊極其豐富，如果沒有作者的文字敘述來引導，讀者哪有可能知道作者想藉以表達的證據或思想？

除了以上原則，縱軸與橫軸尺度的選擇，乃至於座標原點的定義，都有可能會明顯影響訊息揭露的透明度與適切性。譬如，二〇二〇年新冠肺炎剛開始在全球傳播開來的時候，資訊雜多且混亂，如何讓各國疫情發展一目了然就是一個典型的挑戰。

新冠肺炎在二〇一九年底從武漢往中國傳播開來，繼而在全球警戒不足的情況下向亞洲與歐洲國家擴散。等世界衛生組織在次年一月三十一日宣告新冠肺炎為國際公衛緊急事件時，全球已有九千八百多名確診者和兩百多名染疫死亡者。

當世界衛生組織在三月十一日宣告新冠肺炎進入「全球大流行」時，中國公告的染疫死亡人數已達三千一百餘人，最早發現確診者的義大利也已有八百三十人死亡，然而西班牙的死亡人數還不到五十六人，美國的死亡人數也還只有三十八人，唯獨韓國因為新天地教會的群聚感染和傳播使得死亡人數迅速逼近六十人。

由於疫情已經透過航空工具在全球四處蔓延，唯有完整掌握全球的疫情發展才有辦法了解「地球村」中任何一個角落可能面臨的威脅。然而各國疫情的爆發時間點、疫情的發展趨勢，以及疫情的規模（譬如，累計的死亡人數）差異懸殊，想要在一張圖表內讓全球疫情發展全部攤在眼前，是個高難度的挑戰。

面對這個挑戰，英國的《金融時報》（*Financial Times*）採取了圖8的半對數圖（semi-log graph）。其中縱軸是對數尺度，因為它擅長同時呈現極大的數值和極小的數值；橫軸是線性尺度，然而其「天數」是從各國發現該國第十個死亡案例算起，原因是絕大部分國家在疫情開始時是一片茫然，直到死亡人數上升後各種疫情調查與防疫措施才開始啟動，因而在發現第十個

圖8：COVID-19 死亡的人數（天數從發現第十位死者算起）

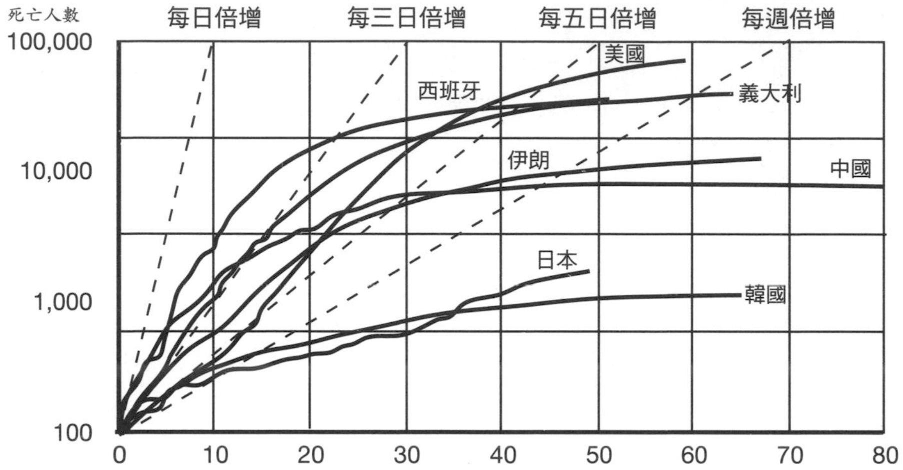

死亡案例之前的資訊都可能有很大的誤差和資訊錯亂。

此外，半對數曲線的斜率代表死亡人數倍增的速度，也反映著各國疫情控制的成效。我們可以從圖8看到中國嚴厲的封城措施使得疫情猛然獲得控制，韓國的全面快篩也使疫情迅速緩和化，西班牙則因為剛開始時疏於防範，等到疫情嚴重惡化時決策速度又太慢，因而一度遠遠超前所有國家。而美國則是因為人口眾多，因此死亡人數很快地超越所有國家。

這張圖唯一美中不足之處，是沒有把各國人口總數的懸殊差異納入考量。譬如，美國總人口數為西班牙的七倍，義大利的五．五倍，是不是應該用「每百萬人口之死亡人數」當縱軸比較合理？這的確是值得考慮的選擇，但是當圖表想傳遞的核心訊息是各國個別的疫情發展，而非跨國的比較時，這不必然是最佳的選擇。

延伸閱讀

自從威廉・普雷菲爾開啟圖表設計以來，不同學術領域各自發展出許多慣用的圖表，其中不乏巧思，值得認真了解並參考。可惜的是，這些圖表不必然都是最能透明地揭露訊息的設計，還有些圖表是只有熟稔該狹隘領域的人才讀得懂。這樣的圖表設計妨礙了學術研究成果向相關領域擴散的機會，殊是可惜。

耶魯大學教授塔夫第（Edward R. Tufte）是當代第一個有系統地研究「資料與資訊視覺化」的學者，他在一九八三年出版的《量化資訊的視覺呈現》[5]成為「資料視覺化」的開山之作，以及許多學者推薦的必讀經典。近年來，基蘭・希利（Kieran Healy）再度彙整學術界的相關研究成果，於二〇一九年出版了《資料視覺化：實用的入門》[6]，有系統地提供了許多具有高度參考價值的案例和原則。有興趣的讀者可以去參考這兩本書。

至於論文寫作的措詞、句型與段落結構，乃至於文獻引注的規範與標點符號的選擇等細部原則，《芝加哥大學論文寫作指南》[7]有豐富的指引。雖然有些讀者可能會覺得該書太囉唆，但是

5 E. Tufte, 1983, *The Visual Display of Quantitative Information*. Cheshire, CT: Graphics Press.

6 K. Healy, 2019, *Data Visualization: A Practical Introduction*. Princeton: Princeton University Press.

7 K. L. Turabian, 2018, *A Manual for Writers of Research Papers, Theses, and Dissertations: Chicago Style for Students and Researchers*. Chicago University Press. 中文譯本《芝加哥大學論文寫作指南》，北京：新華出版社，2015。

該書有簡體版中文譯本，翻閱起來可能較方便。

下一章讓我們來談談摘要與結論的撰寫要領，以及學位論文的完整面貌。

11

千呼萬喚始出來：摘要、結論及論文的全貌

本書第4章建議把結論與摘要留在最後才寫，因為它們是最難寫的部分。其實還有一個理由：唯有當導論、理論依據、研究的方法與步驟，以及結果的分析與討論都嚴謹地寫完之後，你才會對自己的研究成果與得失有最清楚的掌握，因而可以將整篇論文的精華淬鍊成足以吸引讀者的精準摘要，以及擲地有聲且了無誇大之嫌的結論。

這一章我們就來談談摘要與結論的撰寫技巧，並且看看送出論文之前它應該要有的完整樣貌。

摘要的撰寫要領

期刊論文的摘要往往只有一個段落（不分段），寥寥三、五句話。即便是學位論文的摘要，

往往也只有兩三個段落，不到一頁的篇幅。

在這麼緊湊的篇幅裡，它卻必須言簡意賅地依序交代五個重點：研究的主題、既有文獻的關鍵缺失或不足（實際上等於是本文企圖改善或解決的課題）、本研究所採用的方法，和最關鍵、最吸引人的研究成果，以及精簡的結論。

因此，不管是期刊論文或學位論文，摘要的措詞都必須直白且句句精要，直指核心，完全沒有花俏的修辭空間，更容不下廢話。此外，你必須對「什麼是本研究最重要的貢獻（研究成果）」這個問題有精準的評價與掌握，而且有充分把握說你有足夠的證據和嚴謹的論述足以在後續各章節中捍衛這個宣告。

緣此，第4章建議先草擬導論的初稿，大致掌握既有文獻的不足，再寫完理論依據、研究方法與程序，以及結果的分析與討論，充分掌握住本研究的確實貢獻。之後再回過頭來細部修整導論與定稿，最後才寫摘要，就較能切中核心，句句精要。此外，開始下筆之前最好再拿出跟本研究最相近的論文當參考，看看它們的摘要是如何架構與措詞的（寫英文的期刊論文稿時尤其有此必要）。

在第3章的第1節，我們已經用兩篇論文為例，初步分析摘要的內容、架構與措詞。這一節將再補充幾個不同性質的案例，供讀者參考。

一個精簡至極的典型是李政道與楊振寧的論文，為了把篇幅盡量留給正文的複雜討論，它的摘要只有兩句話：「本文檢視β衰變以及超介子與介子衰變中的宇稱守恆問題。它建議一些實驗，用以驗證前述相互作用下的宇稱守恆。」這個摘要的第一句點出這篇論文的研究主題，第二句指出這篇論文的可能貢獻。就一個熟知該問題的專家而言，他們早已熟知衰變和超介子與介子衰變中有當時的物理定律所難以解釋的現象，而這篇論文的作者顯然是懷疑問題出在宇稱守恆，所以想從理論物理的角度提出足以釐清真相的關鍵實驗。儘管這個摘要對一個研究生而言有點晦澀難解，但是在專家眼裡它已經涵蓋一則摘要所需回答的四個問題：研究主題、文獻的不足、研究方法與主要的研究結果。

不過，這樣簡短的摘要是極其罕見的例外，絕非常態。第3章介紹過的〈離婚會比較快樂嗎？〉和〈基本工資〉比較接近常見的案例。〈人臉防偽偵測〉代表最詳盡的極端案例，它只有一段卻整整包含了十個很長的句子。第一句和第二句分別指出人臉識別技術和自動防偽辨識的重要性，也等於同時指出這篇論文的研究主題及其重要性。第三句指出當時自動防偽辨識技術的主要缺失，接著它用四句話勾勒這篇論文所提新穎技術的主要方法、原理和特性。第八、九兩句簡介實驗的方法，第十句做出扼要的結論：「我們的研究結果突顯了區辨真實影像與偽造影像的困難所在，尤其是涉及跨資料庫或跨硬體設備的情境下。」

雖然很多醫學期刊的論文摘要跟其他領域的論文格式類似，但是有些醫學期刊的摘要採用這個領域獨有的格式，篇幅較長，內容較詳盡，甚至還分段並且賦予子標題。以〈高密度脂蛋白研究〉為例，它把摘要分成「研究目的、方法與結果、結論」三個獨立的部分，並且各自給予一個子標題。還有些醫學期刊的論文把摘要分成五個部分且各自給予一個子標題：背景、目的、方法、結果、結論。

至於質性研究的期刊論文，雖然全文篇幅往往明顯超過量化研究的論文，但是其摘要往往還是跟量化研究的論文一樣精簡。以〈管理線上的印象〉為例，它全文共二七頁，摘要卻只占四分之一頁，一共四句，不分段（只有一段）。它的第一句明確道出研究的焦點，第二句陳述資料收集的方法，第三句摘述資料分析的方法和重點，最後一句指出它的首要貢獻：「本研究為社會訊息處理提供了自然情境下的經驗佐證，同時為線上互動時誠實原則的複雜模式提供了洞見。」

類似地，雖然〈鑲嵌的問題〉是戰後社會學期刊論文中的經典，且全文長三三頁，然而它的摘要照樣只占四分之一頁，一共五句，不分段。前兩句指出這篇論文的研究焦點與重要性，第三句指出經濟學與社會學在研究人類經濟活動時各自的缺失。第四句提出解決的關鍵在於巧妙地將人類的經濟活動「鑲嵌」在人際關係的社會結構裡，最後一句指出本文將以對於某一本經濟學經典名著的批判來闡明前述主張。

從以上這些案例看起來，儘管學術領域的論文性格與研究方法可以有很大的差異，它們的摘要都有著極為類似的架構和寫作原則。因此，最終的要領還在於你能否精準掌握既有文獻的缺失以及本研究的核心貢獻，然後簡潔、樸實而精要地形諸文字。

結論的撰寫要領

一篇期刊論文的結論通常遠比導論短，但是比摘要略長，而且通常分成數段。學位論文的結論也是相似，有時候長達一兩頁，但是沒有必要贅言。

首先，它通常會精簡地重提本研究的主題（研究焦點）和研究的方法，然後扼要總結本研究的主要發現和結論。在期刊論文裡，前述篇幅可能只有兩三句話或一小段，在學位論文裡則有可能會長達半頁或將近一頁。這些話的內容通常是在導論裡已經提過，然而當時的語氣是「預期的結果與貢獻」，現在的語氣是「確實的結果與貢獻」，因此不應該只是刻板地重複導論的內文或「複製＋貼上」。

接下來的重點是扼要說明這些發現或結論對既有學術界（或產業界）的主要貢獻，文長視需要而定，但是應該要精簡扼要，像「簡答題」而不是「申論題」。因為，關於這些發現的意義和價值應該已經在導論裡以「本研究的背景與潛在價值」為題鋪陳過了，有些細節也可能已經在「結果與討論」裡分析、闡述過，現在只需要在前述背景下簡明直率地摘述即可。假如怕寫得過分簡潔不足以讓讀者充分明白它們的貢獻與價值，該補充說明或潤稿的是導論以及「結果與討論」，而不是在論文最終的「結論」。

最後，任何研究和任何人都不可能是完美的，因此要記得在結論裡扼要指出本研究的主要限制、適用範圍或不足處（相對缺點），並且建議未來可以如何擴充、發展與改善。有些期刊論文會礙於篇幅而省去這一部分，學位論文則不宜省去，因為這是你表現自己批判性思考與專業成熟的另一個機會，如果寫得深刻而有見地，會有加分的效果。

最重要的要領或許是，儘管「結論」是在檢討本研究的主要貢獻與不足，行文語氣卻必須像是公正的第三者，對自己的貢獻既不誇大也無須謙詞，對本研究的缺失或不足無須迴避也沒必要語帶歉意。任何實證科學的學術文獻，不管是哪個學術領域，講求的是客觀，是超越個人性而對於他人具有普遍參考價值的發現或觀點，鮮少例外。

在前面討論過的案例裡，〈高密度脂蛋白研究〉的結論最簡短，全文只有一段：「高密度脂蛋白濃度與各種原因下的死亡率呈現U型的相關性，高密度脂蛋白濃度極高的一般男人和女人都有著較高的死亡率。在男人，尤其是因為心血管疾病致死的案例裡，特別明顯。以上發現有待未來的研究進一步確認。」

另一個極端是李政道與楊振寧的論文，它的全文只有五頁，文末沒有「結論」而代之以超過半頁的五段「評論」（Remarks），第二段和第三段甚至都是近乎「短評」的長段落。尤其是跟簡潔至極的摘要對比起來，更是顯得不尋常。其中一個關鍵原因是：雖然這一篇論文旨在探討「宇稱守恆定律」在微觀世界的適用性，並且建議關鍵性的檢證實驗，然而論文發表時實驗尚未進行，也還無法預知其結果，因此只能有帶著假設性語氣的「評論」，而無法有證據確鑿的「結論」。此外，因為無法預先斷言可能的結果和發現，因此「評論」的時候必須對各種可能性保持開放的態度而不能有特定的預設，所以難以精簡。

至於〈基本工資〉一文，因為它的發現較複雜，因而結論也較長。它的第一段以兩句話摘述了研究主題、研究方法與這個方法的特色。第二段至第四段摘述了主要的研究結果，並據以總結出主要結論：調漲基本工資會提高弱勢勞工的所得，但對於失業率的影響不明顯或者小到可忽略。第五段點出這個研究的第二個重要結論：前述發現在連鎖餐飲業之外的其他低薪產業中依然成立。第六段指出以上結論（發現）在實際應用上必須注意的限制。其一，當基本工資調漲幅度超過本研究的實證範圍時，以上結論不必然仍舊有效。其二，礙於既有資料庫的數據有限，本研究的結論只適用於以週薪計酬的案例，而不必然適用於以小時計酬的零星打工。其三，調漲基本工資（週薪）時，業者有可能會增加熟練的工人並減少較不熟練的工人來因應，礙於既有資料庫欠缺相關資訊，因而本研究並未探討這個問題。最後一段綜合以上要點指出最終結論：儘管有以上限制，本研究確實闡明在工資問題的研究上有必要採取跨州界相鄰行政區的「自然實驗」。此外，調漲基本工資確實不會導致職缺的減少。

至於〈人臉防偽偵測〉，雖然它從導論到結果的分析與討論都寫得相當出色，結論卻寫得相當平庸，頂多是平實。它的第一段扼要敘述研究主題、技術創新的方法與主要的產出（影像失真分析方法與一百二十一項特徵所構成的特徵向量，以及一個測試人臉防偽辨識技術的資料庫）。第二段只有一句話：在跨資料庫的人臉防偽辨識能力方面，本研究所創的新技術明顯優於已知的既有技術。最後的第三段對未來研究方向提出四個建議：(1)進一步了解人臉防偽辨識所必須防範的各種偽裝技術與情境。(2)建立一個可以測試前述各種偽造人臉的大型資料庫。(3)

發展高性能、高效率且穩健性佳的關鍵特徵，以利於辨識偽造的人臉。(4)針對不同的使用者發展適合其個別需求的方法來訓練電腦程式中的參數。可惜的是，這些建議尋常到不具任何啟發性，缺乏新意與參考價值。

至於質性研究的論文，不只是全文通常明顯比量化的論文長，其結論也往往很難寫得簡短。以〈管理線上的印象〉為例，它的第四節「發現」裡已經夾雜著對研究結果的討論，第五節仍舊意猶未盡地以「討論」取代「結論」，全文長達三頁，且分成三個小節：理論上的意涵、實務上的意涵和本研究的限制。在這三個小節之前還有一個很長的段落（共七句話，足足二十六行），用簡潔而流暢的語調摘述本研究的主要發現。

以上這些案例應該足以顯示，不管是什麼學術領域或什麼性質的論文，其結論的內容與架構大抵相似。至於如何根據個案的特性而調整其篇幅與內容，則是作者需審慎拿捏的。

目次與參考文獻的格式

寫完摘要與結論之後，接下來是撰寫章節目次與圖表頁次，以及仔細補齊參考文獻的清單。前者無須贅述，至於參考文獻的功能、引注的時機，以及參考文獻的格式，已經在第6章第2節扼要說明過。

需要注意的是，學位論文的篇幅通常很可觀，以致錯別字往往難免，很多口試委員也較能寬容。但是參考文獻的清單通常僅只數頁，如果連這幾頁的資訊都無法仔細訂正，往往會被口試委員認定為態度草率。緣此，很多口試委員會隨機挑出數則參考文獻，確認正文中引注的參考文獻跟文末清單裡的文獻確實相吻合，而且正文中的引注格式與文末清單中的文獻格式都前後統一且絲毫無誤，包括標點符號的正確性、標點符號的位置，以及標點符號後面是否有空白格等。

依照我過去的經驗，碩士論文的參考文獻清單往往在格式上錯誤百出，而博士論文也幾乎都可以輕易挑出許多錯誤。雖然說這似乎是「無關宏旨」的小節，然而作者的態度是否夠審慎、認真，確實可以由小見大。

致謝辭與共同作者的學術規範

完成以上撰寫工作之後，學位論文已經接近完成，只要再依學校規定的格式加上論文封面，就可以當作論文的送審稿繳交出去。不過，很多研究生喜歡在論文摘要之前夾一頁或數頁的「致謝辭」，感謝師長的指導，學長姊的鼓勵與討論，以及同學們的切磋、砥礪。學術界對此沒有任何明確的規範。國外大學出版社出版的學術專書也往往有「致謝辭」，從出版社的主編感謝到打字小姐的用心，有興趣的人不妨找來參考。

不過，就事論事，有些人的貢獻確實是不該漏掉。首先是對你的論文品質有直接影響與助益的那些人，包括你曾就論文構想與內容請教過的師長，提供儀器設備或實驗環境的單位，協助你發送問卷與進行訪談資料編碼的學弟妹，在口試期間對你的論文有重要指正與建議的口試委員，以及獎學金的提供者（假如有的話）。就學術期刊而言，這一類的致謝辭通常會出現在「結論」與「參考文獻清單」之間，可以作為撰寫致謝辭的參考。

遺憾的是台灣的學術界抄襲成風，屢見論文浮濫掛名，事發後又一再狡飾、強辯者，幾近顛倒黑白，指鹿為馬。類似的歪風在國際學術界也已經成為關注的焦點，由八百個國際科學期刊組成的「科學期刊編輯委員會」（Council of Science Editors，簡稱CSE）遂於二〇〇六年發表了一份〈發表倫理的白皮書〉[1]，並且在官網上持續更新其內容。該文件指出，共同作者所需具備的要件依不同學術領域而異，其中醫學期刊編輯國際委員會（ICMJE）的規定最嚴格，國際出版倫理委員會（COPE）的規定最寬鬆。

它同時也指出，較務實的規範是美國國家科學院院長馬克納特（Marcia McNutt）和不同學術領域的期刊主編在二〇一八年共同發表的建議：(1)共同作者必須對論文有重大的貢獻，這些貢獻可能是關於研究的構想與設計，或者資料的擷取、分析與詮釋，也可能是撰寫論文或者對草稿進行重大的改寫。而且(2)共同作者必須仔細讀過完稿的全文，並且同意其出版；而且(3)共同作者必須對自己的貢獻負責，並且確保跟個人貢獻無關的部分也已經被其他人適當地研究、解決，以確保論文的內容正確無誤且前後一致。[2]

根據第(3)項要求，共同作者不可以對與個人貢獻無關的部分漠不關心或一無所知，不可以推諉說：「我只管自己負責的部分，其他人的造假與我無關。」他必須負責說明自己對其他人的工作有何了解與互動，以及根據什麼樣的線索（證據）而相信其他人沒有造假，不能只是空泛地說：「我相信他們的人格與操守。」

此外，如果有人對論文有所貢獻（譬如，提供經費、場地、實驗設備與材料、協助實驗與訪談資料的收集，或者被動地提供諮詢意見等），但無法滿足前述三項要件中的任何一項，就只適合列名於「致謝辭」中。

仔細核對台灣學術界高層過去所牽涉到的各種「論文掛名」案，幾乎都明顯違背馬克納特等人所提議的第⑵項與第⑶項要件，屬於違背學術倫理的「客座作者」（**guest author**）和「榮譽作者或餽贈作者」（**honorary or gift author**）——這些稱號都帶著譏諷的語氣，而不是褒獎或肯定。

論文的全貌與裝訂次序

國內外大學通常都會明確規定論文正稿的格式和裝訂次序，譬如台灣大學與政治大學都規定

1 CSE, 2020, *White Paper on Publication Ethics*. 該文件已全文公布在CSE官網上，隨時可以用Google等網路搜尋引擎找到。

2 M. K. McNutt, *et. al.*, 2018, "Transparency in authors' contributions and responsibilities to promote integrity in scientific publication," *PNAS*, 115(11):2557-2560.

其次序為：封面、口試委員審定書、致謝辭（非屬必要）、中文摘要及關鍵詞、英文摘要及關鍵詞、正文目次與頁次、插圖目次與頁次、表格目次與頁次、論文正文、參考文獻、附錄（非屬必要）、封底。

國外大學的規定次序大致相仿，只不過往往會把致謝辭放在摘要與目次之間。還有些人會把論文題獻給親長或師友（譬如「紀念我摯愛的祖母某某某（西元某年至某年）」），並且把這一頁裝訂在封面頁與摘要之間。

結語

根據以上各章的討論，希望讀者可以體認到一個事實：除了極少數例外，各個學術領域的學位論文（或期刊論文）都有著大同小異的結構與寫作要領，尤其是重視實證研究的學術領域，對論文的期待與評量角度都是高度相似。

此外，文學領域內較重視實證研究的案例也持類似的態度。譬如，二十世紀著名的莎士比亞學者羅納德．麥克羅（Ronald B. McKerrow）就曾說：「盡量簡潔，甚至勇敢地陳述你的事實。在學術研究的文章裡，沒有人想要滔滔雄辯的花束，或者文學性的裝飾。」換個方式說，實證研究的論文講究的不是花俏的修辭與技法，而是「去蕪存菁，精準表達，以理服人」的樸實技藝。

或者，就像我們在第2章裡介紹過的十二項論文評量指標，學術界普遍重視的是文獻回顧的完整度、正確性，以及有效的應用；研究方法的選擇是否合宜、其應用是否適切，以及研究結果的分析是否正確、深入而富有洞見；論文的貢獻是否具有原創性、是否能促成學術界的發展，是否有重大的價值；以及論文的陳述是否能正確表達作者的概念與思想，並且清晰、有條理而易懂。

這十二項評量指標看似琳瑯滿目，其實它們背後的核心能力只有兩個：洞見既有文獻之不足並予以突破、創新，以及在構思論文架構與下筆寫作時始終不懈地保持著批判性思考。關於論文寫作過程中所需要的批判性思考，本書第5章已討論其提升的要領。至於如何培養創新與突破的能力，請參考《研究生完全求生手冊》。

學術圈外的著作基本上都力求易讀、易懂，而鮮少會像學位論文那麼嚴謹、正式，更忌諱像期刊論文那麼艱澀、難懂。因此，一旦離開學術圈，學術寫作的風格用處不大。然而在論文寫作過程中培養出來的能力（文獻回顧、去蕪存菁，精準表達，以理服人和批判性思考）卻一輩子都能受用。我將會在第13章用個人印象較深刻的往事為例，加以說明。

至於下一章，我們先將探討論文口試的要領。此外，因為這些要領也適用於專業的簡報與問答，所以下一章也將一併討論。

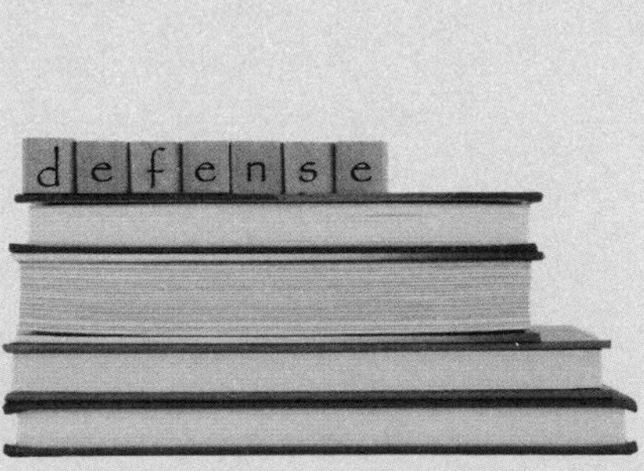
defense

12 綱張目舉，進退有據：

口試與簡報的要領

論文口試與專業的簡報也考驗著「去蕪存菁，精準表達，以理服人」的能力，然而卻又跟論文寫作有著很大的差別。論文寫作是關在書房裡揣摩讀者的心理，完全沒有跟聽眾互動的機會；專業的簡報往往可以先完整報告完事先準備好的投影片，之後再進行問答；論文口試時往往會有委員迫不及待地想提問，以至於簡報會偶而中斷。

後者的困難度最大，一來是因為許多碩士生的應變能力都還不足，二是因為簡報被過度頻繁地中斷後，很難再按照原定的規劃進行。所幸，只要委婉向口試委員表達：「可否讓我先做完簡報，稍候再進行問答？」或者事先徵得指導教授同意，並且在口試委員想要打斷簡報時由指導教授央求他稍候，通常就可以順利先做完簡報，再進行問答。頂多偶而被短暫中斷，回答簡單的問題（譬如某個符號或術語的定義）後，即可繼續按照原定計畫進行簡報。因此，本章將針對「先簡報，再提問與答覆」的情境進行討論。

而這樣的情境，通常也是企業界內部討論或跨部門討論時常有的次序，因為這樣的溝通模式通常會比較有效率。

接下來讓我們先討論簡報的重點與要領，再討論簡報後的問答。

擬定簡報的重點與預期的目標

儘管論文寫作或口頭簡報都很像是單向的獨白，實際上它們卻又必須預先站在聽眾的立場去揣摩他們可能會有的質疑、不解或誤會，並且據以調整表達的架構、次序與內容。

只不過基於篇幅限制的不同，論文寫作跟簡報有一個重大的不同。前者篇幅夠寬裕，因而把目標定在展現周延的觀點、可靠的證據，和嚴謹的論證，讓讀者可以仔細閱讀並反覆檢證，最後不得不信服其主張或結論。後者的時間通常極其有限，只能扼要地勾勒一份文件（論文或計畫書）的輪廓，突顯其重點，讓聽眾了解它的主旨和重要性。至於具體內容和細節，只能仰賴聽眾在會後自行參閱該文件。甚至連簡報後的問答，目的也應該只是釐清一些重要的疑點，概略地交換初步意見，以便把時間保留給其他的提問和扼要的溝通，而不該企圖在簡報後的討論裡詳細釐清所有的細節。

根本原因在於，基於時間的限制，簡報絕不可能取代完整的文件，也不該企圖在簡報中進行鉅細靡遺的問答。

因此，如果是論文的口試，理論上委員應該要在口試前仔細讀完呈交的論文稿，簡報只是重提論文概要，以利後續的問答，同時讓沒能讀完全稿的委員容易進入狀況。如果是企業界或政府組織為一個計畫的初稿或定稿進行的會議，簡報的目的應該是勾勒計畫的概貌和突顯其重點，並釐清部分疑點，以利與會者後續閱讀該計畫書。至於針對特定細節的討論，應該在會後另外找時間進行。

譬如，一場會議的出席者往往十數人或數十人，如果某項細節只涉及三、五人，由他們另覓時間討論即可，沒必要讓一大群不相干的人作陪。此外，當與會者的背景知識與任務差異懸殊時，簡報所能達成的溝通必然相當粗略，這時候應該積極考慮於事前備妥一份完整的文件，供與會者在會前或會後自行參考，以免將簡報與會議的時間浪費在過分枝節的細節上，以致會議冗長、沉悶而成效不彰。

緣此，所有的簡報都應該要在事前想清楚會議的目的，與會者的背景與角色（職務與分工），並且據此定下溝通的適切目標與溝通的細膩（或粗略）程度。而且會議中每個段落的主持者都必須確知這個目標，避免讓會議偏離預定的主題，或者陷入過分瑣細的討論。

簡報與投影片的架構

以學位論文的口試為例，簡報時間往往只有二十至三十分鐘，留下三、四十分鐘進行問答。

二十分鐘的簡報時間最多只能講十張投影片，其中若有任何一張講得仔細一點，就有一張或數張投影片的簡報時間必須壓縮。也就是說，你只能講絕不能漏掉的關鍵資訊，沒講到的部分等口試委員提問時才扼要補充。至於細節，還是只能指出它們在論文中的位置（章節或頁次），請口試委員自己翻閱。

二十分鐘的簡報（十張投影片）能講什麼？以理工學院常見的案例而言，通常第一張的資訊包括論文題目、學生姓名和指導教授姓名，而且是簡潔地先念自己的名字，接著是指導教授的名字，最後是論文題目，基本上二十秒內就結束。第二張可以用「研究主題與現況」當標題，精簡點出研究主題、舉出既有文獻最重要的一、兩項成就，以及本研究想要解決的問題，字數盡量少，簡報時間盡量短（有如在回答簡答題，不要申論）。第三、四張往往是用來扼要突顯本研究的主要創意（理論與研究方法上的主要特色或突破），但是只有簡略敘述關鍵性的事實而沒有反覆的論證。譬如，扼要指出當前研究的某個關鍵性瓶頸，直指其成因，然後扼要點出本研究的對策。第五張可以是將主要的研究步驟畫成流程圖，扼要交代其中重點。第六張到第九張可以用圖與表呈現最重要的研究結果，第十張「結論」摘述本研究最重要的結論，以及本研究最重要的貢獻。然後你可以有第十一張投影片，上面寫著「謝謝聆聽　請指教」，並且照著念這七個字（只需三秒左右，幾乎是不占時間）。

在上述的簡報架構裡，第二張投影片等於是濃縮了整個導論（突顯現況的不足與本研究企圖解決的問題），第三張到第五張濃縮了背景理論以及研究方法與步驟（突顯本研究的核心創意與關鍵性的突破），第六張到第九張等於是結果的分析與討論（突顯主要的結果，作為本研究主要結論的關鍵證據），第十張是結論。而且每張只能講兩分鐘左右。就其篇幅與內容而言，有如「加長版摘要」（extended abstract）。即便是根據實際的狀況與需要略為調整各個段落的投影片張數，通常也只能有一張左右的增減，變化很小。

在如此高濃度的壓縮下，不但嚴密的反覆論證是不可能的，連關於「為何要採用這個資料庫而不採用其他資料庫」，或者「為何採取這個研究方法而不採取其他的替代性方案」等問題，也都只能「點到為止」指出關鍵的事實，而不可能詳細剖析。這種「簡潔俐落、直指核心」的風格，迥異於論文寫作時強調批判性思考的綿密論證和「夾敘夾評」。

因此，簡報上的措詞反而要比論文寫作時更講究。首先，它只使用可以突顯重點（或亮點）的關鍵詞，基本上不使用標點符號，不需要完整的句子。其次，每一個關鍵詞都要盡可能對聽眾發揮提示作用，避免沒必要的生澀術語，避免用次要、枝節的字詞，務期他在瀏覽投影片時能對其內容產生「雖不中，亦不遠矣」的聯想和預期，這樣他才比較能夠跟上你的口述，也較容易掌握其中的重點。

尤其是「結果的分析與討論」這個部分，更應該盡量使用圖表，必要時用顏色鮮明的箭頭指向重點處，或者用圈圈突顯重點處，而盡量減少文字——因為一張圖表所能陳述的事實通常遠大於文字的敘述。不過，當文字有助於釐清圖表的意義時，也無須因噎廢食。譬如，在圖上標注每一條曲線的屬性是有必要的，在表格上用較粗的字體突顯關鍵的數據或者用顏色鮮明的圈圈突顯它們則有助於讀者迅速找到重點，在曲線的重要部位加注關鍵詞以提示它的意義也往往有幫助。總之，盡量以最少的字數讓圖表具有最充分的自我說明性，並且以箭頭或圈圈突顯關鍵的重點。

總體而言，從「去蕪存菁，精準表達，以理服人」的角度看，一篇學位論文的內容可以分成四種等級的資訊精煉程度，也對應著四種不同粗細層次的綱領架構。論文的摘要等於是一篇論文最濃縮也最粗略的資訊，以及一個最簡略的架構：研究主題、研究方法、主要結論或成果。如果想像著一張佈滿網狀葉脈的樹葉，它的葉肉已經完全被去除（如圖9所示）。那麼，論文的摘要有如貫穿葉脈中心那一條最粗的葉脈（主脈或中脈），它沒有任何分支，卻是支撐其他葉脈的關鍵。

圖9　葉脈與論文的層級結構

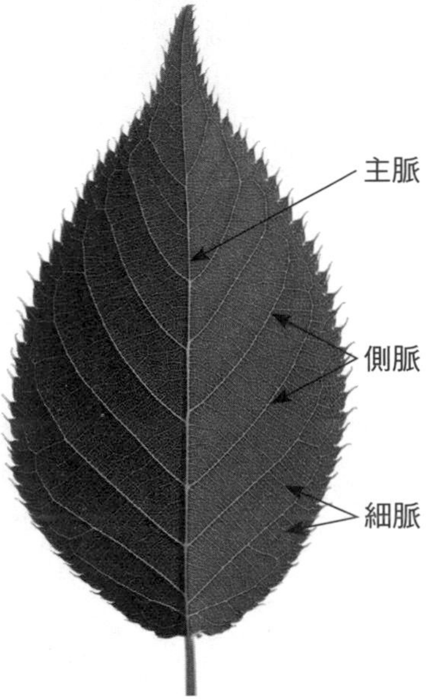

而論文的簡報投影片則像是從主脈往兩側伸向葉緣的側脈，它們比主脈略細，是讓樹葉可以整張伸展開來的主要結構。至於簡報之後的問答，有如從側脈伸展出去的細脈，它們只負責一張樹葉的局部養分輸送，就像每個問答都旨在釐清某個局部的疑點。也就是說，簡報只負責交代整篇論文的梗概，至於局部性的細節則留待口試委員問起時才去討論，沒必要在簡報裡涉及細節。

然而口試時的問答終究還是只像沒有葉肉的細脈，雖然涉及比簡報更細節的討論，仍舊不是鉅細靡遺，而只能把最細節的部分留給論文，請口試委員自己去翻閱相關的頁次。或者說，只有論文裡面才有葉肉，簡報與口試只涉及葉脈。

如果你可以在口試前把整篇論文的架構與粗細依照前述比喻加以分類，簡報與口試的時候就會進退有據，而不會在不當的時機去牽扯太枝節的問題，以至於進退失據。

最糟糕的是把投影片當成備忘錄或讀稿機，寫滿自己可能會因為緊張而一時想不起來的細節（譬如某篇文獻及其要點、某個公式的推導過程、某張圖表所內含的重要訊息等），以至於口試委員看了眼花撩亂。其實，如果真的怕臨場忘記某些細節，可以另外為自己準備一份紙本的小抄，配合投影片的播放次序逐頁翻閱即可。

至於企業界或公部門的專業簡報，除了內容跟學位論文不同之外，這一節提示的絕大部分要領都同樣適用。此外，由於簡報有簡報的任務和粗細的層級，口試有口試的任務和粗細的層級，因此口試時的投影片必須另外準備，而不是完全沿用簡報時的投影片。這一點也是論文口試與專業簡報同等適用的要領。

問答與額外的投影片

《研究生完全求生手冊》一書曾經歸納了十二個口試委員最愛問的問題：你為何要選擇這個題目當論文題目，你如何將原初的問題概念化成一個學術性的問題，你如何發展出這個研究研究架構，你的研究架構有沒有任何牽強之處或弱點，你為何採取這個方法和程序來取得所需要的證據或數據、你如何選擇樣本、材料或研究範圍，你如何產出主要的結論，要如何將你的發現更廣泛地解讀或應用，你的研究對學術界有何貢獻，你對自己的研究成果有何批評的意見，你畢業後有何打算，你還有些什麼話想要補充。第一個問題和最後兩個問題只要如實回答即可，至於第二個問題至第八個問題，原本就是你在撰寫論文的過程中必須要充分回答的。只要你在撰寫過程中有充分掌握住本書前幾章的要領，這些問題都不難回答。

比較麻煩的是口試委員質疑論文中某些假設、證據或論證的嚴謹性時，你可能會需要講解一些公式的推導過程、某些文獻的內容摘要，或者研究結果的圖表。這時候，最好的解決方案很可能是你早已針對一系列可能會問到的問題，各自備妥回答時要用的投影片，存放在電腦的桌面或某個檔案夾裡。不管是論文口試或者專業的簡報，這種「料事如神，掌握先機」表現都會讓人印象深刻，甚至刮目相看。至於有些事前沒料到的問題，只要還記得它所在的論文頁次或章節，都可以請口試委員翻閱到論文的相關位置，用以扼要講解或回答。假如你在專業的簡報場合有事先準備好跟議題相關的完整文件，也可以請與會者翻閱相關頁次或章節並扼要說明。

結語

瑞典統計學家漢斯・羅斯林（Hans Rosling）原本是醫師，後來他以統計學泡泡圖的動態顯示為工具，四處演講、提醒世人地球上的貧富差距與各種公共資源不均勻分配。也以此為演講時的工具，破除聽眾對這世界的成見與歧視，藉此促進跨國的認識與世界和平。由於他對貧困地區的關心跟他的幽默感巧妙地結合，使得話題有意義與深度卻不流於沉重。而統計學泡泡圖的動態投影片又是兼融活潑性與精確性的工具，使得他的演講廣受歡迎，華盛頓大學的西雅圖校區因而在二〇一九年以他的名字為一棟新的大樓命名。

然而他所要傳遞的概念並不深奧，也不需要任何專業的知識背景，所以是跟論文簡報或專業簡報截然不同的通俗演講。他的演講所要傳遞的訊息止於演講時所揭露的訊息，而不是為了簡介一份富含專業資訊的文件和思想。換個方式說，他的演講內容只有一個層次。

然而他也常把複雜的事實過度簡化，甚至是為了取悅聽眾而刻意過度簡化。譬如，當他在印度進行題為「亞洲的崛起——如何及何時」的TED演講時，刻意將日本比中國、印度更早崛起的原因簡化為「未曾喪失主權」，並且大膽預言：中國與印度的人均所得必將追齊英國與美國等發達國家。然而發展經濟學的專家都可以舉出許多讓經濟發展中輟的現象和可能因素（譬如著名的「中等所得陷阱」），並且以具體的歷史案例為佐證。而政治學者也可以輕易舉出許多案例告訴我們：民主國家的民主化程度是可以進也可以退的。連美國這樣成熟的民主國家，在川普執政期間與連任失敗後都對美國的民主政體造成很大的威脅，甚至讓美國的民主化程度大大倒退。

類似地，肯．羅賓森（Ken Robinson）也是著名的TED演講家，他的博士論文專攻戲劇與教育的關係，畢業後長期熱衷於推動藝術教育與教育中的創意元素。然而他的演講往往罔顧現實世界裡教育資源的有限性，而他的演講之所以受到熱烈歡迎，與其說是因為其中含有兼具可行性與啟發性的重要想法，不如說是罔顧現實地在講聽眾愛聽的話。

這一類的通俗演講有它們自己的風格和原則，以及簡報的要領。其中有些元素是論文口試與專業簡報時可以參考、吸收的，還有更多的元素是不適合論文口試與專業簡報的。關鍵原因是，儘管論文口試與專業簡報時都只能直白而簡潔俐落地討論問題的梗概，而無法發揮綿密的嚴謹論述，然而它們的精神依然不離「以可靠的事實為本，暗含嚴謹的論證，以理服人」。其中絲毫沒有取悅聽眾的成分，甚至是忌諱有取悅聽眾的嫌疑。

也許有人會懷疑這樣嚴肅的溝通技巧在學術圈外能有多大的用處，然而下一章我就會用個人記憶深刻的幾個真實經驗為例，說明「去蕪存菁，精準表達，以理服人」的技藝為何能讓人終生受用不盡，而且不限於學術界。

13 終生受用的技藝：

溝通、遊說，創新與抉擇

二○一八年有人在中國大陸的「知乎」網上貼出一篇文章〈不想當韭菜就要學會獨立思考，重事實輕結論〉，文中把一再進出股市卻一再賠錢的散戶稱為「韭菜」，同時強調在股市中賺到錢的是少數有能力「獨立思考、逆向思維、不從眾」的人，至於其他欠缺獨立判斷能力的人則是一再被別人收割的「韭菜」。

然而最重要還是在於批判性思考的能力，如果沒有它，「逆向思維且不從眾」的人還是有可能淪為韭菜，乃至於只是標新立異的噱頭，或幼稚的叛逆。

事實上，在許多人生場合裡，我們都會需要批判性思考和「去蕪存菁，精準表達，以理服人」的能力。底下且讓我用幾則個人印象最深刻的往事為例，說明批判性思考和「去蕪存菁、精準表達、以理服人」為何可以「終生受用」。

以理服人的營業代表

我大學畢業且退伍後也是到處應徵工作，只不過當時的經濟成長率都是兩位數，成大機械的文憑又熱門，有應徵就有面試機會，因而去「參觀」過好幾個著名企業。

印象最深的不是當時最熱門（待遇最高，升遷最快）的中鋼，而是北部一個著名的化工機械廠。沒有筆試，直接口試；不但是總經理親自面試，而且早上兩個小時就只準備面試我一個人。如此隆重的陣仗，讓我真的受寵若驚！

他一見面就說：「你是成大機械畢業，而且高中時還拿過全省作文比賽第四名，這是銷售工程師不可多得的人才！」當時的產業界普遍是銷售部門的待遇最高，其次是製造部門，最後才是設計部門。但是畢業前師長都提醒過我們：剛畢業時不要貪薪水多，要把技術的底子打好，未來才會有長遠的發展。我就固執地跟總經理說只想要應徵設計工程師。總經理問：「為什麼？」我說設計部門才學得到技術，銷售部門只是憑口才。他說：「低階的銷售員才是你說的那樣，高階的銷售工程師需要很硬的技術底子。」為了讓我了解其間差異，他說了一個讓我終生難忘的故事，也徹底改變我對銷售部門的想像。

他在一九六〇年代末期從工程部門的資深經理升任副總經理，某日到機場去接一位來自美國的營業代表，準備要正式簽署一份採購合約。車上客人隨和地跟他聊天，談台灣的經濟起飛，談這家化工機械廠的發展史與營運概況。進入化工機械廠所在的工業區後，又仔細詢問起工業區的概況，以及沿路廠家的營業項目。停好車後一起走往會議室，路上他駐足了一下，進入辦公大樓後，他先問起剛下車時那震耳欲聾的噪音是不是來自某一項設備，接著又問起辦公大樓外的臭味是不是來自另一項設備的排氣口。奇怪的是，他每猜必中，甚至知道那兩個設備的品牌和型號。

進入會議室後，總經理起身跟他握手、寒暄、簽約後先行離去。接著他問當時的副總經理有沒有空陪他聊一下，副總經理說樂意之至。

於是這位客人問起：剛剛路上聞到的惡臭是不是會讓鄰近廠家抱怨？確實是，連自己的員工都常抱怨。那麼，想不想解決？「有在討論這個問題，只是想不出解決方案。」這位美國的業務代表就從厚厚的公事包掏出一份產品型錄，仔細分析這家化工機械廠的原有設備為何會發出惡臭，以及型錄裡的新產品是如何解決這問題的。「這份型錄留給你們參考，有需要再跟我們聯絡。」至於那個震耳欲聾的噪音呢，當然也很想解決！結果，這位營業代表又從公事包掏出另一份產品型錄，仔細分析原有設備的噪音成因，以及他們的產品如何解決問題。最後又不疾不徐地說：「我把型錄留下來給你們參考，有需要再聯絡。」不久後，這家化工機械廠果然又跟美方買了兩套設備。

總經理講完了故事，跟我說真正厲害的銷售工程師不只是有深厚的技術底子，而且熟知市場上各種競爭性產品的特性，可以從理論與實務的角度徹底剖析，讓你不得不相信他們的產品貴得有道理，甚至貴得很值得。

年輕時聽到這個故事，覺得很神，也很嚮往。等我嫻熟研究與論文寫作的要領後，才體會到美方業務代表在分析市場上競爭產品的利弊得失時，跟我在文獻回顧時分析既有研究成果的得失毫無二致（參見第5章第2節的「方法與應用場合特性對照表」）。而美國這位業務代表的銷售（遊說）技巧，非常類似我在撰寫論文時分析本研究的結果與貢獻。

說穿了，撰寫論文時需要批判性思考和「去蕪存菁，精準表達，以理服人」的能力，而傑出的銷售工程師、業務代表，乃至於外交人才所需要的，恰恰也是這些核心能力。

簡報與遊說的藝術

我在一九八九年學成返台後，想要用一部分的研究能量去配合台灣的產業發展需求，因而央求一位在經濟部擔任科技顧問的同事，請他帶回近百本產業政策與科學政策的白皮書，和政府委託的研究報告。仔細研讀後，發現其中的建議都跟台灣工業界的具體需要嚴重脫節，不時有模仿美國技術發展歷程的痕跡。然而美國的經濟規模與產業的垂直分工層次之多，本不是台灣所能效尤，也不該效尤。此外，我在出國前曾在研究單位工作過兩年，深知最有利於台灣產業升級的並非學術性的基礎研究，而是將歐美先進國家的既有技術盡速轉移到國內的產業界。我的構想是找一群資深的工程師，針對國內產業升級的瓶頸，有系統地彙整技術需求並加以分類、組織。同時訓練一批碩士畢業生跟前者搭配，負責從先進國家的專業技術手冊、專業雜誌和學術期刊找答案，彙整成容易查索的產業技術資料庫，並且透過技術諮詢服務的方式向產業界擴散。

我把這個想法簡略地告訴前述同事，經濟部科技顧問室的人聽了以後覺得有趣，就把這個想法納入科專計畫審查委員會的最後一個提案，並邀我出席去進行三十分鐘的報告。

當時台灣的產業界與學術界有著難以跨越的鴻溝，產業界的順口溜是：「我們需要的是技術，而不是學術。」而當時科專計畫的審查委員們都是機械工業同業公會的大老兼機械廠的老闆，對於學者是表面上客氣而骨子裡不信任。偏偏我出席的那天，前面的議程拖太長，輪我報告時已過中午，委員們急著要散會。主席客氣地問我可不可以將這個提案擱置或取消，以後有機會再談，先跟他們一起去吃飯。我原本就不抱任何希望，在座的又都遠比我年長，所以就恭敬不如從命地跟著他們去午膳的餐廳。人家才剛坐定，原本缺席的同業公會理事長卻氣喘吁吁地奔進來說：「你們怎麼沒討論最後一個提案就散會？我是專程來聽彭教授提案的。」主席就尷尬地問我：「那麼，你可不可以用十分鐘講完提案，然後讓我們大家邊吃邊討論？」

餐廳無法播放投影片，我原本準備的簡報無法使用，只能「全憑一張嘴」。而且菜已開始上桌，很多審查委員忙著動筷子、跟鄰座聊天。在這樣浮躁的氛圍裡，我知道自己必須先用最簡短的幾句話贏得他們的注意力，才有機會接下去讓他們認真聽。

我大致上是這麼開場的：「台灣的機械工業在技術上落後美國至少二、三十年，而美國機械工業界落後美國學術界至少十年，因此台灣機械產業所需要的技術，早在十幾、二十年前就已經發表在學術期刊上，甚至好幾年前就已經被歐美業界整理到技術手冊與專業雜誌裡。因此，只要有系統地把這些技術資訊找出來，針對台灣業界的需要加以擴散，就可以大幅度提升台灣的技術水準，突破技術瓶頸。」

這一段話果然吸引了好幾位大老的注意，理事長也呼籲其他審查委員靜下來聽。接著，我用了不到十分鐘的時間大略簡報我的構想，而理事長則呼籲大家通過他的臨時提案，請我在下一次審查會議時提出較詳細的報告，並且排在第一個議程討論。後來我連續出席過好幾次的審查會議，每一次都有人從執行面的考量提出問題，請我在下一次會議時提出更周延的修正案。最後一次會議裡，他們議決要針對我的提案逐年撥付數億的專款，由我擔任計畫主持人，指導某個經濟部所屬單位負責執行。

這個決議嚇壞了我。我原本只想提案給政府單位去執行，絕無意親自涉入經費與人力規模如此龐大的計畫。我自知不是管理人才，更不耐煩人與事的管理，只想在學術界從事研究和教學。可惜的是，在我婉拒之後，因為找不到適當的主持人選，這計畫終於胎死腹中。

然而我在這次經驗裡深切體會到，即便是在極端看重關係與輩份的華人商圈內，不管你有多麼資淺、年輕，只要你的想法確實有吸引人之處和扎實的依據，並且有能力靈活地運用「去蕪存菁，精準表達，以理服人」的技藝，就有機會用最簡短而震撼人心的兩三分鐘換來十分鐘的聆聽，再用十分鐘的摘要報告贏得一小時以上的專注傾聽，和接續而來的一系列討論，甚至在最後贏得他們的信任。

真正傑出的溝通者，是能夠將相同的內容精煉成不同層次的資訊，根據場合與聽眾的理解程序，靈活地分段釋出，換來聽眾的注意與聆聽的耐心，並且用最容易理解的方式，循次漸進地引導他們的認識，最終以經得起反覆檢視的方案贏得他們的信任。這截然不同於政治家的詭辯，媒體的置入性行銷或廣告伎倆，辯論比賽時一閃而過的機智，甚至也不同於TED上面許多「乍聽很吸引人，細思後才發現以偏概全、漏洞百出、困難重重」的演講。

以一小時的時間，突破數十年經驗累積下來的成見

我始終相信要縮短台灣與先進國家的產業技術落差，最省力、快速而低成本的方式是透過文獻回顧找到適用的學理與技術，再針對國外的專利封鎖尋找突破對策，甚至改良，而不是閉門造車地從基礎研究開始。為了驗證這個信念，我多次針對國內機械產業的技術瓶頸進行研究，卻總是在獲得初步成果後找不到合作的廠家，而無法進一步產品化。

後來，我選定半導體產業的自動光學檢測技術，因為這個產業的國內廠商似乎比傳統機械產業更有研發的積極性。我用學術界文獻回顧的程序與要領去彙整國外的專利文件和國內大型商展的資訊，用以診斷國內外產品的技術落差，以及關鍵的技術瓶頸。接著，針對前述技術瓶頸在國外學術文獻裡尋找突破與創新的學理依據，同時從國外的專利文獻探索產業技術的發展線索。將以上資訊彙整後，逐漸勾勒出國外技術發展的軌跡與學理依據，以及台灣當前技術瓶頸

的突破策略。歷經兩年的研發後，終於可以在商展會場讓國內的銷售工程師確信我們對該技術的了解明顯超越他們。

最後，總算有一個公司的工程部研發經理來訪，希望我協助他們研發一台電路板焊點的三次元檢驗機。這是個極高難度的挑戰。當時全世界只有一家美國公司有能力生產焊點的三次元檢驗機，且已獨占該市場三十餘年，而我跟台灣的廠商都從來沒有接觸過三次元檢驗技術。此外，前述美國公司的人力與資本額規模都是台灣廠商的數十倍，這是典型的「小蝦米對抗大鯨魚」。我們唯一的勝算，是我擅長文獻回顧和研發。

我還記得醫學界有所謂的「X光三次元斷層掃描」，根據物理的基本原理很容易推斷它的學理依據跟電路板焊點的三次元檢驗是一致的。一清查清大圖書館的藏書，立即找到兩本解釋「X光三次元檢測」的教科書，並且利用它們在最短時間內掌握到學理依據。它是先用X光從不同角度拍攝待測物品的一系列二維的投影影像，之後再利用這些二維的投影影像進行複雜的積分運算後，重建出待測物品的三次元立體模型。

問題是，醫學界建立一組「X光三次元影像」所需的時間往往需要數分鐘到數十分鐘，依解析度與影像清晰度而異，而工業界的檢測時間卻必須控制在二十秒內。工業界可用的時間只有醫學界的十分之一到百分之一，如何縮短時間？針對這個問題，一份美國的專利揭露了解決問題的關鍵線索：用X光拍攝待測物品的一系列二維投影影像時，所取的影像越少，取像所需時間越短。此外，將複雜的積分運算化用較簡單的四則混合運算取代，可以大幅降低運算所需時間。然而這兩個技巧都會導致重建後的模型有誤差，如何將誤差控制在工業界所能容許的範圍又是另一個關鍵。最後，一篇頂尖的期刊論文提供了「最佳取像角度」的解答，讓我們可以藉此大幅降低誤差與取像數目。同時我們在另一篇期刊論文裡找到影像強化的技術，使得模糊的影像變得清晰，而再度降低三次元立體模型的誤差。

最後，我們在兩年內打敗美國的強勁對手，拿到第一張訂單，並且利用台灣的成本優勢逼迫該公司在次年關掉生產線。

在這一場較量裡，我們用兩年的時間克服了對手三十年的技術領先，最後還更勝一籌。就縮短技術落差而言，百分之九十靠文獻回顧，百分之十靠業界的摸索。就更勝一籌而言，百分之八十靠兩篇頂尖期刊論文的創意，百分之二十靠我們的創意。在《研究生完全求生手冊》裡，我把這種追趕並超越先進國的研發策略稱為「知識經濟時代最省力的創新」。

攝護腺肥大的治療與尋找醫師

論文寫作的技藝包含著文獻回顧與批判性思考的能力，它們不只是在產業界有用，在解決個人的重大問題時也有其大用。

年過花甲之後，有三、四成的男性會有攝護腺肥大的問題，年紀越大比例越高。一旦感冒時醫師處方不慎，而開立含有甲型交感神經促進劑的抗過敏處方，就有可能導致急性尿道阻塞，蠻嚇人的。

剛有這困擾的時候，我上網去搜索相關的建議。許多人根據個人經驗推薦某種藥物、手術或醫師，非常典型的以偏概全，不足取信。我用四個關鍵詞「攝護腺肥大＋治療＋醫師＋醫院」縮小搜尋範圍的結果，好幾個教學醫院的衛教文件都說「手術後十年內往往需要再度手術」，而可能的後遺症則包括尿失禁等嚇人的後果。最後去了一個教學醫院看泌尿科醫師，他的建議是先嘗試用藥物控制，無效再考慮手術。聽從他的建議後，兩年內症狀毫無改善，卻經歷了一次嚇人的急性尿道阻塞。

這次無論如何非做出妥善的決定不可，於是自己針對醫學界有關攝護腺肥大的最新研究進行了文獻回顧。第一個發現是許多最新的研究質疑藥物控制的副作用超過療效，因而建議廢止。其次，關於手術方式，最新的研究顯示，傳統的雙極電刀刮除術（Bipolar TURP）在十年後有一〇％至二〇％病患必須再度手術，而且有尿失禁等風險。至於較新的雷射剜除手術（enucleation），只有〇％至四％的病患必須再手術，但是手術難度較高，一般的泌尿科醫師必須有三十至五十次的手術經驗之後才能得心應手。

這個結論跟台大某權威醫師的衛教文件頗有出入，但是我寧可相信國外學術界豐富的研究報告。此外，當我熟知國外有關雙極電刀刮除術與雷射剜除手術的相對比較後，才發現國內很多醫院的相關衛教文件都含糊其詞，沒有充分了解兩者的差異。

於是問題變成：台灣有沒有嫻熟雷射剜除手術的醫師，如何找到這樣的人？首先，用三個關鍵詞「攝護腺＋雷射剜除手術＋醫師」去搜尋，發現台灣確實有多位醫師自稱能施行雷射剜除手術。再使用「財團法人醫院評鑑暨醫療品質策進會」的官網查詢，發現全台灣只有八家醫院是「評鑑優等」的醫學中心。我意料之外地發現其中一家醫院的醫師竟然在簡介裡有列「著作清單」，其中有一位曾經發表過雷射剜除手術相關的論文，於是我掛了他的門診。沒想到門診的互動過程才發現他是對照組（雙極電刀刮除術）的醫師，實際上不會雷射剜除手術。我婉轉地解釋這個誤會，他惱羞成怒地說：「你們都亂聽網路上的傳聞，哪裡會知道雷射剜除手術的失敗率有多高，後果有多嚴重！」

我認真做過文獻回顧，不是輕易地可以被嚇唬的。我不氣餒地繼續在台灣的網頁裡找合適的醫師，終於發現有一位台大畢業的醫師，他曾在國內的醫學討論會裡報告過雷射剜除手術的經驗心得，而且有證據顯示他的專業理論涵養和手術的表現都很傑出。我掛了他的門診，並且在見面後的互動裡感受得到這是一位誠懇、謹慎，不虛誇的聰明人。我下定決心接受了他的手術，兩年來沒有任何後遺症。至於十年後會不會是那必須再度手術的〇％至四％的病患？今日言之過早，但是至少無須再擔心不慎吃到含有甲型交感神經促進劑的藥物。

再多的文獻回顧都無法取代醫師的專業，然而要找哪一位醫師看診，要不要接受某一種治療，是否有必要換醫師等問題，卻是自己必須決定的。尤其是選錯醫師的時候，往往「棋錯一著，滿盤皆輸」，輕忽不得。遇到人生中類似的重大決定時，批判性思考與文獻回顧的能力立即發揮關鍵性的作用。

任何領域的文獻回顧程序與要領都一樣，論文閱讀的技巧也一樣，只不過在陌生的領域裡需要多花一點時間掌握新的術語而已。跨行閱讀總會碰到讀不懂的術語，但是網路上各種科普級與入門級的文件很容易搜尋，可以藉此化解許多難題。如果文獻回顧的目的只是想要粗略掌握問題的概貌與主要的結論，也無須掌握所有的術語，跨行閱讀的困難當然又更少。這樣的閱讀心得當然不足以用來給自己診斷、處方，但是若只想要為自己決定找哪一位醫師，接受哪一種治療，通常是綽綽有餘，至少大有助益。

或者，透過類似的文獻回顧，協助自己在人生的重大抉擇前掌握相關的最新知識，往往是大有裨益的。尤其是在各種學術文件紛紛上網的二十一世紀，一個人從論文寫作過程學到批判性思考和「去蕪存菁、精準表達」的能力後，更是受用無窮。

高等教育的核心：批判性閱讀、批判性思考、批判性表達與寫作

田禾是二〇〇五年北京高考的理科狀元，也接受過北大自豪的通識教育。然而她在留學期間逐漸了解美國的教育後，很感慨地說中國高等教育最大的缺失，不是數學系的課表中沒有詩歌鑑賞，或中文系的學生不知道熱力學定律，而是缺乏閱讀、寫作和邏輯的訓練。

她舉芝加哥大學的「核心課程」為例，它就是用大學前兩年的時間培養學生跨領域「批判性閱讀、批判性思考、批判性表達」的能力，而「批判性思考」則是三者的軸心。至於大三與大

四的課程，則利用前述的核心能力去研修各科系的專業。對於芝加哥大學的師生而言，大學的一切活動都浸淫在「批判性閱讀、批判性思考、批判性表達」的精神裡，而不僅僅只是專業知識的傳授與吸收。

其實，在英美教育體系裡，從第七、八年級（台灣的國中一、二年級）就開始培養學生這種能力，他們要求學生的閱讀、討論與報告都必須以「批判性思考」為本。劍橋大學的「劍橋考試院國際教育部」（Cambridge Assessment International Education）還為高中生設計了一個「思考技巧」的標準課程與測試內容，而美國與歐陸的大學部也都有「學術寫作」的課程設計。

然而兩岸的教育不但未曾積極培養學生「批判性閱讀、批判性思考、批判性表達」的能力，甚至從來不曾告知學生何謂「學術寫作」，更不曾要求學生在閱讀、發言、繳交報告時要體現批判性思考的精神。結果，實驗報告裡甚少考慮到儀器的校正過程或量測誤差，還會竄改實驗數據來吻合課本的理論。許多大學生的報告鮮少考慮參考文獻的可靠性，以及視野、觀點的完整性，對於反面證據與相左意見的客觀檢視和理性批判更是罕見，因而整篇報告讀起來像是一廂情願的獨白，欠缺不同觀點的反覆論證，無法客觀地捍衛整篇文章的立論或觀點。

於是，台灣頂尖大學的一位博士生在升博二的暑假轉到劍橋大學去，第一年交給指導教授的報告全部被打回票，因為「欠缺批判性，不吻合學術寫作的基本規範」。還有很多台大學生反應他們是在參加英文學術寫作課的時候，才知道「學術寫作」跟大一國文課的「議論文寫作」有何不同，以及「學術寫作」跟批判性思考的關係。

我自己在劍橋大學時看過大一學生交的報告，其分析、論證的純熟度確實超過許多國內博、碩士生的報告、論文。

不過，亡羊補牢，猶未為遲也。如果願意從碩士論文開始認真學習批判性思考與學術寫作，儘管起點落後歐美學生許多年，急起直追總好過始終不曾習得這項終生受用的技藝。

必須注意的是，國內經常把「批判性思考」窄化為僅僅只是邏輯思維的訓練，甚至誤把非形式邏輯的皮毛當作「批判性思考」的精義或核心。為了破除這樣的迷思，下一章將討論批判性思考與邏輯的巨大差異，以及網路時代培養高階批判性思考的有效方法。

14

站在巨人的肩膀上：網路時代的智慧與批判性思考

很多人把「批判性思考」（critical thinking）的源頭回溯到蘇格拉底，好像這個詞的存在已經超過兩千年，且有明確的定義和規範，但這甚至只不過是希臘哲學的一小部分。

其實，這個詞的首度出現可能是在一九三〇年代的教改實驗「八年研究」，旨在取代杜威（John Dewey）的「反思性思考」（reflective thinking）。[1]另一方面，邏輯實證論在一九三〇年代被引入美國後漸成風潮，哲學界也在一九四〇年代末期出版了《批判性思考：邏輯與科學方法簡介》以及《批判性思考簡介：初學者的邏輯教科書》。

由於憂心批判性思考可能會被窄化為只是邏輯思維加狹義的科學方法，積極推動通識教育的

1 R. Ennis, 2011, "Critical thinking: Reflection and perspective Part I," *Inquiry: Critical thinking across the Disciplines*, 26(1): 4-18. 這篇文章雖然帶著個人回憶的色彩，然而視野不會過分自限，值得一讀。

哈佛大學校長科南特（James B. Conant）出版了《了解科學：一個歷史的取向》，企圖從科學史的角度拓寬學術界對「科學方法」的理解和視野。

批判性思考的第一波討論熱潮很快被二次大戰、冷戰、越戰，以及七〇年代的各種人權與社會議題所淹沒。後來美國的促進卓越教育委員會在一九八三年發表了著名的報告《身陷危機的國家：教育改革的急迫性》，揭露美國學生學習成就嚴重低落的事實，使得教改與批判性思考再度成為熱議的話題。許多大學院校和高中遂模仿稍早（一九八〇年）加州大學的統一規定，各校必需在大學部教授「批判性思考」，以便學生「有能力分辨事實與判斷，相信與知識，以及學會歸納與演繹的基本技巧，了解語言與思想中形式與非形式的邏輯謬誤。」這個指令讓「批判性思考」跟「非形式邏輯」（informal logic，下詳）產生了緊密結合，也使「批判性思考」再度有被窄化為只是邏輯思維的風險。

於是，關心人文精神的哲學系教授渥特斯（Kerry S. Walters）邀集不同領域的學者，在一九九四年共同出版了《重新思考理性：批判性思考的新視野》，藉此披露各種學術領域裡多元的批判性思考，譬如同理心、反思自己的世界觀與特定文化脈絡下的價值取向、挑戰自己的性別、族群與階級成見等。他同時專文批判邏輯掛帥的批判性思考：「邏輯取向的批判性思考向學生傳遞一個訊息：正確的思考只有一種，就是要吻合非形式邏輯或形式邏輯的規範，而好的思考者只能以分析的、抽象的、普遍且客觀的檢證與評量風格為唯一的目標。」

批判性思考原本的核心問題是「如何教學生思考」，然而這個問題卻經常被簡化為「如何教學生邏輯思維」。所幸，經過不同學術領域的長期深究與論辯之後，我們了解「批判性思考」的內涵極其複雜且多元，其中只有一小部分跟邏輯有關且跟各學科領域的專業知識無關，可以在高中與大一階段獨立授課。還有更多型態的批判性思考必須跟各學科領域的專業知識結合，甚至還必須掙脫刻板的邏輯思維後，才能獲得發展，這樣的批判性思考就必須融入專業領域的課程，而不是在邏輯相關的課程裡獨立講授。

有鑑於以上事實，每次有年輕人問我「如何培養批判性思考」，我都會回答：「認認真真地念個碩士，竭盡全力地把研究做好，然後踏踏實實努力寫一本好的學位論文。」

為什麼？這一章企圖盡量扼要而不偏頗地回答這問題。

形式邏輯與非形式邏輯

在進行這一章的後續討論之前，我們有必要先扼要介紹什麼是「非形式邏輯」，或者傳統邏輯（或「形式邏輯」）與「非形式邏輯」的分野。

「非形式邏輯」發源於一九七〇年代，原本是加拿大溫莎大學的大學部「應用邏輯」課程。它從傳統邏輯出發，引導學生分析媒體上各種有關公共議題的辯論，研判各種論證和論斷的有效性。「稻草人謬誤」、「滑坡謬誤」、「不當類比謬誤」等都是「非形式邏輯」的課題。近年來它逐漸發展成關於「論證理論」（argumentation theory）的跨領域研究。[2]

至於亞里斯多德以來的傳統邏輯，都屬於「形式邏輯」，它們探討的是如何正確而有效地推理（尤其是演繹和歸納法則的應用）。相對於非形式邏輯而言，它的特色是只問推理程序的正當性，而不問其中所涉及的命題是否吻合事實。譬如，在三段論法裡，根據「人都會死」和「蘇格拉底是人」這兩個前提，可以合理推論出「蘇格拉底會死」。然而形式邏輯並不在乎「人都會死」和「蘇格拉底是人」這兩個命題是否正確，而只在乎這個推論過程的正確性；所以這個三段論法也可以乾脆被寫成符號化的一般推論法則：「若X則Y，且x屬於X，所以x屬於Y」。因為它只關心推理的形式，所以被稱為形式邏輯。

精擅數理邏輯的羅素（Bertrand Russell）曾說：「數學或許可以被定義為一種學科，於其中我們從來都不知道我們在談的是什麼，也不知道我們在談的是否吻合事實。」這一句話也完全適用於形式邏輯。

恰成對比地，非形式邏輯都不可以被表述成符號演算，因為它關注的是我們在使用日常語言進行論證時的推理程序，其中很多謬誤是來自於一個詞被賦予多種不同涵義而造成的推論謬誤，或者同一句話被放在不同脈絡下所造成的語意混淆和推論謬誤（即所謂的「歧義謬誤」）。一旦用符號替代命題而表述成語句演算，這一類的推理謬誤都會立即消失，因此非形式邏輯探討的都是不可能會在形式邏輯裡出現的謬誤類型。也有人從這個角度說：形式邏輯探討的是跟命題內涵無關的推理形式與法則，非形式邏輯探討的是跟命題內涵有關的推理形式與法則。

當我們聆聽新聞評論與公共政策的辯論，或者在法庭裡進行的辯論時，都是透過自然語言在推理和思考，所以非形式邏輯遠比形式邏輯更有助於我們在日常生活與公共事務裡釐清是非對錯。在這個角度下，很可以理解非形式邏輯跟批判性思考為何會被緊密地綁在一起，甚至被當作核心的民主素養之一。

值得注意的是，絕大部分關於批判性思考的書都是以高中生和大一學生為主要讀者，至於更高階的批判性思考幾乎無人置喙。此外，越來越多的研究結果顯示，學術界較高階的批判性思考幾乎都跟該領域的專業知識（專業判斷）緊密結合，因而無法當作一門獨立於專業知識領域之外的「批判性思考」來授課。[3]

假如這些是事實，我們難免要問：「為什麼」以及「要如何培養高階的批判性思考」？下一節先回答第一個問題，之後才來討論第二個問題。

專業領域的批判性思考

不管是把批判性思考窄化為形式邏輯或論證理論，都是很危險的事。因為，專業領域的批判

2 J. A. Blair, 2019, "Pioneering informal logic and argumentation studies," in F. Puppo (ed.), *Informal Logic: A 'Canadian' Approach to Argument*, University of Windsor, pp. 35-60.

3 S. Bailin, R. Case, J. R. Coombs & L. B. Daniels, "Common misconceptions of critical thinking," *Journal of Curriculum Studies*, 31(3): 269-283.

性思考牽涉到很多與邏輯、論證都無關的判斷、想像、洞見，以及對概念與法則的靈活應用。一旦僵硬地恪守某些推論法則或論證理論，有可能比乾脆不學還糟糕。

以物理學為例，它的術語都有精確的定義，所有定律都經過實驗的反覆檢證，它的推理過程仰賴數學而不可能犯下任何非形式邏輯的錯誤，也跟哲學系的邏輯思維鮮少有關。更有甚者，它的實際應用過程充滿矛盾與曖昧，如果墨守邏輯思維的窠臼，反而有礙其靈活運用。譬如，根據物理學的定義，「粒子」（particle）是只有質量而沒有體積的物質，問題是沒有體積的東西如何能存在於空間中，又如何能有質量？其次，「剛體」（rigid body）的定義是有體積且不會變形的物體。那麼，當美國大聯盟的棒球投手投出破世界紀錄的快速直球時，這顆球是應該要被看成「粒子」，還是「剛體」，還是「以上皆非」？專業的回答是：如果忽略空氣阻力且只在乎球的路徑，則可以視之為「粒子」。那麼，什麼時候一顆棒球可以被視為「剛體」？當投手投出的是快速旋轉的變化球時，棒球的旋轉速度速會明顯影響其周圍的空氣動力與軌跡變化，因而必須視之為「剛體」而非「粒子」。可是，快速球被球棒全力擊中時，不是會有變形嗎？如果這個變形過程所消耗的能量小到可以忽略，而我們討論的焦點僅限於球的軌跡，就可以漠視其瞬間的彈性變形，而視之為「粒子」或「剛體」。

以上這些案例都是「好的」物理學判斷，然而固守非形式邏輯的人卻會誤以為它們犯了「言詞謬誤」、「模糊謬誤」或「歧義謬誤」。

再以歷史學的想像與洞見為例，杜魯門總統（Harry S. Truman）下令在一九四五年八月六日投擲了第一枚原子彈，三天後又投擲了第二枚原子彈。他曾說那是一個徹底孤單而令人恐懼的決定。他坦然承擔起這個決定的一切責任，然而事後在面對不同的國會議員時，卻表達出對此決定的不同感受。投下原子彈之後，喬治亞州的參議員鼓舞他繼續盡情投擲原子彈與燒夷彈，直到日本無條件投降為止，他的回答是：「我不相信只因為他們是禽獸，我們的舉止就應該跟他們一樣。」「除非有絕對的必要，我將不會再使用原子彈。」「我的目標是盡可能挽救美國人的性命，但是對於日本的女人和孩童，我同樣有著人類的情懷。」然而當一位新教牧師請他停止投擲原子彈時，他卻回答：「他們似乎只能理解一種語言，就是我們持續地轟炸他們。當你必須跟禽獸打交道時，你就只能把他們當作禽獸對待。」我們該相信他的哪一種說法，或者兩種說法都不可取？還是說，應該從這兩種說法「綜合」出什麼樣的理解？

過去的史學家相信了第一種說法，認為杜魯門是迫不得以且懷著人道的考量，而非出於報復的情緒或職業軍人的殘忍、絕情。然而越來越多新的史料顯示，杜魯門跟他的僚屬都早已相信俄國將會在八月中旬以前參戰，而且俄國一旦參戰，即使沒有投下原子彈，日本照樣會立即投降。事實上俄國也確實是在八月八日午夜前對日宣戰，而且日本決策階層也已準備投降，待協商的唯一條件是日本天皇不會被當作戰犯審判。因此，至少第二顆原子彈是完全沒有必要的。還有其他的證據顯示，連第一顆原子彈也很可能是沒有必要的。

於是當代的史學家紛紛思索杜魯門的「真正理由」。五月七日德國無條件投降之前，俄國和美國已經各自擄獲一部分德國的原子科學家和發展原子彈所需要的設備，因而有理由相信俄國遲早會發展出原子彈。於是，有一部分史學家提出了一個假說：杜魯門投擲原子彈的另一個理由（或者最關鍵的理由），是想讓蘇聯見識核爆的真實慘狀，以便嚇阻蘇聯在未來使用原子彈。證諸過去的歷史，日本兩顆原子彈對人類社會最深遠的影響，確實是讓所有核武國家都想盡辦法避免使用原子彈。

以上這些判斷與論證都屬於史學家的「批判性思考」，其中所牽涉到的邏輯並不複雜，也不深奧，真正的困難是史料的考掘過程與策略，史料真偽的鑑定，複雜歷史線索的拼湊，關鍵人物的可能動機，以及歷史事件的可能起因等。然而想要在一堆毫無頭緒且不確知是否相關的線索中拼湊出歷史的完整圖像，就像是要從數十萬片不同來源的拼圖碎片進行揀擇，以便拼湊出一幅巨型拼圖；它最需要的是富含史學素養的想像與洞見，而不是邏輯思維。

事實上，美國哲學學會曾在一九九〇年發布一份「批判性思考」的報告，針對四十六位專家的六次德爾菲法（Delphi method）訪談研究，做了總結（通常被簡稱為批判性思考的《德爾菲報告》[4]）。針對批判性思考的定義，這些不同學術領域的專家達成最後共識：「批判性思考是一種目標清晰且自主性的判斷，它能夠在下判斷之前針對相關的證據、概念、方法、判準與脈絡進行適切的詮釋、分析、評估、推理和解釋。」此外，一個擁有「批判性思考」的人具有以下特質：「有鑽研探究的習慣、熟知相關的問題與知識，信任理性、心態開放、思想靈活，有能力公平地評價，誠實地面對個人的偏見，決斷時態度謹慎，有反覆審視的意願和耐心，能清楚掌握議題，有條不紊地面對複雜的問題，勤於搜索相關資訊，合理地選擇判準，專注地探究，堅持不懈地追求盡可能精準的結果。」這個共識顯示，批判性思考的內涵遠遠超乎形式邏輯與非形式邏輯的範疇。

近年來的研究也讓越來越多學者信服：「批判性思考」不只是包含著多元的思考與判斷能力，同時也牽涉到個人的人格涵養和態度。一門三學分的邏輯課程當然有助於高中生和大一學生培養基本能力，然而更重要的是在專業領域裡日積月累的浸淫和薰陶。因此，想要培養出專業級的批判性思考能力，最有效的方法恐怕還是認真做好一項研究，並且扎扎實實地寫一本學位論文。

問題是，同樣花兩三年的心血去完成一本碩士論文，為什麼有些人的「批判性思考」能力可以大幅提升，有些人幾乎是原地踏步？其中是否隱藏著一些「只能默會而難以言傳」的關鍵性學習要領？接下來我們來談這問題。

4 P. A. Facione, 1990, *Critical Thinking: A Statement of Expert Consensus for Purposes of Educational Assessment and Instruction*. CA: California Academic Press.

最早啟發非形式邏輯的書是《邏輯與當代的雄辯術：理性思維在日常生活中的應用》[5]，該書作者指出，仔細考察日常生活的各種推論謬誤，最主要的根源是欠缺完整而精確的背景資訊，其次是被不當的心理作用所誤導（狹隘的偏見、一廂情願的如意算盤、不當的合理化等），其三是因為沒有能力研判資訊來源的屬性與可靠性。

想要排除這三種謬誤的根源，審慎而有技巧的文獻回顧是最省時也最有效的辦法。在這個網路無遠弗屆而學術界的研究成果大量地被數位化且上傳的時代，尤其如此。

非形式邏輯的案例大部分來自於媒體的廣告與公共政策的辯論，其中夾雜大量未經證實和蓄意魚目混珠的資訊，以及意圖扭曲事實與認知的修辭和詭辯。學術界的文獻恰恰與此成為強烈的對比，較嚴謹的學術會議論文和期刊論文都是經過專家審查之後才發表的，其可靠性遠遠超過大眾媒體上的評論，以及經由社群媒體傳播而來源不明的資訊。此外，雖然期刊影響指數（Impact Factor）、期刊排名與論文被引用的次數並非衡量論文品質的絕對標準，但是仍有一定的參考價值，可以據以排除較不可靠的學術會議論文和審查較不嚴謹的期刊論文（影響指數與期刊排名明顯偏低，以及／或被引用次數明顯偏低的論文）。

其次，近年來全球高等教育與學術人口急遽擴張，學術界的分工也日益細密，幾乎任何值得關心的嚴肅問題都有許多學者在研究並發表論文。因此，只要針對遴定的議題與範圍細心搜尋相關文獻，並且有系統地彙整其中內容，就可以勾勒出跟這個問題有關的各種已知的事實與證據，尚待研判的疑點，各種研究方法、觀點、技術與概念的相對得失，以及運用它們時必須注意到的要領等。這些內容基本上已經涵蓋美國哲學學會《德爾菲報告》中有關批判性思考的所有面向。事實上，這些論文原本就已經匯聚了該領域專家針對該議題所能有的各種批判性思考，只要善用這些智慧，就可以大幅提升自己的批判性思考水準。

以基本工資案為例，不管是支持的學者或反對的學者，基本上在二〇一二年時都已有高度的共識。調漲基本工資時，對弱勢勞工的失業率影響明顯小於一九八〇年代的預期；若調幅不大，則不會有明顯的影響。國際勞工組織、經濟合作暨發展組織、國際貨幣基金會和世界銀行在二〇一二年六月共同發表的報告《在二十大工業國改善工作與生活標準》[6]，其中第十四頁宣稱：立法將最低工資設定在一個適當水準，有機會略為提高勞動力的參與，不會對勞動力需求產生不利的影響，結果其淨的影響是正面。而所謂的「適當水準」該報告的建議是「工資中位數的三〇％至四〇％」。

然而當勞委會在同年的九月份向行政院提案微幅調漲基本工資一％時，中研院院士出身的政務委員管中閔卻堅決反對，還向勞工團體恫嚇「（再鬧）連一粒米都沒有！」他的判斷依據顯然

5 H. Kahane, 1971, *Logic and Contemporary Rhetoric: The Use of Reason in Everyday Life*. CA: Wadsworth Pub. Co.

6 ILO, OECD, 2012, IMF & the World Bank, *Boosting Jobs and Living Standards in G20 Countries*.

是一九八〇年代的經濟學共識，而漠視或無知於二十一世紀相關的實證研究。

首先，二〇〇八年起的金融風暴席捲全球，顯示理性預期學派主導的經濟學理論確實有重大的錯誤。其次，對於禍首的財閥，美國政府不遺餘力地搶救，對於無妄受災而無家可歸的民眾卻吝於援手。諾貝爾獎得主史迪格里茲（Joseph E. Stiglitz）遂憤而在二〇一一年三月號的時尚月刊《浮華世界》上親撰〈屬於一％的富人、由一％的富人統治、為一％的富人服務〉（Of the 1%, by the 1%, for the 1%）一文，以具體數據指證美國政府的政策嚴重偏袒富人，使得財富急遽向頂層富人集中，絕大多數人無緣分享經濟成長的果實。這等於是在預告皮凱提（Thomas Piketty）《二十一世紀資本論》的主要結論：現實世界裡的資本主義具有鮮明的「劫貧濟富」性格，與教科書裡的完全競爭市場恰成強烈的對比。

其次，關於基本工資的問題在一九九〇與二〇〇〇年代獲得大量而多元的實證研究結果，使得它的各種效應獲得相當可靠的結論與學界共識。

首先，基本工資調漲與勞工失業率的關係涉及非常複雜、多元的機制，遠非簡單的競爭市場模型所能解釋。譬如，工資調漲後許多在學的工讀生反而會自動減少工讀時數，以便有較多時間研習功課，這明顯違背教科書上的供給定律。其次，證據顯示勞動力市場具有資方壟斷的鮮明性格，因而調漲基本工資時資方的損失有一部分屬於過去壟斷機制下獲取的超額利潤（經濟租）。此外，低薪工人的流動率一向偏高，然而調漲工資後流動率下降且勞動意願提升，結果效率因而提升，抵償了資方一部分的損失。還有證據顯示調漲基本工資時，同一行業內經營不善的雇主較容易倒閉，經營績效較佳的雇主因而有機會擴大營業並增聘員工，使得該行業的體質與經營績效獲得改善。匈牙利的研究則顯示，儘管大幅調整基本工資，然而它對工作機會的負面影響仍舊很微小，至於成本上漲的部分約有七五%是由消費者吸收，二五%是由雇主吸收。工作機會減少的情況主要發生在不容易將成本轉嫁給消費者的行業裡，這時雇主往往會以投資設備來降低員工聘僱數，從而促成效率的提升。

另一方面，經濟學家亞瑟．奧肯（Arthur Okun）曾在一九七五年名著《均等與效率：重大的妥協》中指出，貧富差距有利於經濟成長，而均富社會則不利於經濟成長。然而國際貨幣基金會在二〇一一年完成一份報告，證據確鑿地歷數既往研究的謬誤與盲點，並提出新的結論：均富有助於維持長期的經濟成長，財富兩極化的發展模式則有礙經濟的成長。[7]這份報告的第二作者還在二〇一二年接受《紐約時報》的訪問，表示美國從一九八〇年代以來持續擴大的貧富差距，有可能已經讓美國損失了三分之一的經濟成長空間！

因此，前述國際組織共同發表的《在二十大工業國改善工作與生活標準》可謂經濟學界的新共識。然而擔任過經濟部長與副總統的蕭萬長卻在二〇一四年公開表示：「弄好經濟，再談公平正義。」台積電董事長張忠謀也在皮凱提訪台座談時表示：「貧富差距並不是問題，甚至是我們

7 A. G. Berg and J. D. Ostry, 2011, "Inequality and Unsustainable Growth: Two Sides of the Same Coin?" IMF Staff Discussion Note. 可於 IMF 官網下載。

應該要追求的。例如，我覺得企業執行長的薪水高達基層員工的好幾百倍並沒有什麼問題，這都是市場決定的。」「太高的累進稅率會削弱人類努力工作的動機。」這樣的想法，顯然還停留在一九八〇年代的主流思想。

台灣的中研院院士、政府首長與產業領袖相繼在二〇一〇年代捍衛早已被實證研究推翻的一九八〇年代思想，無怪乎台灣的實質薪資始終停留在一九八〇年代的水準！

以上這些案例充分說明了一個事實：在這個網路無遠弗屆的數位時代，「行內」的人不一定內行，「行外」的人也不一定外行，關鍵在於你有沒有充分吸收最新的學術研究成果。同樣的，任何領域內「傑出」的人說的也不一定對，關鍵在於有沒有隨時保持自我批判的警覺，有沒有在發言前先了解相關領域的最新文獻。

網路時代的批判與創新：一條最省力的捷徑

牛頓曾說：「如果我看得比別人更遠，那是因為我站在巨人的肩膀上。」有些人以為這是他的謙詞，其實不然，他的確是說實話。

在他之前的兩大巨人就是伽利略和克卜勒，前者根據鐘擺實驗和自由落體實驗寫下了地球上的運動定律，後者根據行星軌道觀測揭露了天體的運動定律。只要把前面兩個定律加以微分，就會得到牛頓力學最關鍵的第二運動定律。反之，如果沒有伽利略和克卜勒的理論當前導，牛頓恐怕終其一生都不可能完成其曠世巨作。

假如連牛頓這樣的天才都必須要「站在巨人的肩膀上」，一般人更加如此。尤其是在二十一世紀的今天，任何你想要回答的問題，幾乎都早已有無數學者探究過，甚至寫成論文發表。此外，由於學術文獻的數位化和搜尋引擎的發達，想要在浩浩如海的學術文獻中找到相關的文獻，只需花費極為有限的時間。因此，創新的最短路徑變成是「先吸收前人的智慧，再把自己的聰明聚焦在關鍵的缺口上」。有鑑於此，《研究生完全求生手冊》雖是討論「如何做研究」的書，卻用了四章討論文獻回顧的技巧，之後再用四章的篇幅討論從既有文獻找出「最省力的創新策略」。

反之，在這樣的時代裡，如果還有人想要全憑個人的聰明和課本上的知識去解決問題或創新、突破，那就是閉門造車，不但研究的風險劇增，完成計畫的時間難以預測，連研究的成果與品質都可能遠遠不如簡單的文獻回顧。這樣的人，誠可謂愚不可及。

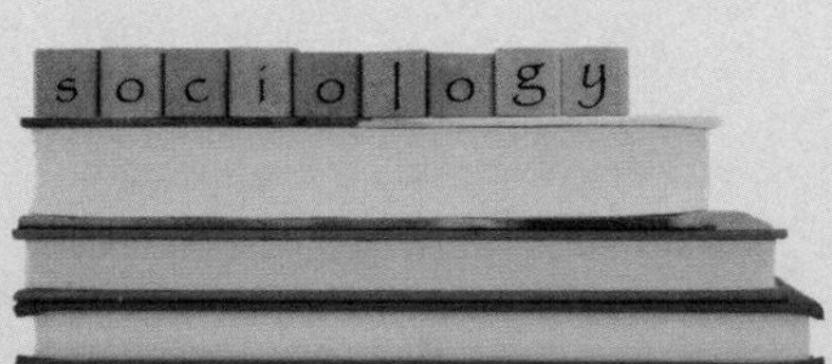
sociology

附錄1

質性研究的經典，小蝦米挑戰大鯨魚的傳奇

第1章曾預告一場社會學小蝦米挑戰經濟學大鯨魚的論戰，它從一九八〇年代一路延燒到二十一世紀。大鯨魚是後來的諾貝爾獎得主家奧立佛・威廉遜（Oliver E. Williamson），當時他早已蜚聲國際，並且有「經濟學帝國主義」在旁吶喊、助威。小蝦米則是剛在社會學界嶄露頭角的馬克・格蘭諾維特。表面上的爭議焦點是經濟學的「交易成本理論」是否能適切地解釋公司存在的理由，以及其決策與運作的原則；更深層的爭議是社會學是否能就公司的運作與市場的機制提出比經濟學更深刻、適當的解釋。

結果，馬克・格蘭諾維特在一九八五年以〈鑲嵌的問題〉一文突顯經濟學界視野的狹隘與不合理處，同時為社會學界提供了一個研究市場機制的理論框架，因而奠定了當代經濟社會學與網絡分析的基礎。至於〈鑲嵌的問題〉，則成為戰後社會學界被引述次數第二高的期刊論文。

本附錄將會介紹〈鑲嵌的問題〉的論文架構與論述策略，以供質性研究者參考。另一方面是

藉此進一步佐證，若拿社會科學的質性研究與理工的研究相比，前者在論文架構與論述策略上確實有機會更迂迴而複雜。然而若洞視表象而直探其背後的原則與要領，所有實證的研究其實都若合符節，甚至大同小異。

此外，社會學界與人類學界過去的研究成果大有助於我們了解當代社會的運作原理。可惜這兩個學科的研究成果在台灣一直被漠視，也間接促成台灣社會的畸形發展（重科技與經濟而漠視其他的社會發展面向）。有鑑於此，期待這個案例的介紹能鼓勵經濟學界與理工學界的研究生去吸收社會科學界的新知，間接促成台灣社會較健全、多元的發展。

新仇遇上舊恨：舞台背景裡的經濟學帝國主義

點燃戰火的是奧立佛．威廉遜，他在《資本主義的經濟制度》裡宣告：「早期的觀念裡引用階級利益、技術，和／或壟斷的力量來解釋經濟制度。與此相反的，交易成本的理論認為經濟制度的意圖和實際的效果在於節省交易成本。」這一句話或者「言者無心」，然而聽在社學會界的耳裡簡直有如在否定社會學界歷來有關資本主義的各種討論與批判，甚至是有意無意地在否定社會學。因而引燃許多社會學家的新仇舊恨，其中「舊恨」由來已久。

經濟學家保羅．薩繆森（Paul A. Samuelson）在一九四七年發表《經濟分析的基礎》，將物理學界早已熟知的「均衡」和「最大化」等觀念並同數學分析工具一起帶入經濟學，並且示範這些觀念與工具如何跟當時的經濟學相結合，從而將原本不相從屬的經濟學分支整合成一個嚴謹的演繹體系。

這些觀念和工具交到芝加哥經濟學派的蓋瑞．貝克（Gary Becker）手中後，他從一九六〇年代開始積極擴張經濟學的研究領域，用「效益最大化」的原理解釋各種傳統上屬於政治學與社會學的議題，包括：勞動力供需與種族歧視、犯罪與法律、消費行為與偏好、人口與生育，乃至於愛情與婚姻等。這個發展趨勢引起政治學界與社會學界被邊緣化的危機感，因而引發「經濟學帝國主義」的爭議。而較狂熱的經濟學者更進一步宣告「經濟學帝國主義」的正當性：經濟學是所有社會科學中唯一兼具演繹與實證方法的嚴格科學，而且能兼顧資源的有限性與效益的最大化，因此能對各種社會問題提出比較可靠、信實的答案。

在這背景下，奧立佛．威廉遜的宣言引起許多社會學者極端的反感，且亟於捍衛社會學的疆域、特色與價值。然而這又是一場小蝦米對抗大鯨魚的苦戰。經濟學有統一的理論架構，他的領域擴張也確實為其他社會科學界帶來許多新的洞見，其概念與分析工具甚至獲得許多政治學者與社會學者的採用，再加上一九六九年起諾貝爾獎的加持，使他的獨尊地位有如「實至名歸」。對比下，社會學內部卻經常歧見橫生，「一人一把號，各吹各的調」，猶如一盤散沙。另一方面，經濟學的基本知識已經是商界、金融界與個人理財的必備工具，甚至是討論國家政策與政府績效的必備工具；而社會學的知識不但難以對外擴散，不同的分支之間甚至彼此陌生得有如「雞犬之聲相聞，老死不相往來」。

沒想到馬克・格蘭諾維特的〈鑲嵌的問題〉卻異軍突起，不但為社會學界提供了一個共同的理論架構，還隱然成為「小蝦米對抗大鯨魚」的共主，以及深入敵境的前鋒。其中當然有許多可圈可點的特色。

不過，在討論〈鑲嵌的問題〉這篇論文之前，我們必須先簡略介紹奧立佛・威廉遜在一九七〇年代創立的「交易成本理論」與「新制度經濟學」。

小蝦米的第一擊與宏觀戰略：企業的決策機制與經濟人的想像

在奧立佛・威廉遜創立「交易成本理論」之前，經濟學界認為所有的生產活動都是由供需曲線與價格機制「自動調節」的，而所有公司的決策都受制於這個價格機制，沒必要畫蛇添足地去研究公司內部的決策機制。然而在諾貝爾獎得主寇斯（Ronald Coase）的啟發下，奧立佛・威廉遜認為公司內部的決策機制才是經濟分析的基礎。

歷經數年相關的研究後，他逐漸聚焦在一個關鍵的問題上，企業會把某些生產活動劃歸市場交易（外購或外包），其他生產活動交給公司的內部組織，這個決策的依據是什麼？在成名作《市場與層級組織》裡，他主張這些決策的依據是交易成本最小化的原則，經常性或者需要特殊投資的作業劃歸公司業務，不需要特殊投資、市場不確定低且非經常性的作業則交付給市場。至於業務的達成率和風險的控管，他認為主要是仰賴兩種機制：公司內靠管理體系的層級組織

（對決策權的服從與獎懲機制），公司外靠法律與契約（訴訟與賠償）。

然而在熟知人際網絡與人際互動模式的馬克．格蘭諾維特眼中，這個答案簡單、天真得難以置信。因為他知道人與人之間的價值取向可以有很大的差異，反映著社會中每一個個體都有一定的選擇自由，然而另一方面人也透過他的社會連帶而受到社會一定的影響。在有限的自由與各種社會連帶的不同影響下，市場中的人不可能完全只憑經濟學的理性算計進行所有的決策，而跟他所屬的社會網絡沒有任何的互動、關聯。

為了突顯《市場與層級組織》的經濟學觀點過分狹隘且脫離現實，〈鑲嵌的問題〉首先從宏觀的視野指出社會學與經濟學裡三種有關於人的理論想像：低度社會化（原子化）的個體、過度社會化的個體，以及身在社會網絡裡的自然人，並且突顯前兩種想像的不合理處，之後再論述自然人的行為特徵。

它先在摘要與導論裡指出，低度社會化的個體對應著「經濟人」的理論建構，他們就像是活在社會性的真空裡，一切行為完全不受親友或社會的影響，全然只受個人利益和理性算計的影響。強調「社會決定論」的傳統社會學則把人看成過度社會化的個體，他們的價值與偏好徹底被社會所控制，甚至把階級意識與社會價值給完全內化，猶如霍布斯（Thomas Hobbes）在《利維坦》中虛構出來的個體，完全沒有任何個體的意志與偏好，也不會因為親友的鼓勵或反對而改變自己的行為或抉擇。

自然人則介於前兩者之間卻又跟它們形成鮮明的區隔，他們被「鑲嵌」在特定的時空與社會網絡中，既有個人的利益考量與偏好，但是也受到他的生長環境影響，還會因為親友的鼓勵或反對而調整自己的行動與抉擇。從自然人的角度看，雖然低度社會化個體和過度社會化個體貌似兩種相反的極端，實則他們的行動都跟自己所屬的特定時空、社會脈絡徹底脫節，不受親友和情感關係的影響而改變自己的抉擇，因而極端不真實。

為了進一步突顯經濟學與傳統社會學想像的荒謬性，〈鑲嵌的問題〉在導論與第二節旁徵博引過去的著名文獻，用以批駁低度社會化個體和過度社會化個體的理論建構。

譬如，為了批判「經濟人」的假設，它引述一位經濟學家的形容：「一群沒有名姓的價格接受者，他們被授予完整的市場訊息，不需要任何個人或社會性的接觸就可以完成交易。因為處身在完全競爭的市場裡，所以完全沒有殺價、談判、抱怨或相互妥協的空間，而形形色色的買賣雙方也不需要維持重複或持續的關係就可以達成貿易協約，因此也永遠不會增進對彼此的了解。」以上這些描述都極其荒誕，卻又都吻合「經濟人」的核心假設。

另一方面，為了批判傳統社會學觀點中過度社會化的個體，它先引述一位社會學家的巧妙譏諷：「經濟學家討論的是人如何作決定，社會學家則討論人如何沒有能力作決定。」接著批判社會學與經濟學文獻中對社會影響力的過分誇大，彷彿每一個個體都是機器似地，「只要我們知道一個人所屬的社會階層或勞動力市場，其他的一切行為都會自動發生，因為他們都已經被徹底社會化了。」這種「社會決定論」的景象當然也是荒誕無稽的。

最後，它在第二節的結尾處指出：「想要對人類的行為進行有效的分析，就必須避免低度社會化與過度社會化這種兩極端理論所預設的自動化行為模式。」「在本文的後續部分，我將闡明這個鑲嵌的觀點會如何改變我們在研究經濟行為時的理論性與經驗性態度。」

小蝦米的第二擊與逆轉形勢的戰術：經濟生活中的鑲嵌、信任與詐欺

為了更具體而明確地闡述社會網絡的「鑲嵌」效應如何影響一個人的經濟行為，〈鑲嵌的問題〉先在第三節把討論的焦點從較高層次的理論模型轉移到較具體的行為模式「經濟生活中的鑲嵌、信任與詐欺」，然後旁徵博引既有文獻的證據，用以說明鑲嵌在社會網絡之中的自然人會受到社會常規與周遭人物的哪些影響，又如何在真實的世界裡決策與行動。之後它在第四節又進一步縮小視野，以第三節所建立起來的觀察和原則去詳細批判《市場與層級組織》的觀點，從而突顯經濟學觀點的狹隘與缺失，以及「鑲嵌」的理論如何可以較周延地解釋真實世界裡公司的決策與行為。

譬如，它在第三節指出，「互信」是一切經濟行為的基礎，如果沒有互信，我們在加油站不會拿千元大鈔去支付不到五百元的油錢，並預期著足額的找零。問題是，一個完全仰賴理性算計且只在乎私利的「經濟人」，為什麼不用詐欺去極大化他的利益？主流經濟學的標準回答是：設計適當的獎懲機制，讓詐欺的人「得不償失」。然而制度是死的而人是活的，只憑制度設計絕不足以制止善於鑽漏洞的人。另一方面，有些經濟學家警覺到法不足以自行，改而乞助於普世

道德。諾貝爾獎得主肯尼斯・阿羅（Kenneth Arrow）就曾說社會的演變「會逐漸發展出某些心照不宣的社會默契，同意要考慮到他人。這些默契攸關著社會的存亡，至少對其運作效率有重大的貢獻。」然而這種論點又犯了「過度社會化」的盲點，因為當社會網絡不存在的時候，人們捍衛道德的決心往往會鬆弛（譬如，在空曠無人的郊野處看見閃黃燈的十字路口，很多人不會先停下車來，確認沒有其他來車才穿越）。

為了突顯社會網絡如何影響人的互信與行為模式，馬克・格蘭諾維特引述著名的「N個囚犯的困境」——戲院失火時，群眾爭先恐後地擠在門口，反而無法順利疏散。很明顯的，這些人欠缺的不是理性算計，而是互信。他們不相信大家會守秩序（不插隊）地魚貫離開。反之，當一棟家屋失火時，一家人總是能互助而有秩序地離開，關鍵就在於互信。

不過他也指出來，社會網絡有助於抑制犯罪，也可以助長犯罪（譬如犯罪組織，或者包庇毒梟並且從毒梟受惠的中、南美社區），端視社會網絡的屬性而定。因此，任何一種社會科學的理論（不管是經濟學、社會學與心理學），如果漠視社會網絡的屬性與具體作用，就無法正確描述（預測）個體的行為。

接著，第四節直接把矛頭指向《市場與層級組織》。他指出，該書以為只憑威權與獎懲機制就足以貫徹公司內的決策，犯了過度社會化的迷思。另一方面，該書以為公司之間的交易只能仰仗契約和法律的保障，則是犯了低度社會化的迷思，而把公司內不同單位的分工與承諾看成跟市場交易完全不同的生產機制，更是嚴重違背社會現實。

他引述契約法的權威學者史都華．麥考萊（Stewart Macaulay），指出公司之間的交易若有爭執，鮮少會上法庭。所有的公司高層間經常有複雜而重疊的社會關係，透過這些關係去解決問題遠比訴諸公堂更有效率。而公司底層的採購單位和銷售員之間同樣會有複雜的社會關係，如果無法恰當地履踐合約，公司信譽的損失可能會遠大於司法的判決。接著他又引述哈佛商學院關於商業信譽的權威學者羅伯特．艾克斯（Robert G. Eccles），指出長期而穩定的工程承包與轉包往往是建立於牢固的社會關係與相互的信任，性質上介於公司內的垂直整合與市場的交易之間，是一種「準公司」的關係。此外，馬克．格蘭諾維特又引述社會科學界各種經典的實證研究，指出人際關係與社會網絡在公司業務執行上所扮演的重要角色，同時批駁奧立佛．威廉遜對公司內實際運作的想像。

最後，在第五節的結論裡，馬克．格蘭諾維特先指出，他相信本文所採取的人際網絡分析與「鑲嵌」理論不但適用於分析市場機制，也適用於分析各種人際互動對個人決策的影響。他同時也坦言，這篇論文刻意以市場機制和《市場與層級組織》的批判為示範，其中一個目的是鼓舞社會學家去積極研究市場機制與經濟活動的核心問題，不要畫地自限只研究經濟活動的邊陲問題。他的理由就像〈鑲嵌的問題〉所顯示的，人際網絡分析與社會學的研究取向能夠揭露許多經濟活動的核心機制，其重要性絕不下於經濟學界根據「理性選擇」所能獲得的洞見。

論戰的終局：平起平坐，相互砥礪

馬克．格蘭諾維特的呼籲在社會學界引起廣泛的共鳴與響應，〈鑲嵌的問題〉這篇論文也從此變成經濟社會學與人際網絡分析的奠基之作。[1]

一位經濟學者中肯地回顧了這一場論戰的背景、過程與結局。[2] 根據他的轉述，奧立佛．威廉遜後來承認：社會網絡與人際關係確實是影響公司與市場運作的「外部的給定條件」。數年之後，他進一步坦承當年的論戰增進了他對社會學與組織理論的了解，並且「對（經濟學的）企業理論有重要的影響」。這位學者也樂觀期許，雖然經濟社會學與新制度經濟學仍有著不同學科檢視問題時的角度差異，然而它們都旨在探究經濟活動中制度因素的影響，因此其差異應該會在相互影響下日漸縮小，甚至泯滅於無形。

事實上，經濟學界對於低度社會化的「經濟人」假說和理性預期學派的理論早已有深刻的批判。一篇一九九一年的論文就曾指出發展經濟學的幾個根本共識：「經濟的發展在相當大的程度上倚賴於社會性與制度性的體系。」「各個經濟體的表現彼此不同，其促成因素除了人口、資源的挹注與技術上的明顯差異之外，還有決定人民權力與義務的規則、社會規範與風俗。」「如果沒有這些差異，幾乎不需要在經濟學裡另闢發展經濟學這個分支。」[3] 而且它還指出，這個共識之所以長期被主流經濟學忽視，不是因為它們不重要，而是因為「很難在一個嚴格定義的理論架構裡評斷它們具體扮演的角色與功能，也很難以量化的方式具體量測它們的效應。」

然而這些共識促成了《國家為什麼會失敗》一書的出版，這本書的成功也證實經濟學與其他社會科學彼此結合、相輔相成的必要性。

小蝦米的啟發：〈鑲嵌的問題〉的論述策略

馬克·格蘭諾維特從不曾以論戰的「勝利者」自居，他總是主張經濟學與社會學的視野是相輔相成的。然而〈鑲嵌的問題〉確實為社會學爭取到跟經濟學平起平坐的地位，也相當程度地奠定了社會學的自信心。

在這個案例裡，他充分發揮了「去蕪存菁，精準表達，以理服人」的能力。他從學術界豐富的實證研究中篩選出最具說服力的案例與證據（去蕪存菁），透過層次井然而條理清晰的論證過程（精準表達），讓不同學術領域的讀者都能信服他的主張（以理服人）。

更難得的，是〈鑲嵌的問題〉議題遼闊，視野可大可小而鉅細兼容，卻又條理清晰，層次井

1 R. Swedberg, 1997, "New Economic Sociology-What Has Been Accomplished, What Is Ahead?," *Acta Sociologica*, 40(2): 161-182.

2 R. Richte, 2015, "New economic sociology and new institutional economics," In R. Richter, *Essays on New Institutional Economics*, 51-75, Springer.

3 C. Gunnarsson, 1991, "What is new and what is institutional in the new institutional economics?," *Scandinavian Economic History Review*, 39(1): 43-67.

然而毫不蕪雜、紊亂。它的核心關懷與主要訴求是高度抽象的理論性主張，卻又能從繁多的個案實證研究中擷取可靠的證據，將其理論牢固地建基在確鑿的事實和嚴謹的論證之上，使它的抽象理論擁有實證研究的支持，而不僅僅只是個案的堆砌或個人的主觀見解。

一般而言，一篇論文的理論層次越高，主題涵蓋面越廣，其潛在的應用價值與影響力也越高。然而其論述也往往越顯得抽象，甚至抽象到讓人不知所云，也難以判斷所言是否屬實而值得信賴。反之，議題越確實，視野越狹隘，越容易找到難以辯駁的證據，而使得其中的主張信而可徵，然而缺點是潛在的應用價值與影響力較低。想要克服這兩者之間的矛盾，對於學術界的新人而言是有很高的難度。而〈鑲嵌的問題〉之所以能夠跨越這個兩難，是因為它在一篇論文裡採取了三個層次的論述架構。

它先從跨經濟學、政治學與社會學的理論高度出發，提出低度社會化的個體、過度社會化的個體，以及社會網絡裡的自然人這三種理論典型，用以批判「經濟人」與「社會決定論」這兩種傳統理論觀點的無稽，也同時突顯人際網絡分析對所有社會科學的重要性。有了這個層次的鋪陳之後，等於也為後續的討論準備好了清晰的理論基礎，可以讓實證研究的個案證據有一個系統性的倚負，而不會淪為零星瑣碎的堆砌。

接著，它把討論的焦點往下調降一個層次，轉移到「經濟生活中的鑲嵌、信任與詐欺」這個視野更加明確的議題裡，並且用「信任與詐欺」這個經濟活動的基礎問題去突顯社會網絡與「鑲嵌」所扮演的角色，以及這個社會學視角的不可或缺性。這個議題既有中間層次的理論高度，又緊連著許多具體而難以辯駁的案例和實證結果，因而可以獲得較確鑿不移的結論，卻又能跟前述最高層次的理論訴求互通聲息，變成一個論述層次的轉換樞紐。

最後，它把討論的焦點往下調降到最具體的層次，以「公司間實際的交易行為」和「契約與法律的實際保障」為題，用豐富的實證研究結果闡述企業體實際的信任基礎，並且據此反駁《市場與層級組織》中的主張，突顯經濟學視野的狹隘，以及它跟真實世界的距離。也同時藉此突顯社會學視野的緻密與相對完整，以及社會學研究在促進我們對人類經濟活動的認知中可以有哪些潛在的貢獻，以及社會學的不可或缺性。

對比下，經濟學界和理工學院的論文往往有鮮明的演繹性格，因而概念與論述的架構通常都是扁平、單一層次的，其構思與寫作的困難度當然跟〈鑲嵌的問題〉這種多層次的架構無法比擬。也無怪乎霍華德．貝克爾會主張社會學的質性論文原本就很難寫，只靠大一英文的訓練根本不敷所需。

理工與人文，質性與量化研究：異與同

我在理工學院教書，卻不乏社會科學界的朋友，甚至兩度在社會科學院以兼任的身分共同授課。我們常談起一個問題：社會科學的研究與論文寫作是不是遠比理工學院困難？

大略而言，理工學院的研究絕大部分是量化的研究，而廣義的社會科學（含商學院、社會科

學院與教育、心理等）則有質性研究與量化研究的明顯分野。前者通常使用統計方法或其他數學工具去分析不同變量之間的關係，後者則著重在釐清概念與概念或者事實與事實之間的（非量化的）關係。[4]

不過，只要是屬於實證研究，不管是質性研究或量化研究的論文，都必須遵從「以證據為本，精準表達，以理服人」的學術精神。因此基本上都是從合理的假設和周延的觀點出發，根據一定的方法和程序去蒐集可靠的證據，經過嚴謹的分析、彙整與論證之後，達到最終的結論。因此，質性與量化研究的論文架構和章節次序通常高度相似，而要領則是相通的。

然而進一步去詳細考察，就會發現自然科學與經濟學可以靠數學式與圖表來精確表達複雜的概念、證據和分析的結果，因此要寫得既嚴謹又清晰易讀，遠比質性研究的論文容易。其次，自然科學與經濟學可以用數學公式的推導取代一部分的邏輯演繹和論證，又有定義明確的符號和數學公式之助，因而較容易將複雜的證據與論證串連成嚴密的系統性論述。然而質性研究的學者卻必須在沒有這些工具的情況下進行類似的工作，因而備感吃力且事倍功半。此外，量化研究的論文在理論、觀點、概念與方法上的前後繼承關係相當明確，因此文獻回顧也較容易做得完整且有條不紊；相較之下，質性研究的文獻回顧就困難許多，連想要涵蓋完整都不見得容易。

以〈鑲嵌的問題〉、〈基本工資〉與〈人臉防偽偵測〉這三篇論文為例，雖然它們的舉證、分析與論述的要領都吻合實證科學的原則和嚴謹要求，然而其構思與寫作的難度確實有相當大的差異。其中〈人臉防偽偵測〉最單純，它只是要提出一種新穎的人臉識別技術，並且證明它比既有的技術更卓越。〈基本工資〉稍微複雜，它分析既有爭議的盲點，改善既有研究方法，並提出較可靠而周延的證據，用以證明一個主張（調漲基本工資可以讓弱勢勞工受益，且不會明顯影響他們的就業率），並且企圖一勞永逸地終結過去的爭論。〈鑲嵌的問題〉最複雜，它先指出過去經濟學與社會學在分析人類行為時的關鍵性盲點，接著以經濟活動為例闡述如何建立起一個有關人際網絡與人類行為的「鑲嵌理論」，然後再聚焦到企業組織的層次去進一步闡述「經濟生活中的鑲嵌、信任與詐欺」，最後還主張以社會學的方法分析經濟活動，以便大幅度擴張人類對經濟活動的認識。

總體而言，只要是實證科學，對「好」的論文就有高度一致的期待和評價準繩。而其背後所需要的能力，無非是批判性思考和「去蕪存菁，精準表達，以理服人」的能力。

不過，要將這些共識推廣到人文領域或者與文化有關的實證研究時，必須極為審慎、小心，因為這些領域有些重要的研究成果是不該用實證科學習以為常的標準去衡量的。

有鑑於此，〈附錄2〉將以文化人類家紀爾茲的兩篇代表為例，討論本書所揭櫫的原則在應用上需注意拿捏的一些要點。

4 K. Yilmaz, 2013, "Comparison of quantitative and qualitative research traditions: epistemological, theoretical, and methodological differences," *European Journal of Education*, 48 (2): 311-325.

culture

附錄2

文化人類學的兩難

文學的創作（譬如小說與抒情散文）截然不同於實證科學的論文，因為它毫無「以證據為本，以理服人」的意圖。至於文學作品的分析與評論，乃至於人類學的文化研究，則經常尷尬地介於兩者之間，往往有「以理服人」的期待，卻又跟實證科學的研究方法和論證原則有一定的差異。

文化人類學家紀爾茲大學時期主修文學與哲學，對此有著高度警覺。他毫不猶豫地認為文化人類學也是實證科學，卻又主張文化研究的本質是對於人類言行、活動的詮釋，迴異於物質世界的客觀研究。因此文化人類學必須有自己對於「研究」的看法，不能單純承襲自然科學的方法，也不能只是承襲文學性的傳統。

底下將以文化人類家紀爾茲的代表性作品〈厚描：朝向文化的詮釋理論〉[1]和〈深層遊戲：關於峇里島鬥雞的記述〉[2]為例，闡述他的論點，也藉此提醒讀者，在涉及人文領域與文化的研究時，本書各章所提的論文寫作原則可能需要進行一定的調整或限制，之後才能適切地應用。

文化研究是什麼：在自然科學與文學評論之間的擺盪

早期的民族誌不乏充滿偏見的主觀報導，為了竭力掃除這個弊端，人類學始祖馬凌諾斯基（Bronislaw Malinowski）刻意模仿自然科學，主張人類學家要跟過去的成長背景徹底隔絕，以自然科學的客觀態度進行觀察與記錄，讓民族誌的紀錄能忠於當地土著的想法與世界觀，有如自然科學在報導實驗室裡的現象。對此，紀爾茲期期以為不可。

他在〈厚描：朝向文化的詮釋理論〉（簡稱〈厚描〉）指出文化研究與自然科學有著明顯不同的方法和旨趣：「人是一種動物，懸掛在他自己用意義編織出來的網上。」「文化就是那些網。」「因此文化的分析是一種詮釋，旨在尋找意義；而不是一種實驗科學，旨在尋找定律。」然而要解讀這一張意義的網絡，一點也不容易。他在〈厚描〉中以自己田野日誌中的一段紀錄為例，說明這個工作有多麼複雜、困難。

這是一九六八年他在摩洛哥進行田野考察時寫的，記錄著發生在一九一二年的一系列相關事件。當時法國剛剛跟摩洛哥的蘇丹簽訂《費茲條約》（Treaty of Fes），取得摩洛哥的主權，並將它納為法國的保護國。摩洛哥的許多柏柏爾族（Berbers）部落認定蘇丹背叛了摩洛哥，因而不同意《費茲條約》的有效性，甚至以武力反抗法軍。為了宣示主權，法國軍隊進駐摩洛哥後，經常找通曉柏柏爾族語的猶太人帶路，去弭平動亂。有些柏柏爾族人因而遷怒這些猶太人，再也不承認他們跟猶太商販簽訂過的貿易保護協定。

在這個背景下，紀爾茲的田野日誌裡寫著：「法國部隊（報導人說）當時初到此地，他們設立了二十個左右的要塞，分布在此地、鎮上、馬爾穆莎（Marmusha）地區的半山腰和沿海的岬角上，以便監控郊區。即便如此，還是無法確保當地的人身安全，尤其是在夜裡。所以，儘管既往貿易協定下的保護制度依法已經被廢止，實際上它們卻繼續存在。」「某夜，馬爾穆莎區一個通曉柏柏爾族語的猶太人科恩（Cohen）還沒睡，兩個在鄰近部落裡買賣的猶太人過來向他購買貨品。附近一個部落裡的柏柏爾族人想要強行闖進科恩的屋裡，但是科恩對空鳴槍警告。（傳統上，猶太人不被允許攜帶武器，但是因為時局動盪，許多猶太人照樣無視禁令而攜帶武器。）這個舉動引起法國人的注意，柏柏爾族人隨之逃逸。」

這兩段文字讀起來就像是純屬事實的客觀紀錄。接下去的四段文字讀起來依然如此。它們說柏柏爾族人第二夜又回來，以詭計成功地闖進科恩的屋裡，殺了那兩個來訪的猶太商販，劫走屋裡的貨品，然後放火焚屋，科恩則勉強逃脫出來。科恩到鎮上包紮好傷口後，去向當地的

1 C. Geertz, 1973, "Thick description: Toward an interpretive theory of culture" in C. Geertz (Ed.), *The Interpretations of Culture: Selected Essays*, 3-32. New York: Basic Bocks, Inc.

2 C. Geertz, 1972, "Deep play: Notes on the Balinese cockfight," Daedalus, 101(1):1-37.

指揮官杜馬丁上尉陳情，說要帶著跟他簽訂過貿易保護協定的一個柏柏爾族部落去向盜匪索討四、五倍於被劫貨物的賠償。指揮官說依法他不能授權給科恩，只能口頭上同意，但是卻又拋下一句話：「如果你被殺，那是你的問題。」於是科恩帶著他的柏柏爾族人，朝那個劫奪他貨物的柏柏爾族部落出發。最後，兩個柏柏爾族部落和科恩達成協議，允許他從殺人劫貨的部落帶走五百頭羊。當科恩帶著羊群回到馬爾穆莎地區時，被法軍發現，指控他是柏柏爾族叛亂區的奸細，並且在監禁他數天之後，沒收他的羊群而釋放他。科恩後來去向當地最高階的上校指揮官申訴，這位指揮官說：「我什麼也不能做。那不是我的問題。」

這六段田野紀錄其實充滿疑點，首先是整個事件只有科恩的觀點，而柏柏爾族人和法軍或許會有全然不同的理解。殺人盜貨的柏柏爾族人有可能是把科恩看成法軍的奸細」，「殺人劫貨」只不過是對他的薄懲與示警。法軍可能有他們自己的政治考量，因此當科恩以為他已獲得杜馬丁上尉的默許時，那可能只是他的理解，而非上尉的本意。

如果想要還原事件的完整面貌，紀爾茲說：「釐清的工作將始於區隔當時情境裡三個互不相類的詮釋架構裡的成分，猶太人、柏柏爾族人和法國人，然後才能進而釐清這三群人同時出現在當時的時空情境裡如何（以及為何會）形成一種局勢，讓系統性的誤會發生，使得傳統的互動模式變成社會性的鬧劇。」

然而在這個釐清的過程中，人類學家不能只仰賴田野紀錄裡的「事實」或「資料」，更要借助於自己專業性的分析、推測、想像與批判性的思考，才能從各種可能的版本中選出一個最具說服力的。譬如，根據報導人的說詞，科恩依據過去的貿易協定而要求索賠，跟他簽訂過協定的柏柏爾族也願意幫忙，而法國人卻必須否定過去的貿易協定來宣告主權的轉移和法國統治上的權威。然而科恩明知法軍沒有能力維護鎮外的安全，為什麼他不乾脆搬進鎮上先度過混亂的時局？他明知貿易協定在法軍的官方立場裡是已經作廢的，為什麼還要去跟杜馬丁上尉爭取認可，且最終還去跟上校指揮官陳情？而有些法軍在亂局中確實對猶太商販與柏柏爾族人的恩怨佯裝不知情，那麼馬爾穆莎地區的法軍為何不讓科恩帶走羊群，而硬要出面扣留羊群？反之，法軍也可以硬把科恩當奸細或劫羊的不法之徒而繩之以法，且兩面手法地藉故去鎮壓劫貨殺人的柏柏爾族，以便趁機伸張法國的主權。而且，根據紀爾茲當年在摩洛哥所做的田野調查，類似的情節都曾在那個主權轉移過程中發生。當我們對當地所發生過的事件了解得愈多，對背後每一個人可能的行為動機設想得愈多，「事實」就變得越複雜、模糊而難以斷定。

就像紀爾茲提醒讀者的：「被我們稱為『田野資料』的，實際上並不直接等於當地人真正的意圖，而是當地線人對他自己及其同胞的意圖所完成的建構，而且又經過我們的再建構。然而在已完成的人類學著作中，前述事實卻隱晦不彰了。原因是，不管我們想要理解的是一個特定的事件、儀式、風俗、觀念或者其他事物，在我們有能力直接檢視它們之前，它們都只是被間接影射的背景資訊。」

接著，紀爾茲以福樓拜（Gustave Flaubert）的《包法利夫人》為例，說明文化分析與小說創作的異與同。福樓拜從一個真實的社會事件出發，靠著想像去揣摩醫師夫人的內心活動（她的夢想、欲望、厭倦與絕望），從而創作出法國文學史上第一本刻畫人物內心的小說。人類學家的工作則是從報導人轉述的事件出發，去揣摩猶太商販科恩、柏柏爾族人與法國人的心思，試圖解釋他們的行動意涵（科恩是「劫羊」還是「索賠」，侵入他屋裡的柏柏爾族人是「殺人劫貨」還是「薄懲示警」等）。

就此而言，人類學的工作跟福樓拜的小說都是從具體事件延伸出去的想像，或者說人類學的分析是對於社會事件的理解與「詮釋」。而且，如果唯有當地人才有資格對當地所發生的事進行第一手的詮釋，那麼人類學家的工作就是第二手或第三手的詮釋。

然而人類學的「詮釋」與想像又不同於小說。福樓拜的《包法利夫人》不需要在情節上忠於啟發他的那個社會事件，也不需要讓讀者認同小說中的情節設計；人類學者的詮釋卻必須吻合實際發生的事件，而且他們的詮釋還要經得起同儕的推敲，對他們而言具有充分的說服力。在這個意義下，小說是文學創作，而人類學的分析則是實證科學。

換個方式說，人類學的田野日誌只是關於一系列事件的「薄描」（thin description），它是關於事件最淺層表象的素樸紀錄；而人類學家對於這些記載的想像、推測、分析與詮釋則是「厚描」（thick description），它企圖刻畫事件更深層的線索與脈絡，使描述變得更豐厚，也讓原本看似詭異或充滿疑點的事件變得可以理解。然而在這個詮釋的過程中，人類學家必須排除缺乏依據、任性的主觀想像，力求周延、細密而具有說服力，以便經得起同僚的質問與其他版本的競爭。

「薄描」與「厚描」這兩個詞是紀爾茲從牛津的分析哲學家萊爾（Gilbert Ryle）那裡借來的。然而他並非按照萊爾的原意使用這兩個詞，而是借過來之後施以複雜的加工，使它們變成吻合人類學工作實況的術語，之後才開始應用。因此，紀爾茲的「薄描」與「厚描」截然不同於萊爾的「薄描」與「厚描」，有必要先加以釐清。

「薄描」與「厚描」：兩種概念的混淆與釐清

讓我們先看萊爾原意下的「薄描」與「厚描」。他在〈思想的考察：羅丹的「沉思者」在做什麼？〉一文裡指出，表面上相同的動作可能有著不同層次的涵義。他以「眨眼皮」為例，舉出四種不同的可能性：第一個男孩不自主地眨了一下眼皮，只有動作而沒有任何含意；第二個男孩用「眨眼皮」向某人表達一種「暗示」，藉此傳遞某種訊息；第三個男孩用誇大的滑稽模樣去模仿第二個男孩的「暗示」，藉以取悅旁觀者，這是「模仿暗示」而非「暗示」；第四個男孩在演練前述的滑稽模仿，身邊沒有任何觀眾，這個動作的含意又跟前三者都不同。萊爾接著說：假如有人看見第四個男孩的動作，說他是在「眨眼皮」，這個描述不能說是錯的，然而卻是最極端、最膚淺的「薄描」。在最極端的「薄描」下，四個男孩的動作會因為同一個描述而被誤以為都有相同的意涵。對比下，如果有人把第四個男孩的動作說成是「演練一種關於暗示的滑稽模仿」，這是層次最完整的「厚描」。當四個男孩的動作都被完整地「厚描」時，就可以清楚分辨每一個動作背後的意涵。

萊爾的案例極為完美，不同層次的行為與意義界線分明，吻合集合論的「一一對應」關係。他甚至把這種關於行為的解讀想像成有如電報的譯碼。然而紀爾茲卻批評說，人類學的工作距離這種完美案例太遙遠，而萊爾關於「譯碼」的想像則距離人類學更遙遠。

以科恩的劫羊事件為例，他的言行既涉及他個人的想法，也涉及柏柏爾族人和法國人的行為與想法。如果沒有《費茲條約》和法軍的進駐，這事件可能不會發生，至少其面貌會完全不同。如果柏柏爾族人沒有反對《費茲條約》，這事件也很可能不會發生。此外，科恩對這整個事件有他自己的解讀，柏柏爾族人和法國人又有他們自己的解讀，這三群人各自的想法與彼此的解讀（意義網絡）相互衝撞、交織之後才會出現這一系列的事件。這種複雜編織的意義網絡已經讓事件的解讀極其困難，再加上許多當事人早已不在人世（譬如寄宿科恩家的兩個猶太商販），想要挖掘出完整的「真相」根本就不可能。

所以紀爾茲說：「人類學的工作就像在閱讀一份手稿，它來自陌生的遠方，筆跡已經褪色而不易辨認，充滿脫落的文句與前後不一致的敘述、可疑的修改痕跡和立場鮮明或帶著偏見的評論。只不過這個劇本不是用慣常的圖表和語言寫作的，而是用轉瞬即逝的行為模式撰就的。」而且「民族誌的研究者所面對的是多層次的複雜概念結構，這些概念結構經常彼此疊加在一起，或者彼此交纏地被編織進對方的結構裡，同時它們顯得既怪異、不規則，而且又隱晦不明。民族誌的研究者必須先設法掌握住這個結構，之後才能將它解譯。」

緣此，在人類學的工作裡，討論版本的「對」與「錯」是沒有意義的。與其說人類學的分析是像萊爾想像中的「譯碼」，不如說人類學的分析更像是在解讀一九一二年發生在摩洛哥的一齣行動劇，或者在詮釋莎士比亞的一個劇本——當你面對同一個劇本的兩種不同詮釋時，只能討論「哪一個版本的解讀比較周延、詳盡、細密而有說服力」，而不能討論「哪一個版本的解讀才是正確的」。

因此，當紀爾茲說「民族誌就是厚描」時，他的「厚描」跟萊爾的概念是明確區隔開來的：「所謂的分析就是要釐清意義的結構，然而當萊爾把這工作稱為『解碼』時，多少有些誤導，因為他把釐清意義結構的工作想像得太像電報的譯碼，而真正的工作更像是文學評論，以及決定它們的社會背景和重要性。」「關於滑稽的眨眼和滑稽的劫羊，要問的不是它們所對應的本體論層次，而是它們在特定的處境與作用下究竟想要說的是什麼樣的訊息：是企圖讓某個動作顯得可笑或有難度，是諷刺還是氣憤，是勢利或者自豪？」

務實地說，「文化分析是（且應該是）猜測可能的意義，評估我們的猜測，從最佳的猜測找出解釋性的結論。而不是去發現『意義的大陸』，並且將那個抽象世界裡的地形起伏精確地描繪出來。」

文化人類學的可能與不可能：一個獨特而無可取代的任務

維根斯坦曾說：「如果獅子會說話，我們將無法理解牠。」關鍵在於我們無法站在牠們的立場去看待與感受牠們的世界（無法「感同身受」）。

紀爾茲也引述維根斯坦一段類似的話：「重要的是，有些人讓他人感到極端費解。當我們進入一個傳統迥異的陌生國度時，就會了解這個事實。更重要的是，即便精通當地語言，依舊如此。我們無法了解當地人（原因不在於聽不懂他們彼此的對話）。因為我們無法跟他們有完全一樣的觀點和感受。」或者說，除非我們從小就在某個特定的文化薰陶下長大，否則我們就不可能「感同身受」地擁有該文化所薰陶出來的「世界觀」。

想要去同理異文化，盡可能感同身受地體驗他們的生活方式與世界觀，這一直都是人類學研究的終極目標，雖然人類學家始終離這個目標非常遙遠。就紀爾茲的個人體會而言，人類學家的終極目標並非成為當地人的一員，也不是企圖模仿他們的言行與思考，而只是試圖跟他們建立起對話的可能性，或者說促進異文化的對話。當人類學家的努力使得異文化的對話管道日益暢通時，彼此的曲解、誤會乃至於無心的傷害就有機會減少。

然而人類學家對異文化的詮釋最終仍只是一種「詮釋」，永遠不會等於當地人對自己的理解或詮釋。越是清楚地自覺於此，越能避免因為過度自信而引起的誤解。

其次，紀爾茲非常強調人類學的「微觀」特質。當人類學家面對摩洛哥的猶太人、柏柏爾族人以及法國人時，他也像其他學科那樣關心當地人的「權力、改變、信仰、壓迫、工作、熱情、權威、美、暴力、愛、特權」等不同社會的普遍問題，只不過他所採取的研究方法和研究角度不同於注重宏觀理論的社會學、政治學、經濟學與史學。

人類學家把研究聚焦在特定時空情境與特定文化、歷史脈絡下的具體事件（譬如一九一二年在摩洛哥馬爾穆莎地區的劫羊事件），原因在於這是回答某些問題的最佳方式，譬如：「法軍進駐摩洛哥對猶太人與土著原有貿易協定產生了什麼樣的影響」，「殖民統治對土著的自尊心產生什麼樣的影響」，或者「殖民地統治對當地的道德規範產生什麼樣的影響」？

用紀爾茲自己的話說：「人類學家的材料來自於長期的，主要是質性的（偶有例外）、高度參與的、近乎強迫症般精細梳理過的田野研究。有了這些材料，讓當代社會科學苦惱不已的龐大概念（譬如，合法性、現代化、融合、衝突、超凡的個人魅力、結構、意義等）獲得可以被感受的具體真實性，我們才有可能真切且具體地去思考它們，更重要的是還可以運用它們進行創造與想像。」

人類學當然也會像其他學科一樣，嘗試著將其研究成果予以理論化，尋找不同案例之間的共通性，以便擴大其研究成果的適用範圍。在這過程中，理論的「前後一致性」固然重要，然而「事實」還是比「一致性」更重要。

那麼，當人類學家堅持著「具體的」、「微觀的」事件與細節時，會不會妨礙他去建構比較具有普遍性的理論？紀爾茲說：確實如此。然而具體的事件就像滋養人類學的土壤，如果為了理論化（抽象化）而背棄它的話，文化研究就會變得蒼白、失血，甚至虛假。畢竟，每個文化都有它的獨特性，如果忘了這個前提，就等於是否認了人類學存在的必要性。

對具體事件的堅持與理論化的需要是人類學無法掙脫的矛盾。對於具體事件的堅持，使得人類學的理論高度受到限制，兩者之間就像是有一根彈簧連結著，理論化的程度越高，把它拉回土地的力量就越強。紀爾茲最終的結論是：不可能會有「文化詮釋的一般性理論」。

然而這絕不意味著人類學的研究不能隨著持續的累積而日益進步，它只不過意味著人類學的進步方式跟自然科學不一樣。它表現在基於對個案的研究累積，因而對事件的脈絡有越來越詳盡、豐富的掌握，也可以對個案詮釋得越來越周延、細膩。就像紀爾茲說的：「過去被發現的事實被組織起來，過去被發展的概念被運用，過去被構想出來的假說被拿來驗證。然而，發展的方向不是從已經被證實的理論邁向新的理論，而是從笨拙地摸索著最起碼的理解邁向有充分根據的主張，並且繼續邁向更周延、詳盡而有說服力的詮釋。」

那麼，人類學研究的終點在哪裡？永遠沒有終點，至少對紀爾茲而言，「文化分析的固有特質就是永遠沒有完成的那一天。」而且「你挖得越深，它越顯得不完整。」「你越是覺得對手上的材料有所理解，越是會因而強化你自己和他人的懷疑，覺得似乎有哪裡不太對勁。」而這就是人類學家的工作。

這位著名人類學家成熟期的證言是不是有點悲觀？如果認真追憶一九三〇年代以來物理學與經濟學一再發生的觀念革命，人類所有學科的進步不都是沿著這樣的軌跡前進嗎？甚至於學術界所謂的「批判性思考」，不就是始於「自我批判」嗎？

或許，與其說人類是在「追求真理」，不如說人類是在不斷創造他對這個世界與自我的想像（理解、詮釋），且不斷質疑自己的想像，因而在這過程中加深對自己的認識，也日益警覺到自己的無知和多麼容易被不自覺的「想當然爾」所欺矇。

峇里島的鬥雞：人類學「厚描」的經典代表

要掌握紀爾茲思想中的「厚描」，〈深層遊戲：關於峇里島鬥雞的記述〉是一篇不可不讀的經典代表。這篇文章讀起來趣味橫生，乍看迥異於學術期刊的論文，尤其第一節的「突襲」描寫警察臨檢的過程，既是親歷其境的田野訪談紀錄，又像偵探小說般驚險、刺激、充滿意料之外的轉折。然而如果去除掉文學性的成分，這一章兼具一般學術論文理「導論」的功能，它說明作者從不被信任的「他者」身分如何轉化為被當地人接納的「我族」，以及作者觀察與研究峇里島鬥雞的角度（身分）如何有別於既往的研究者，同時它也藉此暗示這一篇論文何以有機會揭露既往論文所不曾揭露的訊息。此外，它也含蓄地批判了傳統人類學對研究者的告誡：作為客觀的觀察者，盡可能有如透明人般不去攪亂當地的互動與既有秩序。因為，當他恪守傳統人類學的觀察方式時，他無法從當地人聽到任何「在地的第一手詮釋」，直到他跟當地人一起逃避警察的追緝，還跟當地人一起說謊來包庇村長，之後他才開始有機會聽到當地人的第一手詮釋。

第二節「鬥雞的與男人的」一開頭就指出，峇里島的神話、藝術、儀式、社會組織、孩童教養等，能想到的各方面課題幾乎都已經被無微不至地詳盡研究過了，唯獨鬥雞是個例外。然後他用自己的觀察與第一手聽聞去突顯鬥雞這種遊戲在峇里島社會中罕見的重要性，接著引述前人有關峇里島鬥雞的觀察與詮釋，以及他對這些觀察與詮釋的強烈質疑，最後是描述一些費解的激烈舉動（譬如，在重要比賽中落敗的人有時候會搗毀祖先的神龕、詛咒諸神，有如形上學意義或社會意義上的自殺）和待解的謎團。經過這些鋪陳，本研究的主題、問題背景與研究動機，以及既有研究的不足隱約可見。然而敘事的筆調鬆散，而不像一般期刊論文的導論那麼緊湊。即便是評論時也隱微含蓄，不會太露骨或咄咄逼人。

第三節的標題是「戰鬥」（The fight），它詳盡地刻畫鬥雞場內兩隻雞的裝備和打扮，接著是兩隻雞血淋淋的廝殺過程，再輔以對遊戲規則的解說，讀起來就像是親臨其境地在觀賞一場鬥雞比賽。如果用紀爾茲的術語說，這一節是有關兩隻雞相鬥過程的「薄描」或單純的田野紀錄，因為它只有客觀現象的精細描繪，而沒有人類學的剖析、解讀和詮釋。

第四節的標題是「賠率與勝算」，它把田野紀錄的焦點從雞隻身上轉移到四周圍觀的人群，以及他們的賭局，並鉅細靡遺地刻畫賭注賭局的規則與群眾的情緒變化與不可思議的投入程度。然而這依舊只是純現象性的「薄描」，而沒有更深層的分析。

第五節的標題是「玩火」，它一開始就指出來，把龐大的金錢與社會地位押注在一場鬥雞裡，對於參賽的雙方都是幾近玩火、嚴重違背理性算計的行為，然而峇里島人卻樂此不疲，甚至甘願冒著違法而被警察取締的風險。接著他引述峇里島人的話，說鬥雞不只是看熱鬧和金錢的賭博，更是涉及榮譽、屈辱、自尊、敬重與社會地位的賭注，是一場「深層的賭局」和「深層的戲碼」。接著，他深入峇里島人的風俗、習慣與社會結構，分析他們為何要在鬥雞的活動裡豪賭自己的尊嚴與社會地位，並且引用社會學家高夫曼（Erving Goffman）的理論說峇里島的鬥雞表面上沒有任何人會受到肢體的傷害，一般人的金錢賭注也不大，然而實質上卻是攸關自傲與尊卑的「社會地位的浴血戰」。最後，他把鬥雞賽背後社會默認的共同規範做了一個條列式的總整理，譬如：當地人會感受到一種壓力，必須押注在跟自己的血緣較近的這一方，以示對族群的忠誠。同時，還要藉此表示你地位再高都不會高到看不起自己的親族。然而這主要是當地人對鬥雞賽的詮釋，頂多只是第一層的「厚描」。

第六節的標題是「羽毛、血、群眾與錢」，它指出峇里島的鬥雞之所以會引起如此大的不安，是因為它同時具有三個層次的意涵：「它表面上的戲劇形式，它的隱喻內涵，以及它的社會脈絡」。換個角度說，它「把自傲與自我給綁在一起，把自我與鬥雞給綁在一起，然後又把鬥雞跟毀滅給綁在一起」。透過鬥雞過程的隱喻與想像，它也把把峇里島人一向被種性制度所壓抑的情緒（嫉妒、血腥、兇狠等）給釋放出來，猶如把峇里島人被儀式、委婉措詞、繁文縟節等習尚遮掩起來的一個面向給實現了出來。因此，鬥雞在峇里島社會的功能就像莎士比亞（William Shakespeare）的《李爾王》或杜斯妥也夫斯基（Fyodor Dostoyevsky）的《罪與罰》，它們透過藝術表現的形式實現了那些我們不敢在現實世界裡實踐的情感與禁忌（對於自己、他人或者社會的結構、文化與習尚等），讓我們的內心獲得某種滿足。因此，紀爾茲說鬥雞是「峇里島人說給自己聽的故事」，是峇里島人對其生活世界的「詮釋」。這一節完全是人類學家的詮釋，是比第五節更深一層的「厚描」。

最後一節（第七節）的標題是「關於某些事件的言說」，它才是這一篇論文最後一層的「厚描」。它一方面是從鬥雞賽的表象去詮釋當地人內心最深層的感受，一方面把他在峇里島看見的人性展演跟歐洲戲劇、小說中的人性展演關聯起來，進行異文化的對話。譬如：當峇里島人以鬥雞主人或下注者的身分積極參與鬥雞遊戲並一再觀看後，「他逐漸熟稔它，而鬥雞對他敘說的，有如弦樂四重奏對專注的聆聽者，或者靜物寫生對沉浸於其中的觀賞者，他們逐漸地熟稔它們，而它們則為觀賞者開啟他們的內心世界。」因此，峇里島的鬥雞就像原始社會的文化、敘事，跟進步社會有著許多雷同之處——峇里島人看鬥雞，就像莎士比亞的觀眾在看馬克白。或者像亞里斯多德詩學的主張，文學是刻畫人性中永恆不變的特質。不管是馬克白或狄更斯的小說，閱讀的目的不是去了解不可重複的歷史，而是設法了解人性中永恆不變的質素。

這一篇關於鬥雞的論文讀起來像是報導文學，或者峇里島行動劇的分析與評論，比〈厚描：朝向文化的詮釋理論〉更不像社會科學的論文，也更具有文學與散文筆調的魅力。然而它的結構依舊是層次井然。它先聚焦於鬥雞場內的客觀事實，繼而是場外的人群與賭局，之後是當地人的詮釋和解讀，以及人類學家的詮釋和解讀，最後是兩種文化的對話，以及文化研究與人性的關係。此外，它也有許多明確的主張（尤其是在最後一節），不乏對既有文獻的批判，還準備了豐富的證據（田野紀錄）、詳盡的分析和委婉的討論，表面上娓娓道來，骨子裡終究藏不住說服的意圖。

撇開筆調與寫作風格的差異，〈深層遊戲：關於峇里島鬥雞的記述〉依舊扣著「去蕪存菁，精準表達，以理服人」的學術旨趣。若進一步深究，使它風格上迥異於其他社會科學的根本因素，是研究性質的差異。至少在紀爾茲看來，文化人類學追求的不是客觀的真理，而是對於異文化一系列相關事件的分析與詮釋，以及異文化之間的對話。

散文風格的另類批判：「以理服人」的另一種典型

文化研究確實有它獨特的目標和屬性，不只迥異於自然科學，也跟其他社會科學有著鮮明的差異。然而這絕不意味著「去蕪存菁，精準表達，以理服人」的技藝全然不適用於文化研究或人類學的寫作，更不能說文化研究或人類學的寫作與批判性思考無關。

以〈厚描：朝向文化的詮釋理論〉為例，儘管它的筆調從容、優雅，風格酷似散文或創意寫作（creative writing），而迥異於常見的「學術寫作」，然而文中不乏對人類學界既有主張的針砭與批判。此外，「原創性」與批判性思考依舊是它之所以為學術界津津樂道的關鍵要素，也是紀爾茲的關鍵性寫作旨趣。

它經常使用複雜的分詞構句，一個句子往往長達五行，語意經常在肯定與否定之間迅速反轉，措詞往往委婉到讓讀者不易拿捏。儘管這種風格讓文章顯得活潑、優雅而不刻板，卻也使得習慣於直白英文（plain English）的研究生和中文翻譯者備感吃力，甚至暈頭轉向。然而如果仔細玩味，這些複雜的句型結構絕非為了炫耀寫作技巧，而是為了精準的措詞。對於能習慣其寫作風格的讀者而言，這樣的寫作風格可以增加一點閱讀的趣味，破除「學術寫作」與「創意寫作」之間的藩籬，也間接反映「文化研究本質上橫跨文學與實證科學」的主張。而文中所舉的案例與證據都潛藏匠心，表面上是信手拈來，實際上絕對是一絲不苟的認真篩選。也就是說，「去蕪存菁，精準表達」的原則只不過是以更具文學性的方式呈現，而不是被廢棄或貶抑到次要的地位。

最後，儘管這兩篇論文對前人的批判都迂迴含蓄，甚至不著痕跡，然而它也絲毫不曾苟且地放過任何該批判之處，只是在批判與表述主張時筆調較柔軟而已。這種筆調的柔軟雖然跟修辭有關，更重要的卻是因為文化的詮釋本來就比自然科學的結論具有更高的不確定性，在「證據到哪裡就論證到哪裡」的原則下，文化研究的結果必然是調性偏軟的。

儘管如此，紀爾茲的論文依舊充滿著啟迪後生與同儕的企圖，或者說軟性的說服力量。尤有甚者，如果從這兩篇文章在人類學界與文化研究領域的深遠影響來看，它們的說服能力之強，絕不下於任何社會科學或理工領域的經典之作。

不過，這一點絲毫也不足稱奇。如果你不期待讀者的認同，哪有可能會費盡心思地寫論文，還從中遴選，編輯成書？

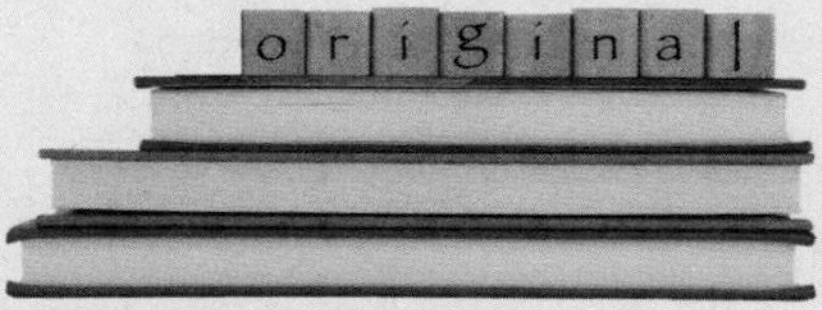
original

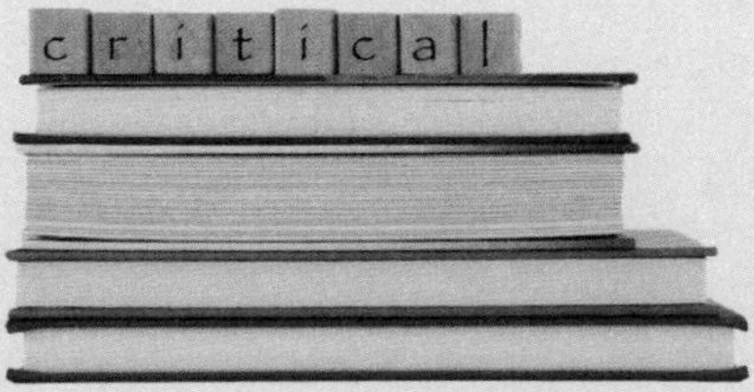
critical

rigorous

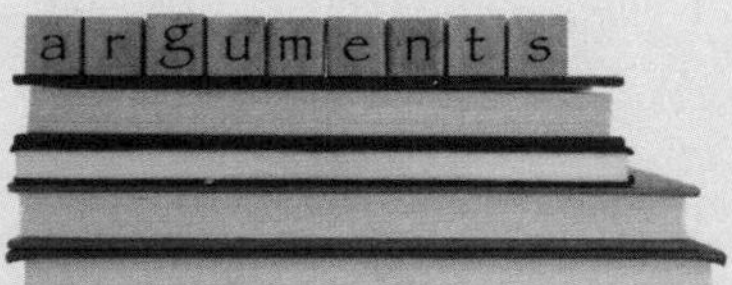
arguments

structure

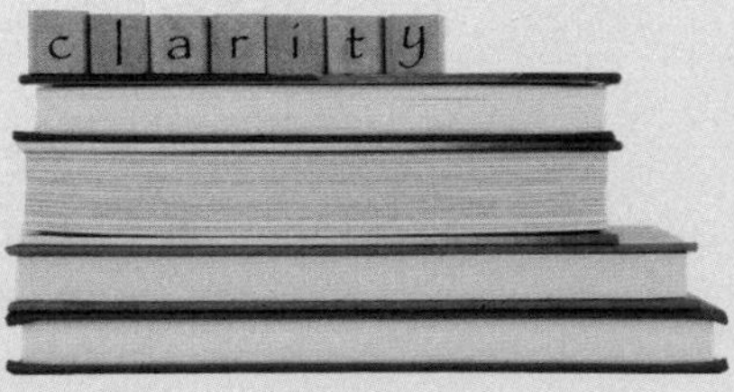
clarity

彭明輝作品集

論文寫作完全求生手冊：「精準表達，以理服人」的技藝

2023年1月初版
2024年3月初版第三刷

定價：新臺幣390元

著者	彭明輝
叢書主編	林芳瑜
特約編輯	倪汝枋
內文排版	立全電腦
封面設計	兒日

出版者	聯經出版事業股份有限公司
地址	新北市汐止區大同路一段369號1樓
叢書主編電話	(02)86925588轉5318
台北聯經書房	台北市新生南路三段94號
電話	(02)23620308
郵政劃撥帳戶第	0100559-3號
郵撥電話	(02)23620308
印刷者	文聯彩色製版有限公司
總經銷	聯合發行股份有限公司
發行所	新北市新店區寶橋路235巷6弄6號2樓
電話	(02)29178022

副總編輯	陳逸華
總編輯	涂豐恩
總經理	陳芝宇
社長	羅國俊
發行人	林載爵

行政院新聞局出版事業登記證局版臺業字第0130號

本書如有缺頁，破損，倒裝請寄回台北聯經書房更換。　ISBN 978-957-08-6692-6 (平裝)
聯經網址：www.linkingbooks.com.tw
電子信箱：linking@udngroup.com

國家圖書館出版品預行編目資料

論文寫作完全求生手冊：「精準表達，以理服人」的技藝/彭明輝著．初版．新北市．聯經．2023年1月．272面．
15.5×22公分（彭明輝作品集）
ISBN 978-957-08-6692-6（平裝）
[2024年3月初版第三刷]

1.CST：論文寫作法

811.4 111020879